WILL IT BE FOREVER

Mary-Sue McKnightingale

WILL IT BE FOREVER
So anders als alle anderen

Romantasy

Persiflage

ΣΤΥΞ

Bibliografische Information der Deutschen Nationalbibliothek:
Die Deutsche Nationalbibliothek verzeichnet diese Publikation in der Deutschen Nationalbibliografie; detaillierte bibliografische Daten sind im Internet über http://dnb.dnb.de abrufbar.

© 2021 Geraldine Dettwiler & Rahel Hefti
Covergestaltung: Juli van Winter
Coverbilder: Adobe Stock | tomertu, oksione
Herstellung und Verlag: BoD – Books on Demand, Norderstedt
ISBN: 978-3-7543-1127-1

Für alle, die an mehr glauben!
Mit dem Code «R2G2» kriegt ihr es.

(Hater benutzen «Infectum Braccas»)

Hinweis zur «IT BE»-Reihe von Mary-Sue McKnightingale

Folgende Titel von Mary-Sue McKnightingale sind seit 2020 beim ΣΤΥΞ Verlag erschienen:

CAN IT BE LOVE	New-Adult-Parodie
WILL IT BE FOREVER	Romantasy-Parodie

WILL IT BE FOREVER ist der **zweite Teil** der tiefberührenden «It Be»-Reihe und kann **unabhängig** von CAN IT BE LOVE gelesen werden. Solltest du dich für beide Romane interessieren, empfehlen wir dir allerdings die richtige Reihenfolge, da du andernfalls so hart gespoilert wirst, wie Allie Andrews zuweilen schluckt.

Dieser Roman ist eine Parodie. Also nehmt uns, dieses Buch und euch selbst nicht zu ernst.

Playlist – Will it be forever

1   **doremi** – wir sind wieder da
2   **sam tinnez** – leading the pack
3   ***NSYNC** – i want you back
4   **lee chan sol** – still fighting it
5   **monsta x** – love killa
6   **backstreet boys** – as long as you love me
7   **lady gaga** – teeth
8   **bts** – coffee
9   **day6** – time of our life
10 **radiohead** – creep
11 **blackpink** – kill this love
12 **autumn kings** – aliens!
13 **alec benjamin** – if i killed someone for you
14 **siames** – the wolf
15 **ballyhoo!** – friend zone
16 **wedding peach** – liebe ist ein kampf
17 **stray kids** – victory song
18 **dragonball z** – du wirst unbesiegbar sein
19 **billie eilish** – no time to die
20 **blümchen** – kleiner satellit (piep piep)
21 **little big** – sex machine
22 **dj bobo** – freedom

Whoa, whoa, whoa, whoa, oh-whoa,
whoa, ohh, ooh
- Haddaway

I've got a brand new hate for you ♥
- Backyard Babies

Geraldine Dettwiler und Rahel Hefti schreiben als Mary-Sue McKnightingale.

Prolog

ALLIE

Tropf, tropf, tropf.

Etwas rinnt im Takt meines Herzschlags über meinen Hals. Der Saum meines weißen Kleides flattert um meine schlanken Beine. Ich renne. Ich renne so schnell, wie ich noch nie in meinem Leben gerannt bin, denn eigentlich kann ich gar nicht rennen. Ich bin keine Sprinterin. Meine Plüschtiere sind sportlicher als ich. Und doch entfliehe ich nun meinem Schicksal, als wären mir Flügel gewachsen. Vielleicht sind sie das.

Bin ich ein Engel? Mittlerweile würde mich gar nichts mehr verwundern.

«Allie!», höre ich eine Stimme hinter mir, tief, rau, sexy und kehlig, und meine Schwingen scheinen zu wachsen.

Tropf, tropf, tropf.

Ich verteile Blut auf meinem Weg – Blut vermischt mit Tränen, umhüllt von dem giftigen Hauch der Panik und Verzweiflung. Wenn ich solche Dinge sage, klinge ich episch – epischer, als die Realität es ist. Denn eigentlich renne ich einfach nur durch den Wald und werde verfolgt.

«Allie, so warte doch!», brüllt mein Verfolger erneut, aber ich renne so lange weiter, bis nicht der

11

Mann, dem diese gleichermaßen erotische wie furchteinflößende Stimme gehört, mich einholt, sondern meine eigene Tollpatschigkeit.

Ich bleibe an einer Wurzel hängen und stürze. Blut umfängt mich wie eine Decke, mein Blut – sein Blut? O Gott, was ist nur geschehen! Wieso erinnert man sich nie an die relevanten Dinge, wenn es am allernötigsten wäre?

Ich scheine nur einmal zu blinzeln, dann ist er bei mir. Sein großer Schatten legt sich über mich. Er verbirgt das Licht des Mondes, das durch die dichten Äste hindurchbricht und diese unglaublich breiten Schultern wie ein schillernder Umhang aus Macht und Magie umspielt.

Von Schrecken erfasst, weiche ich rücklings vor ihm zurück, blicke in diese unendlich tiefen Augen, blau und grün, grün und blau – und immer dunkler werdend, je stärker meine Lebensgeister schwinden.

Ich fühle eine Hand an meiner Wange, sanft und rau. Altbekannt und dennoch fremd. Einfühlsam und … gefährlich?

«Goofy …»

01

ALLIE

Nebel ist faszinierend. Er umhüllt, ohne zu verbergen, färbt ein, ohne Farbe zu spenden, und berührt deine Haut mit seinen kalten Fingern, ohne selbst greifbar zu sein. Ich mag den Nebel, denn ich kenne nichts anderes. Er ist in Blueforest so allgegenwärtig wie die tiefen Wälder, die endlosen Schluchten und die moosüberwucherten Steine entlang des unheimlichen Murmur Swamp. Im Sumpfgebiet hört man in der Nacht häufig Stimmen. Manche sagen, es handle sich um die geflüsterten Weisheiten unserer Vorfahren. Meistens sind es aber nur ein paar betrunkene Kids, die versuchen, unserer langweiligen Vorstadt zu entfliehen.

Genau wie ich.

Fröstelnd schlinge ich die Arme um meinen schmalen Oberkörper. Es ist kalt, die Fensterscheiben sind beschlagen. Regentropfen rinnen am Glas entlang und drohen mich mit in die Tiefe zu ziehen. Ich sitze davor auf der gepolsterten Bank in meinem eigenen Zimmer auf der ersten Etage eines Einfamilienhauses mit großer Küche und Holzveranda, weil man kein Klischee auslassen sollte.

Mein Seufzen legt sich über das rhythmische Tröpfeln des Regens. Langsam senke ich den Blick auf das Buch in meinem Schoß.

Ich habe «Shadows Over Bloomfield Hills» vor über einer Woche begonnen und stecke immer noch im ersten Kapitel fest. Aber was soll ich sagen? Der Einstieg in Romantasy fällt mir einfach schwerer als in New Adult. Da wird *so viel mehr* verlangt. «Word Building» nennen das die Profis. Ich nenne es Vertrödeln meiner Zeit. Mal ehrlich, sind wir nicht alle für die sexy Szenen hier?

Am liebsten würde ich jetzt sofort fünfzig Seiten vorblättern, um herauszufinden, ob Halb-Fae-Halb-Vampirin Ivory Ironheart mit dem gefallenen Engel Ian Wolfgrim oder Halbgott-Titan Alex Tyrodon zusammenkommt. Aber das macht man nicht; im echten Leben kann man auch keine Abkürzung nehmen. Alles zu seiner Zeit, sagt mein bester Freund Sam immer, wenn ich zu ungeduldig für die Gegenwart bin – und ich höre auf ihn, selbst wenn er nie da ist.

Oh, Sam. Traurig schiele ich auf mein Handy, das neben mir auf der Sitzbank liegt und zwanzig unbeantwortete Nachrichten von ihm anzeigt. Ich bin immer noch sauer, dass er sich für die NYU und gegen Blueforest – und somit auch gegen mich – entschieden hat. Welcher Freund macht so etwas? Ausgerechnet jetzt, wo ich so dringend auf ein bekanntes Gesicht angewiesen wäre.

Wer bin ich?

Ich lege das Buch weg und stelle mich vor den Spiegel.

Ah, das bin ich. Howdy.

Augenblicklich vergleiche ich mich mit Buchheldin Ivory. Aber eigentlich ist das kein Vergleich, sondern ein Trauerspiel. Ivory Ironheart ist alles, was ich nie sein werde – mutig, schön und eine *special snowflake* durch und durch. Ich hingegen bin mehr so das unförmige Tröpfchen zum Frühlingsbeginn. Alles an mir ist ein bisschen «*zu*» - mein Gesicht *zu* herzförmig, meine Taille *zu* geschwungen, meine Beine *zu* lang und meine Lippen *zu* voll. Ich bin so glatt wie eine Toastscheibe in der Mitte der Verpackung. Eigentlich die Perfekteste, aber aus Anstand rührt die keiner an.

Nein, Moment. Einen Makel habe ich.

Vorsichtig zwirble ich meine langen, gewellten, störrischen, leicht rötlichen, aber dennoch irgendwie dunkelblonden Haare auf dem Kopf zu einem Dutt zusammen. Wilde Strähnen fallen mir ins Gesicht zurück und umspielen meine goldgesprenkelten, braunen Augen.

Mein Blick schweift zu meinem Ohr.

Ein Schauer löst sich von meinem obersten Wirbel und hinterlässt eine Gänsehaut auf meinem ganzen Körper. Zum Glück verschwindet ein Großteil unter meinem Totoro-Wollpulli und den dunklen Leggins; wie scheiße sähe das sonst aus.

Nicht einmal verwirrt und überfordert sehe ich gut aus. Scheißleben.

Aus dem Affekt heraus beginne ich, meinen fragenden Blick zu üben. Sieht es besser aus, wenn ich den Mund ganz öffne oder nur halb? Ich probiere es aus.

Das Klingeln meines Handys entreißt mich meinen Selbstzweifeln. Schnell gehe ich ran.

«Ich dachte, dein Gedächtnisverlust betrifft nur deine Vergangenheit! Wo steckst du?», ruft Ly mir lachend entgegen.

Meine Schläfen beginnen zu pulsieren. Verlegen schaue ich zum Spiegel. «Ich, äh, lese.»

«Immer noch das Buch über Ivory Ironheart? Hat sie sich jetzt für Ian oder Alex entschieden?»

«Das weiß ich noch nicht. Ich bin erst auf Seite sechzehn.»

«Oh, Allie!» Ly lacht erneut. «Ich dachte, du inhalierst hundert Seiten pro Tag!»

Das dachte ich auch. Fieberhaft presse ich meine rosigen Lippen aufeinander. Wieder schiele ich zum Spiegel. Diesmal sieht mein fragender Blick gar nicht mal schlecht aus.

Wer bin ich?

«Du bist nicht am Lesen, gib es zu», schmunzelt Ly. «So, wie ich dich kenne, hast du wieder den ganzen Morgen über Animal Crossing gespielt. Du weißt, was das bedeutet.»

«Dass man momentan zweihundert Sternis pro Rübe kriegt?», frage ich hoffnungsvoll.

«Es bedeutet, dass du keine verdammte Aus-
rede hast, um mich zu versetzen!»

Oh, Shit. «Unser Training», dämmert mir. Erschrocken schlage ich die Hand vor meinen
Mund. «Scheibenhonig! Das habe ich total vergessen. Ich mache mich sofort auf den Weg.»

«Das gibt zehn Strafrunden», kichert Ly, aber
ich weiß, dass sie das nicht durchziehen wird.
Sie ist die klassische gute Freundin, die jemand
wie ich nicht verdient und trotzdem hat. Ly Haner ist für mich da, seit Sam mich für sein blödes
NYU-Studium im Stich gelassen hat. Woher sie
gekommen ist? Keine Ahnung, schließlich ist sie
nur ein Nebencharakter. Würde mich echt überraschen, wenn die eine *character card* bekäme.
Das ist nicht böse gemeint, es sind einfach die
Fakten.

«Ich bin gleich da», verspreche ich noch einmal und lege ohne Verabschiedung auf.

Hastig ziehe ich mich um. Bis zu meiner
Rückkehr nach Blueforest habe ich mich angeblich seltener als eine Socke im Handwaschpro-
gramm bewegt, daher besitze ich keine
Sportklamotten. Ly hat mir diesbezüglich ausge-
holfen, aber leider ist sie viel kleiner und schmaler gebaut als ich. Die ausgeliehene Tights mit
dem Milchstraßen-Motiv und das schwarze Top
mit dem Vollmond kleben richtiggehend an mir.
Da bleibt echt nichts der Fantasie überlassen.
Selbst meine kleinen Brüste wirken viel größer
und quellen fast über; als würde ich einen Push-

up tragen. Ach herrje, wieso kann ich nicht einfach hübsch und sexy sein? Wenigstens schaut so keiner mehr auf meinen fragenden oder nichtfragenden Blick.

Schnell renne ich die Treppe ins Erdgeschoss hinunter und klopfe gegen die einzige Tür in unserem Haus, die immer mit drei Schlössern verriegelt ist. Dad ist Wissenschaftler und arbeitet von zu Hause aus. Meistens sitzt er in der Nacht auf unserem Dach und schaut in die Sterne. Tagsüber wertet er seine Beobachtungen dann aus. Er gilt weiterum als Experte für extraterrestriale Schwingungen und Spannungen. Er macht aber auch ein echt gutes Rührei.

Manche nennen ihn Spinner.

Ich nenne ihn Dad.

«Dad, ich geh ins Swampy Dojo», rufe ich durch die dicke Tür. An dieser hängen zwei Polaroidfotos, eines von mir als Baby und eines von Dad und seinem besten Freund aus den Neunzigern. Dad ist mit seinen rotgefärbten, zu Spikes geformten Haaren kaum wiederzuerkennen. Ich muss unweigerlich kichern.

«Warte», dringt Dads Stimme aus dem Raum. Kurz darauf klickt ein Schloss nach dem anderen. Die Tür geht auf. Dad streckt seinen schmalen Kopf hinaus. Seine braunen Haare stehen damals wie heute in alle Richtungen ab, allerdings liegt das nicht mehr an Gel, sondern am fehlenden Stil.

Er rückt seine Nickelbrille auf der dünnen Nase zurecht und studiert mich von oben bis unten. «Hast du alles dabei?»

«Klar – eine Packung Rosinen, Kaugummis, einen unbehandelten Speckstein und ein Pfefferspray», bestätige ich und klopfe demonstrativ auf meine Tasche. Frau trägt ja oft unnützes Zeug mit sich herum, aber ich nicht.

Ein beruhigtes Lächeln stiehlt sich auf Dads Lippen, die viel schmaler sind als meine. «Das ist gut. Man weiß schließlich nie ...»

«Man weiß nie, wann sie wiederkommen», erwidere ich und drücke ihm lächelnd einen Kuss auf die Wange. «Ich arbeite später und komme wahrscheinlich erst gegen halb zwölf nach Hause.»

«Pass auf dich auf, ja?»

«Logo.» Ich hüpfe aus dem Haus, wo mein alter Chevy auf dem Vorplatz steht. Ein Grinsen überkommt mich, als ich meine Sporttasche auf den Beifahrersitz werfe, denn die Rosinenpackung lugt hervor. Kichernd stülpe ich sie zurück.

Also gut, vielleicht nenne ich meinen Dad manchmal auch Spinner. Aber wirklich nur ganz liebevoll.

Ich lasse den Motor an und wippe zur Musik mit, die mir aus den Lautsprechern entgegendröhnt. Es läuft seit Wochen «Hero» von Chad Kroeger und Josey Scott.

02

ALLIE

«Höher.»

Ich kicke. Schweiß tropft von meiner Stirn.

«*Höher!*»

Mein Fuß donnert gegen das Kissen. Der Schlag widerhallt im Swampy Dojo.

«Bist du taub? Ich sagte höher, Allie!»

Ich kicke erneut, und diesmal verfehle ich das Kissen und treffe die kleine Ly um ein Haar am Kopf. Sie weicht geschickt aus. Ihr kinnlanger, brauner Bob mit den hellgefärbten Spitzen wirbelt um ihr rundes Gesicht. Ich bin ein bisschen neidisch auf ihre freche Frisur, denn Ly sieht anstrengungslos cool aus. Meine eigenen Haare sind mir allzu oft im Weg. Ich trage sie auch im Training offen, weil niemand *meine hässliche Seite* sehen soll. Dabei trug ich früher ständig einen Dutt.

Früher.

Meine Gedanken fallen in ein tiefes Loch. Kälte überkommt mich.

Wer bin ich?

Fieberhaft versuche ich, die Antwort auf diese Frage in mein Bewusstsein hochzuziehen. Aber die Truhe voller Erinnerungen ist zu schwer für meine schwachen, schlanken Arme.

Ly kickt mich in den Oberschenkel.

«Aua!» Ich stolpere zurück. «Was soll das?»

«Du denkst zu viel nach», wirft sie mir vor.

Mürrisch reibe ich mir die getroffene Stelle. «Du würdest auch zu viel nachdenken, wenn du von einem Tag auf den anderen alles über dich selbst vergessen hättest.»

«Du hast nicht alles vergessen. Nur deine Zeit in Oxville.»

«Es fühlt sich trotzdem wie ein halbes Leben an.»

Ly lässt ihre Hände mit den Pratzen hängen. Mitleid schimmert in ihren blauen Augen. «Du bist Allie Andrews», sagt sie ernst. «Du bist in Blueforest aufgewachsen und wirst in weniger als einer Woche zwanzig. Du magst Bücher, Kaffee und Schokolade und wolltest auf der Oxville University Kunst studieren.»

«Aber dann», flüstere ich und schlucke leer.

Ly tritt näher und legt mir eine Pratze auf die Schulter. «*Aber dann* wurdest du angegriffen. *Darum* trainieren wir. Wir verhindern, dass dir noch einmal so etwas zustößt.»

Ein nervöses Prickeln durchzieht meinen Bauch. Ich kenne die Geschichte – meine Ärzte, mein Dad und meine Plüschtiere haben sie tausendmal erzählt. Sie füllen mich mit Informationen, die ich nicht aufnehmen kann. Ich bin wie ein Akku, der nie von neunundneunzig auf hundert Prozent springt.

Irgendetwas an ihrer Version stimmt nicht.

«Ich weiß nicht, ob ich angegriffen wurde», wende ich leise ein.

Und nicht zum ersten Mal.

Ly lässt mich ruckartig los. Zorn flirrt über ihr Gesicht. «Du hast deine verdammte Erinnerung und einen Teil deines Ohrs verloren. Wie kann so etwas *kein Angriff* sein?», belehrt sie mich streng.

«I-ich weiß es nicht», stammle ich zurück und bin enttäuscht, dass sie meinen Makel einfach so anspricht. Es hat sich geheimnisvoll angefühlt, die Sache zu verschweigen. Ivory Ironheart erklärt schließlich auch nicht gleich am Anfang, was für Narben sich auf ihrem Rücken befinden.

Aber stimmt ja, ich bin nicht Ivory. Ich bin Allie Andrews, das Mädchen, das man ohnmächtig im Oxville Forest fand.

Das mit dem abgebissenen Ohrläppchen.

Ly betont ständig, dass man den Makel kaum sehe und es nicht so schlimm sei, knapp eine Woche eines *ganzen, langen Lebens* zu vergessen. Die Hauptsache sei doch, dass ich noch lebe. Aber ich sehe das anders.

Sie weiß nicht, wie es ist, wenn man seine liebsten Pokémon-Ohrringe nicht mehr tragen kann.

Außerdem *spüre* ich, dass in Oxville *mehr* geschah – etwas, das für mich unüblich ist, denn normalerweise bin ich total introvertiert und schüchtern. Ich gehe selten aus dem Haus und verbringe die meiste Zeit damit, schöne Selfies von mir auf Instagram zu laden und allen zu erzählen, wie verdammt schüchtern und introvertiert ich bin.

Sei immer du selbst.

Aber während meiner Zeit in Oxville war alles anders – *ich* war anders. Ich *weiß*, dass ich seither etwas Riesengroßes vergessen habe. Wann immer ich an diese Gedächtnislücke denke, kribbelt mein Unterleib, wie er es sonst nur bei einer besonders heißen Romantasy-Szene tut.

Unwirsch schiebe ich mir eine Strähne aus dem Gesicht. Ich schwitze, obwohl wir erst seit zwei Minuten trainieren. Das zieht meine Laune noch tiefer in den Abgrund.

«Ich weiß, dass du es gut meinst, Ly», sage ich diplomatisch. Gleichzeitig schlüpfe ich langsam aus meinen MMA-Gloves. Sie betonen meine Fingernägel, die ich häufig blau lackiere, weil ich nerdy, edgy und *ganz anders als alle anderen* bin. «Aber ich bin nicht wie du. Ich bin keine Kämpferin, die nach einem Rückschlag sofort wiederaufsteht und *Haya!* ruft. Ich bin Allie Andrews ...»

«... das Mädchen mit dem abgebissenen Ohr und dem verrückten Dad. Schon klar.» Ly verdreht die Augen. «Du verstehst einfach immer noch nicht, worum es hier geht. Du bist nicht, was die Leute aus dir machen, sondern das, was du sein willst.»

«Also gut: Ich *will* keine Kämpferin sein.»

«Allie», ermahnt sie mich.

Ich werfe die MMA-Gloves trotzig auf den Boden.

Lys Augen sprühen Funken. «Heb die sofort wieder auf!»

Ich verschränke die Arme. «Nö mit ö.»

Meine Freundin verwirft die Hände. «Zum Teufel, stell dich nicht quer! Ich muss dafür sorgen, dass du ...» Sie bricht ab und holt zischend Luft. «Ich will doch nur, dass du dich im Notfall verteidigen kannst!»

«Verteidigung kann mich mal am Arsch. Ich werde schon gerettet, wenn es hart auf hart kommt.»

«Ach ja? Von wem? Dem Ritter in der goldenen Rüstung?»

«Vielleicht», erwidere ich überheblich und kicke die Gloves demonstrativ weg. Ich treffe sie zufälligerweise so gut, dass sie durch die Luft bis zur Eingangstür fliegen.

Diese wird in dem Moment schwungvoll aufgestoßen. Ein Windzug trägt die Kälte von Blueforest zu uns herein. Ich kriege eine Gänsehaut, aber das liegt nicht am Regenwetter draußen.

Meine Gloves prallen mit einem dumpfen *Pft* gegen eine Brust, hart wie Stein, und fallen zu Boden. Huch! Meine Wangen flammen auf. Peinlich berührt hebe ich den Blick zum Gesicht des

Getroffenen – und schlucke, als ich seine Augen sehe.

Sie sind wahnsinnig grün.

Selbst ohne Abschluss in Mineralogie bin ich überzeugt davon, dass es sich um echte Smaragde handeln muss. Der Neuankömmling ist in Lys und meinem Alter. Er besitzt blondes, wuscheliges Haar wie die süßen Surferjungs aus den Disneyfilmen. Der Rest an ihm ist allerdings so etwas von *nicht* FSK-6.

Mein Blick gleitet über eine Kieferkontur hinweg, so markant, dass er damit vermutlich sein Gemüse hackt. Sein großer, muskulöser Körper steckt in tiefsitzenden, grauen Sweatpants und einem grünen T-Shirt mit Pfötchenprint, das ich kaum anschaue, denn es gibt *so viel anderes* zu sehen. Obwohl seine Kleidung weit ist, dehnt und streckt er sie an allen entscheidenden Stellen. Der Fremde ist nicht übertrieben trainiert, aber er besitzt zweifelsfrei den sexy Körper eines Kämpfers. *Eines Kriegers.*

Sein Blick ist stechend und hält mich gefangen. Ich schlucke schon wieder. Hart.

Langsam bückt er sich nach meinen MMA-Gloves und hebt sie auf. Dann kommt er auf uns zu. Mir wird ganz schwindlig. Sein Gang erinnert mich an eine Raubkatze, geschmeidig, kraftvoll und irgendwie lauernd. Wie oft kann man eigentlich schlucken, bevor man seine eigene Zunge verdaut? Ich will es nicht herausfinden.

Als der Fremde vor uns zum Stehen kommt, klemme ich meine Zunge geistesgegenwärtig zwischen die Backenzähne. Ein warmes Lächeln legt sich auf seinen Mund. Dieser ist voll, geschwungen und von der Art, die man gerne küssen möchte. Aber nur nachts in den Träumen, weil schüchtern und so.

Süße Grübchen bohren sich in seine Wangen. Herrgott hilf! «Ich glaube, die gehören dir», sagt er und streckt mir die Gloves hin. Seine Stimme ist rau und heiser und ... Meine Beherrschung verabschiedet sich komplett. Himmel, dieser Typ redet wie Mr. Darcy! Vor lauter Aufregung beiße ich mir versehentlich auf die Zunge. Ich zucke zusammen und unterdrücke ein Wimmern. Der Geschmack von Blut breitet sich in meinem Mund aus.

Die Gesichtszüge des jungen Mannes verhärten sich schlagartig. Das nette Lächeln ist wie weggeblasen. Seine Augen blitzen und werden dunkler, fast schwarz. Abrupt wendet er sich ab und geht davon. Ich blinzle verwirrt. Ähm, okay? Was war das? Er hat sich nicht einmal verabschiedet. Ob er einfach unhöflich ist? Oder liegt es an etwas anderem? Nervös taste ich die schmerzende Stelle meiner Zunge ab.

Der Fremde zieht sich zu den Boxsäcken bei der hinteren Wand zurück. Es hängen drei da; der Fremde stellt sich vor den Größten und Schwersten. Leckomio. Es ist, als bestünde er zu hundert Prozent aus magnetischem Material, und ich bin nichts weiter als eine kleine, hilflose Heftklammer. Zum Glück trägt er Kleider, keine Ahnung, was sonst mit mir ... *Himmel, Arsch und Zwirn, jetzt zieht er sein Pfötchen-T-Shirt aus!*

Ich torkle und klammere mich am nächstbesten Objekt fest. Es ist Lys Arm.

Ich bin völlig weggetreten, irgendwie *high*. Fasziniert verfolge ich das Spiel seiner Muskulatur, während er sich die Hände bandagiert. Über seinem Steißbein entdecke ich eine großflächige Tätowierung, deren unterer Teil in den tiefsitzenden Sweatpants verschwindet. Sie sieht wie eine Tatze aus, um die sich ein Wirbel aus seltsamen Zeichen und Punkten schlingt. Der Wirbel erinnert mich ein bisschen an die Milchstraße.

Das Tattoo tritt in den Hintergrund, als er sich für den Hauch eines Moments so abdreht, dass ich seine Vorderseite sehen kann. Und auch die hat es in sich. Harte Muskelstränge ziehen sich über einen flachen Bauch hinweg und formen sechs kompakte Päckchen. Dieser Mann kommt mir vor wie ein mit Seide überzogener Fels. Dennoch macht sich auf einmal ein feuriges Stechen in meiner Brust bemerkbar. Ich mustere seinen Bauch und habe das Gefühl, dass etwas fehlt.

Was. Zum. Teufel.

Was soll dieser Gedanke? Kein Scheiß: Dieser Mann ist *perfekt*. Ich bin mir sicher, dass er auf Instagram nie einen Filter benutzt, weil sein Aussehen kein Upgrade braucht. Außerdem geht eine fast engelsgleiche Aura von ihm aus. Obwohl er ein mega großes Tattoo hat und in diesem Moment beginnt, mit fast übermenschlicher Kraft auf den Boxsack einzudreschen, wirkt er nicht böse. Er ist kein Bad Boy, wird mir klar, selbst wenn eine unterschwellige Gefahr von ihm ausgeht.

Aber für einen Bad Boy ist er einfach viel zu blond.

Aus dem Nichts verstehe ich, wieso sich Ivory Ironheart seitenlang über Ians und Alex' Aussehen auslassen kann. Körperdefinition ist einfach so charakterdefinierend.

Und trotzdem scheint etwas zu fehlen. Nur was?

«Wann hattest du eigentlich das letzte Mal Sex?» Lys Stimme reißt mich aus meiner Trance.

«Huh, was?» Ich wirble zu ihr herum. Die Hitze, die sich in meinem Unterleib angesammelt hat, stößt mir nun direkt in die Wangen.

Ly verkneift sich ein Grinsen. Anders als üblich wirkt es aber nicht nett, sondern angestrengt. Fast so, als gefiele ihr nicht, dass ich den Fremden so anschaue. Komisch. Findet sie ihn etwa nicht auch *ultra hot*?

Der nächste Punch wölbt seinen Bizeps. Der Anblick entreißt mir fast ein Stöhnen.

«Ich schätze, es ist mindestens hundert Jahre her», unterbricht Ly die Kinovorstellung von neuem.

Ich stöhne – diesmal richtig. «Wovon redest du?»

«Davon, wann du das letzte Mal Sex hattest. So, wie du *ihn* besabberst, warst du schon lange nicht mehr am Würstchenstand.»

«Ich bin Vegetarierin», erwidere ich und kriege einen heißen Kopf. Eine tote Ecke in meinem Hirn sagt mir, dass mein letztes Mal gar nicht so lange her ist. Leider kann ich mich nicht daran erinnern. Wahrscheinlich, weil es so öde war. In einem Buch hätte mein letzter Sex vermutlich keine halbe Seite ausgefüllt. Ha. Erbärmlich.

Mir fällt auf, dass Ly immer noch wütend aussieht. Das triggert meinen Argwohn. «Was ist eigentlich los?», frage ich aufmerksam.

Ihr Kiefer beginnt zu malen. «Mir gefällt nicht, dass er hier ist.»

«Wer?»

«Na, Blondie mit dem Arschgeweih.» Sie schiebt ihr Kinn dem Fremden zu. «Er trampelt hier herein, als würde ihm das Dojo gehören.»

«Er trainiert ganz normal.»

«Ohne T-Shirt? Dieser Angeber will doch nur unsere Aufmerksamkeit auf sich lenken! Aber das wird er nicht schaffen.»

«Nein, wird er nicht», sage ich und denke *Ups*.

«Lass uns gehen.»

Mein Herz macht einen Satz. «Aber wir trainieren doch erst seit zwei Minuten.»

«Jede Minute in der Nähe von diesem ... *Etwas* ist eine Minute zu viel», zischt Ly so feindselig, dass ich unweigerlich zusammenzucke.

«Aber er tut doch gar nichts! Außerdem sagt Sensei Harmon immer, das Dojo stehe allen offen.»

«Ich weiß, was Sensei Harmon sagt. Aber dieser Typ ist nicht sauber.»

«Ist er wohl.» Ich rieche sein Adidas-Duschgel bis zu uns.

Ly schaut mir aufgewühlt ins Gesicht. «Allie, er beobachtet dich die ganze Zeit.»

«Was?» Das Blut sackt mir in die Beine. Mir fällt der Spiegel auf, der hinter den Boxsäcken hängt. Und tatsächlich: Der Blick des Fremden schleicht durch das Glas auf mich zu.

Seine grünen Augen bohren sich in mich hinein. Als er merkt, dass mir sein Starren aufgefallen ist, wendet er sich allerdings sofort von mir ab. Seine Schläge werden härter.

Angst überkommt mich. Und anderes. In meinem Nacken kribbelt es.

«Lass uns bitte gehen», fleht Ly erneut, und diesmal wehre ich mich nicht – zumindest nicht verbal. Ein Ziehen geht durch meine Brust, als wir unsere Sachen zusammenpacken und zum Ausgang gehen.

Der Fremde merkt, dass wir aufbrechen. Er hört auf zu boxen. «Geht ihr meinetwegen?», fragt er und klingt unerwartet verlegen. Seine tiefe Stimme summt wie der Bass eines guten Songs in mir nach.

«Antworte nicht», befiehlt mir Ly und drängt mich vor sich aus dem Dojo.

«Hey!» Die Stimme des Fremden wird lauter. Ich schaue verstohlen zurück. Seine Schultern sacken in die Tiefe. Er wirkt traurig – aber nur kurz. Denn schon im nächsten Augenblick beginnen seine bandagierten Hände zu zittern. Er ballt sie zu Fäusten. Adern wölben sich an seinen Unterarmen. Ich halte die Luft an und wende mich schnell wieder ab. Ly und ich verschwinden. Sein Blick folgt uns durch die Fenster nach draußen.

Wir gehen zu unseren Autos, die nebeneinanderstehen. Es sind die einzigen Wagen auf dem Parkplatz, der sich das Dojo mit dem Rathaus von Blueforest teilt. Im Innern des Dojos nimmt der Fremde sein Training wieder auf. Seine harten Schläge hallen durch die Mauern nach draußen. Das Geräusch durchläuft mich mit einem Schauern. Die Wände des Trainingsraums sind eigentlich schallisoliert. Dieser Mann muss wirklich mega stark sein.

Ly öffnet die Beifahrertür ihres Autos und nimmt zwei Milky Way aus dem Handschuhfach. Den einen Riegel streckt sie mir hin. «Hier. Für deine gute Arbeit.»

Ich bin mir ziemlich sicher, heute keine Schokolade verdient zu haben, aber ich nehme den Riegel trotzdem an. In meinem Bauch hat sich ein Loch aufgetan, von dem ich nicht weiß, woher es kommt.

Ly beißt ein Stück von ihrem eigenen Milky Way ab. Ihr Blick schweift zurück zum Dojo. «Tut mir leid, dass ich so schnell gehen wollte. Dieser Typ war mir nicht geheuer. Ich kenne eigentlich jeden, der im Swampy Dojo trainiert. Aber ihn habe ich noch nie gesehen. Wie er dich angeschaut hat, war einfach nicht normal. Als würde er dich kennen. Das tust du aber nicht, oder?» Ihr Blick schweift zu mir.

Ich verschlucke mich fast an meinem Milky Way. «Nein. Nein, tue ich nicht», versichere ich zwischen zwei Bissen, und die Gewissheit macht mich fast ein wenig traurig. Ich würde gerne einmal einen Mann mit Waffeleisenbauch kennenlernen. Aber langweilige Mädchen wie ich treffen solche Typen höchstens zwischen zwei Buchseiten.

Ly schlüpft in ihre Lederjacke. «Hör mal, ich muss dringend etwas erledigen. Arbeitest du später im Diner? Dann komme ich auf gratis Pommes und einen Milchshake vorbei.» Sie zwickt mich grinsend in den Arm, steigt in ihren schwarzen Audi und fährt los. Ich schaue den Rücklichtern des teuren Autos nach und ärgere mich, dass mein Dad so arm ist.

Die Boxgeräusche im Dojo verstummen. Ich wirble herum.

Im Innern baumelt der Boxsack einsam hin und her.

Der Fremde ist verschwunden.

Hui-*buh*. Ein ungutes Gefühl überkommt mich. Ich beeile mich, in meinen alten Chevy zu steigen und ihn zu starten. Die Musikanlage springt an. Der Bass hämmert mir wie eine Wand entgegen, und mein Herz hämmert mit, während ich davonfahre.

This is how you remind me of what I really am, singt die Band Nickelback tiefgründig.

Bevor ich um die Ecke biege, schaue ich in den Rückspiegel. Der Fremde ist tatsächlich auf den Parkplatz hinausgetreten. Die blonden Haare hängen ihm feucht in die Stirn, und seine breite Brust hebt sich unter angestrengten Atemzügen. Ich kann nicht sagen, ob er wütend oder enttäuscht aussieht. Vielleicht ist er beides. Es gibt nämlich Menschen, die zu mehreren Gefühlen gleichzeitig fähig sind. Ich bin auch so einer.

Beunruhigt drehe ich die Musik lauter, während mein Bauch wie verrückt weiterkribbelt.

03

WILL

Ich schaue ihr nach, *spüre*, wie sie mir entgleitet. Es macht mich rasend. Aber das darf nicht passieren. Es ist gefährlich.

Zitternd balle ich meine Hände und ringe um Luft. Unmenschliche Kräfte *brennen* unter meinen Rippen und drohen mich zu überwältigen.

Ich. Darf. Nicht. Wütend. Werden.

04

ALLIE

Das Diner ist rappelvoll. Peter, mein Boss, lässt wieder einmal überlaut Hard Rock laufen. Igitt.

Mir dröhnt der Kopf, dabei hat meine Schicht erst vor einer halben Stunde begonnen. Allein für die körperliche Anstrengung hätte ich das Dreifache von dem, was ich verdiene, erhalten sollen – und auf einmal frage ich mich, ob «Leistung» in unseren Breitengraden falsch definiert und honoriert wird. Ach, hätte ich doch weiterstudiert!

Mit einem gezwungenen Lächeln stelle ich mich an den Ecktisch beim Fenster und zücke meinen von Fettspritzern übersäten Notizblock.

«Willkommen im *Peter's Pans*. Was darf's denn sein?» Erwartungsvoll schaue ich in die Runde. Die Augenpaare von drei Jungs in meinem Alter schauen zurück. Der eine kommt mir bekannt vor. Er ist schmächtig und hat dunkelbraune Haare, die er schnöselig über den Kopf zurückgekämmt hat. Sein Kinn ist rund. Die vielen Sommersprossen bringen das unvorteilhaft zur Geltung. Seine blauen Glubschaugen begutachten mich halb neugierig, halb arrogant. Auf seinem Poloshirt entdecke ich ein gesticktes Krokodillogo.

Da erkenne ich ihn.

«Oh, hi, Rufus.»

«Oh, hi, Allie», imitiert er meinen Tonfall. Die zwei anderen Jungs lachen. Meine Stimmung landet im Keller.

Ich kenne Rufus Hennings von der Schule. Er saß in derselben Physikklasse wie ich, ehe ich nach Oxville auszog, um mein Ohrläppchen zu verlieren. Von Rufus glaube ich zu wissen, dass er an einem Ivy-League-College studiert.

Die Jungs geben einer nach dem anderen ihre Bestellung auf. Als Rufus an die Reihe kommt, befeuchtet er lüstern seine Lippen. «Für mich bitte das Tinker-Bell-Menü. Gibt es dich als Nachspeise dazu?» Seine Kumpels klopfen ihm lachend auf die Schulter. Ich spüre, dass ich knallrot anlaufe. Schnell notiere ich die Bestellung und stürze davon.

Meine Schläfen brennen. Ich hätte mich *wirklich* verteidigen sollen. Aber solange mir kein muskulöser Schönling sagt, dass ich *zu allem* fähig bin, werde ich das nie schaffen. Ich bin keine Blume, die für alle erblüht, sondern ein stacheliger Kaktus, der niemanden an sich heranlässt. Mein Mann fürs Leben müsste schon Bob, der Baumeister heißen, um die Mauer um mein Herz einzureißen.

The End.

Missmutig schleiche ich zur Küche und gebe die Bestellung von Rufus und den Schnöseln bei Peters Frau auf.

«Hier, Jasmine. Drei Cheeseburger mit Fritten und Shakes.»

«Wie war das?» Jasmine-Cheyenne hebt anprangernd eine ihrer dünn gezupften Augenbrauen.

«Jasmine-*Cheyenne*», korrigiere ich schnell.

Meine Chefin in spe mustert mich weiterhin böse. Sie ist spindeldürr, hat einen rosa Strassstein auf dem Zahn und Acrylnägel von der Marke *Musste-schnell-gehen*. Mit ihren ein Meter fünfzig ist sie fast zwanzig Zentimeter kleiner als ich. Trotzdem schafft sie es regelmäßig, dass ich mich vor ihr ducke. Natürlich genießt sie das total.

Sie nimmt den Zettel mit der Bestellung entgegen und kneift ihre kleinen Augen zusammen. Die Wimpern ihrer oberen und unteren Lider kreuzen sich wie Lanzen in einer Mittelalterschlacht. «Mir gefällt dein Tempo nicht», beschwert sie sich.

«Tut mir leid, Jasmine-Cheyenne. Das nächste Mal bringe ich die Bestellung schneller zu dir. Und ich werde deinen zweiten Namen nie mehr vergessen.»

«Es ist ein einziger zusammenhängender Name! Aber das meine ich nicht.» Sie nickt einer Ecke des Diners zu. «Der da wartet seit zehn Minuten darauf, von dir bedient zu werden.»

«Ist es der da, der da beim Eingang steht?»

«Nein, der mit dem dicken Pulli an, *Mann*! Und da wundert sich Peter noch, warum unser Umsatz rückläufig ist. Er hätte dich nie einstellen dürfen. Nie!» Sie bedenkt meinen Körper mit einem missgünstigen Schnauben. Ihre Wimpern sind immer noch ineinander verhakt. Schwer zu sagen, ob das Absicht ist oder ob sie sie nicht mehr auseinanderbringt. Ich bin froh, als sie sich von mir abwendet und in der kleinen Küche verschwindet. Ihr «Nie» echot in mir nach.

Tapfer wische ich mir eine Strähne aus dem Gesicht und drehe mich dem Tisch zu, den ich angeblich übersehen habe.

Mein Herz setzt einen Schlag aus. Jetzt brat mir einer einen Storch – der Fremde aus dem Swampy Dojo sitzt da! Seine wuscheligen Surferhaare sind feucht, wodurch das Blond etwas dunkler wirkt. In der schummrigen Beleuchtung des Diners leuchten mir seine grünen Augen förmlich entgegen. Es sieht unheimlich aus, fast *unmenschlich*. Vielleicht ist dieser Mann gar kein Mensch.

Aber *was* ist der dann?

Mir fällt auf, dass er ein Glas Wasser vor sich stehen hat. Verwundert schaue ich mich um und entdecke meinen gleichaltrigen Arbeitskollegen Hunter Forest. Er räumt gerade einen Tisch ab und zwinkert mir verschlagen zu. Mit einer obszönen Geste verdeutlicht er mir, dass der Fremde noch nichts gegessen hat. Die

Schamesröte stößt mir ins Gesicht. Mensch Meier, warum sind nur immer alle so zweideutig und verdorben? Gehört das in unserem Alter dazu? Ich kann nicht mal das Wort mit *P* für das männliche Geschlechtsteil ausschreiben, ohne rot anzulaufen. Obwohl ich keine Jungfrau mehr bin, bin ich mir sicher, beim erneuten Anblick eines Schniedelwutzes direkt in Ohnmacht zu fallen.

Ich muss wie der Nachthimmel an Silvester glühen, als ich mich endlich auf den Weg zu dem Tisch mache, an welchem der Fremde immer noch auf mich wartet, als wäre *ich* seine nächste Mahlzeit. Uh-oh. Trotz der lauten Rockmusik klingen meine Schritte plötzlich überlaut. Alles in mir zieht mich in seine Richtung und stößt mich gleichzeitig ab. Und mit jedem einzelnen Schritt steigt auch mein Puls.

Er trägt einen weiten, ausgewaschenen Hoodie der Oxville Cows.

Meine Alarmglocken schrillen.

Die Oxville Cows.

Sein Blick durchbohrt mich erneut bis auf die Seele. Beunruhigt greife ich mir an den Rücken, um sicherzugehen, dass sich kein Loch auftut, wo mich seine Augen wie ein Dolch durchstoßen. Es ist alles noch ganz – Glück gehabt. So ein Loch im Körper wäre schließlich ganz schön blöd. Andererseits würde es vielleicht von meinem Ohrläppchen ablenken.

Zitternd zücke ich meinen Notizblock. «Willkommen im *Peter's Pans*, was kann ich dir bringen?», nuschle ich kaum hörbar.

Er grinst. «Wirfst du diesmal keine Boxhandschuhe nach mir?» Sein britischer Akzent haut mich schon wieder fast um.

Ich muss so rot werden, wie das Ketchup auf dem Nebentisch. «Tja, also, äh, das tut mir leid. Das war keine Absicht.»

«Ich habe den Streit zwischen dir und deiner Freundin mitbekommen.»

«Welchen?» Mein Herz pumpt nicht mehr Blut, sondern *Panik*.

«Den übers Kämpfen. Wieso willst du nicht, dass sie es dir beibringt?»

Ich runzle die Stirn. «Warst du da schon im Dojo? Belauschst du andere beim Reden? Bist du ein Stalker?»

«Kommt darauf an.» Seine Augen funkeln spöttisch. «Willst du, dass ich einer bin?»

Die Frage überrumpelt mich – denn sie erinnert mich an Ian Wolfgrim. Er verfolgt Ivory seit Seite eins. Aber wirklich nur, um sie zu beschützen.

Ich befinde es für besser, das Thema nicht zu vertiefen. «Was, ah, kann ich dir bringen?»

Sein Lächeln wird unergründlich. «Einen Cappuccino, bitte.» Angesichts seines Akzents bin ich nahe dran zu fragen, wieso er sich keinen Tee bestellt und ob ich ihm diesen kalt bringen soll, weil er das Wasser vermutlich mit einem einzigen Blick zum Kochen bringen könnte. Aber mit Vorurteilen und Oberflächlichkeit will ich nichts am Hut haben.

Zitternd notiere ich seine Bestellung. Die Spitze meines Bleistifts bricht ab. Oh, Menno. Jetzt muss ich mir die Bestellung *merken* – und wie gut mein Gedächtnis ist, wissen wir ja.

Beim Davongehen wiederhole ich seine Bestellung fieberhaft im Kopf. *Einen Cappuccino, einen Cappuccino, einen Cappuccino.* Natürlich stets im sexy Akzent des Typen. *Käpoutschinou.*

Alles in mir wird erst warm, dann heiß und weich. Holy cow – *höuli cau.* Mein Herz tanzt *Hopsanglaise.*

Auf halbem Weg durch das Diner fällt mir ein, dass wir gar keinen Cappuccino, geschweige denn sonst irgendwelche Kaffees haben; Jasmine-Cheyenne ist angeblich allergisch. Ich mache kehrt und schlucke leer, weil er mir schon wieder entgegenschaut.

Gedemütigt stelle ich mich vor ihn hin. «Wir haben leider keinen Cappuccino. Möchtest du sonst etwas? Etwas, ah, zu essen vielleicht?» Mein Puls überschlägt sich, als er auf meine Frage hin hungrig die Unterlippe zwischen die Zähne zieht. Seine Augen *lodern.* Schweiß rinnt meinen Nacken hinab. «*U-u*-unser Lost-Boy-Burger ist total lecker.»

«Ist da Menschenfleisch drin?», fragt er.

Ich erschrecke. «Was?»

Amüsierte Grübchen stehlen sich auf seine Wangen. «Das war ein Scherz. Mach dich locker, Als.»

Als. Ein Donnerwetter bricht über meinen Kopf herein. Dummerweise ist er leergefegt, darum geht rein gar nichts kaputt.

Der Fremde greift nach der Menükarte auf dem Tisch und wirft einen flüchtigen Blick hinein. «Ich nehme gern eine vegetarische Variante eures Lost-Boy-Burgers. Und einen dieser Vanilleshakes, bitte.» Geräuschvoll klappt er die Karte wieder zu. Gleichzeitig neigt er den Kopf und mustert mich. Feuchte, dunkelblonde Strähnen streichen über seine Stirn. «Du erkennst mich wirklich nicht, oder?» Sein Tonfall wird leiser, lauernder. Aber irgendwie auch vertrauter.

Als.

Wie ferngesteuert wandert mein Blick zum Print seines Hoodies hinab.

Oxville Cows.

So heißt das Footballteam der Oxville University. Die Welt um mich herum beginnt sich zu drehen. Der Fremde schnellt vor und kriegt mich beim Handgelenk zu greifen. «*Als.*» Seine grüne Iris durchbohrt mich, *hypnotisiert* mich. Apathisch schaue ich ihn an.

Taumle ich? Träume ich? Bitte nicht, das wäre total verschwendetes Potenzial.

«Als», wiederholt er sanft. «Als, bitte erinnere dich.»

«Allie Andrews!» Jasmine-Cheyennes Stimme donnert wie eine Gerölllawine durchs Diner. Meine schwindelerregende Traumblase platzt. Der Fremde lässt mich los.

«I-ich bin gleich zurück», krächze ich und eile zur Küche davon, wo Jasmine-Cheyenne mit der Bestellung für Rufus und die Schnösel auf mich wartet. Dass sie mich für ein paar Dollar die Stunde aus wichtigen Gesprächen reißen kann, ärgert mich sehr. Andererseits bin ich froh, dieser seltsamen Situation entkommen zu sein. Für den Moment zumindest.

Oxville Cows.

Ich schiele zu dem Fremden zurück. Er sitzt nicht mehr, sondern *steht* an seinem Tisch. Die Hard-Rock-Musik hämmert mich in Grund und Boden. Vielleicht ist es auch sein durchdringender Blick.

Die Glocke über dem Eingang bimmelt. Ly betritt das Diner. Ich registriere ihre Ankunft nur aus dem Augenwinkel; meine Aufmerksamkeit liegt immer noch zu neunundneunzig Prozent auf dem Fremden.

Denn ich kann nirgendwo die hundert Prozent erreichen.

Der Fremde bemerkt Ly ebenfalls. Ihn erfasst ein ungestümes Zittern. Dann, völlig aus dem Nichts, packt er seine Sachen und verlässt das Diner. Um Ly macht er einen riesigen Bogen. Also wirklich: Er steigt halb über einen Tisch hinweg. Ein paar Pommes gehen zu Boden. *Plopp. Plopp.*

Die Glocke bimmelt erneut.

Ein Handtuch trifft mich am Hinterkopf. «Himmelherrgott, Allie! Das war *dein* Gast! Was hast du gesagt? Wieso hast du ihn verscheucht?», wettert Jasmine-Cheyenne.

Ich will mich rechtfertigen, allerdings kann ich mir keinen Reim auf den Fremden bilden. Aber wie auch? Ich bin keine Dichterin. Traurig senke ich den Blick zu meinen kleinen Füßen.

05

WILL

Verzweiflung flutet mich. Unbändige, unkontrollierbare, *alles zerfressende* Verzweiflung. Ich kann meine Gefühle nicht länger zurückhalten, aber das will ich auch nicht.

Ich stürme in den Wald hinein, den die Menschen Dead Forest nennen.

Die Verwandlung setzt schneller ein, als erwartet. Hastig ziehe ich meinen Pullover aus und verstecke ihn zwischen den Ästen, denn ich habe weder viele Klamotten noch viel Geld mit nach Blueforest gebracht.

Ich sollte gar nicht hier sein.

Die kalte Nachtluft streicht über meine erhitzte Haut. Meine Wirbelsäule knackt. Ich stoße ein Brüllen aus, das nichts Menschliches mehr an sich hat. Doch obwohl ich mich immer weiter von mir selbst entferne, bleiben meine Gedanken gefährlich nah bei diesem *Mädchen*.

Aber sie erkennt mich nicht.

Sie erkennt mich nicht.

Sie erkennt mich nicht.

Sie --- Wieder brülle ich. Mein Herz zerreißt. Das Denken vergeht mir. Dann bin ich nur noch der Wind und die Schatten.

06

ALLIE

«Der Typ ist einfach *so, so, so, so, so* creepy!», ruft Ly aus. Vielleicht liegt es an meiner HD – handlungsvorantreibende Dummheit –, aber je mehr «*so*»'s sie sagt, desto mehr Wärme schießt in meinen Bauch hinein.

Lys eisiger Blick hingegen verspricht einen verfrühten Wintereinbruch. Energisch klaubt sie eine Handvoll Pommes vom Teller und schiebt sie in ihren kleinen Mund. Einen Moment lang sieht sie aus wie ein Hamster. Sie kaut so aggressiv, als würden die Pommes sich dagegen wehren, gegessen zu werden. Dann schluckt sie, und die fettigen Kartoffeln verschwinden irgendwo in ihrem beneidenswert trainierten Körper.

«*So* verdammt creepy», wiederholt sie nahezu fauchend, und ein heißer Blitz durchsticht meinen Magen. Befangen sauge ich meine Unterlippe ein. Wenn sie *so* weitermacht, liege ich bald stöhnend unter dem Tisch.

Es ist kurz vor elf. Blueforest ist so verschlafen, dass kaum noch Leute im Diner sind. Hunter und ich haben bereits mit dem Aufräumen begonnen; er wischt den Boden, ich die Tische.

Den neben Ly putze ich mittlerweile zum zehnten Mal. Ich wische sogar seine Unterseite. Das hat offenbar lange niemand getan. Mein Lappen ist danach schwarz und voller Krümel. Angeekelt rümpfe ich die Nase, während Ly sich immer noch in Rage redet.

«Ich verstehe einfach nicht, warum er dir so an den Fersen klebt!», wettert sie.

«Ich vielleicht schon», wende ich ein und mein Puls zieht an. «Hast du seinen Hoodie gesehen? Er kommt aus Oxville. Vielleicht kennt er mich.»

«Der Hoodie ist mir aufgefallen. Ein Footballspieler, huh?» Sie spuckt das Wort aus. «Wenn er dich kennt, wieso sagt er es nicht einfach? Wieso verfolgt er dich wie ein bescheuerter kleiner Pudel auf Liebesentzug? Hast du dir schon einmal überlegt, dass er der Psycho sein könnte, der dich im Oxville Forest angegriffen hat?»

Ich schweige und putze weiter.

«Wie kannst du so ruhig bleiben, A?»

«Was soll ich sonst tun? Weinen, schreien, panisch herumrennen?», entgegne ich kühl.

«Du könntest zu meiner Mom gehen.»

Mir entfährt ein trockenes Lachen. Kopfschüttelnd fasse ich mir an die Stirn. «Ich kann Sheriff Haner nicht jeden Typen melden, der dir nicht passt.»

Ly kaut sich die Unterlippe wund. «Es geht aber nicht um mich, sondern um dich. Ich mache mir Sorgen.»

«Wegen des Oxville-Hoodies?»

«Nein. Wegen seiner Augen.»

«Sie sind grün und warm.»

«Eher düster und voller Geheimnisse.»

«Klingt heiß.»

Ly klackst genervt mit der Zunge. Ich will hämisch zurückgrinsen – aber dann fällt mir auf, wie sonderbar meine Stirn auf einmal brennt ... Ich halte die Luft an.

Einen Herzschlag später dämmert mir, dass ich zuvor mit dem Lappen an meine Stirn gefasst habe. Diesen habe ich in ein aggressives Putzmittel getunkt. *Hmpf.* Und ich dachte schon, ich sei Harry Potter.

Ernüchtert verziehe ich den Mund und mustere den Tisch, der mittlerweile blitzblank sauber ist. Angeblich hat an diesem Platz einst der Sänger einer K-Pop-Band gesessen und Pommes mit Mayo gegessen. Auf einer silbernen Plakette steht sein Name und die Bestellung. Der Name ist leider auf Koreanisch. Diese Info tut überhaupt nichts zur Sache, aber sie beschreibt hervorragend die Welt, in der ich lebe: Die spannenden Dinge geschehen immer dann, wenn ich nicht da bin.

Es sei denn, es entwickelt sich *etwas Spannendes* aus der Sache mit dem Fremden. Mein Kopf fängt postwendend wieder Feuer, und diesmal liegt es definitiv nicht am Putzmittel.

«Wenn es okay ist, lasse ich den Typen trotzdem von Mom durchleuchten. Vielleicht glaubst du mir *dann*, dass du ihm besser aus dem Weg gehen solltest», sagt Ly, als hätte sie meine unvernünftigen Gedanken gehört.

Mir schwirrt der Kopf vor Scham. «Das lässt du schön sein! Zum letzten Mal: Er ist nicht creepy, sondern nett. Wir haben vorhin sogar miteinander geredet. Ich hätte ihm einen Cappuccino gebracht, wenn Peter und Jasmine-Cheyenne welchen anbieten würden.»

Ly schnaubt verächtlich. «Und weil er Cappuccino trinkt und wie ein Typ aus ‹Bridgerton› spricht, ist er automatisch vertrauenswürdig?»

Einen *Käpoutschinou*, denke ich und muss fast kichern. Mein Herz flattert. Ly mustert mich, als wäre mein IQ unter hundert gefallen.

Ein Pärchen betritt das Diner. Sie stoßen die Eingangstür so weit auf, dass die Geräusche von draußen zu uns hineindringen. Ich höre ein unmenschliches Brüllen. Die wenigen verbliebenen Diner-Besucher zucken zusammen. Selbst Ly reißt den Kopf herum. Peter und Jasmine-Cheyenne stehen bei der Küche und tauschen einen alarmierten Blick.

Mein Kichern wird im Keim erstickt. Stattdessen beginnen meine Nackenhärchen zu flirren, als säße ich auf einer Stromleitung. Das Gefühl verschwindet, als die Tür ins Schloss zurückfällt. Peters grässlicher Hard Rock gewinnt wieder überhand.

Ly wirkt plötzlich angespannt. «Bist du zu Fuß hier? Lass mich dich nach deiner Schicht nach Hause fahren, okay?» Ihr Blick gleitet nach draußen. Ist es Einbildung, dass sie zittert?

Ich ziehe eine Schnute. «Liegt es am Fremden aus dem Dojo? Du kannst mich nicht vor allem beschützen, weißt du.»

Sie hebt die Schultern und lächelt mich unschuldig an. Ihre Mimik ist ansteckend.

Mit einem geschlagenen Brummen gebe ich nach. «Also gut. Aber ab Morgen hörst du wieder auf mit diesem Beschützerdrama. Und du wirst ihm *nicht* nachspionieren!»

«Wieso nicht? Vielleicht finde ich ein paar Nacktbilder.»

Und führe uns nicht in Versuchung, bete ich und protestiere laut: «Es gibt nichts zu überprüfen, Ly! Er ist blond und hat warme, freundliche Augen. Was bedeutet, dass er absolut harmlos ist.» Den letzten Satz muss ich ergänzen, weil sie mich verständnislos anblinzelt. Ich widerstehe einem Augenrollen. Himmel, hat dieses Mädchen noch nie ein Buch gelesen? «Er ist einer der *Guten* – genau wie Ian Wolfgrim», beharre ich noch einmal.

«Der gefallene Engel?» Sie pustet die Wangen auf. «Puh, daran habe ich natürlich nicht gedacht. Vielleicht lass ich dich doch zu Fuß nach Hause gehen.»

«Im Ernst?»

«Ja, klar! Aber vergiss nicht, dir ein Holzschild um den Hals zu hängen, auf dem steht: *Beiß mir mein Ohr ab, ich will es!*»

«*Ha*», sagte ich gedehnt. «Ich würde ja ha-*ha* sagen, aber die zweite Silbe ist soeben an meinem Arsch vorbeigeflogen.»

«Ha-*ha*», entgegnet Ly mit amüsiert blitzenden Augen.

Vor dem Diner brüllt erneut ein Tier. Diesmal dringt der grollende Laut durch die Fensterscheiben hindurch. Das leere Milchshakeglas vor Ly klirrt. Die Hängelampen erzittern.

Ly und ich schauen uns an.

«Heimfahren lassen ist eine gute Idee», beende ich die Diskussion abrupt.

«Mhm, ja», bestätigt Ly und schaut abermals in die Dunkelheit hinaus. Ich folge ihrem Blick und frage mich, was jenseits des Dead Forest lauert. Anders als alle Gefahren zuvor, löst diese nämlich kein aufregendes Kribbeln in meinem Unterleib aus, sondern einen unangenehmen Druck auf meine Blase.

Zum Glück trinke ich so wenig.

07

ALLIE

Es ist so neblig, als wollte die Natur etwas Dramatisches einleiten. Nicht einmal die Nebellichter von Lys Luxus-Audi kommen gegen die graue Mauer an. Obwohl Ly ein echter Adrenalinjunkie ist, fährt sie nur im Schritttempo aus der Stadt hinaus.

Ich wohne außerhalb, umzingelt von Bäumen, Wiesen und dem Sumpf. Ly nörgelt ständig, dass Dad und ich in die Stadt ziehen sollten. Ich wäre auch lieber da, wo der nächste Starbucks mit seinen superleckeren Pumpkin Spice Lattes ist. Aber Dad kann nicht weg. Er braucht die Leere und die Nacht, um seinen Forschungen nachzugehen. Lichtverschmutzung ist nicht sein Ding. Darum fährt Ly auch zweimal an unserem Haus vorbei – wie üblich hat Dad kein einziges Licht brennen lassen. Ich muss unweigerlich grinsen. Ach, Daddy!

Beim dritten Anlauf erwischt Ly unsere Einfahrt. Drei Sekunden später taucht das Haus mit der großen Holzveranda im Nebel auf.

Es sieht wie ausgestorben aus, aber ich weiß, dass Dad irgendwo drinnen oder draußen auf der Suche nach Dingen ist, die ihm schon zwei

Auftritte bei «Ancient Aliens» eingebracht haben. Ich bin stolz auf ihn, obwohl ich mich manchmal auch ein wenig schäme. Seinetwegen habe ich schon einiges über mich ergehen lassen müssen.

Als ich nach Blueforest zurückkehrte, steckten Unbekannte ein Schild in die Wiese vor unserem Haus: *E.T. nach Hause gekommen.* Dad fand das urkomisch. Ich hingegen frage mich immer noch, wieso man mich nicht mit einem cooleren Alien vergleichen kann.

Aber stimmt ja: Um ein cooler Alien zu sein, müsste ich erst ein cooles Mädchen sein. Leider ist das einzig *Coole* an mir die 7-up, die Ly mir vor unserer Abfahrt in die Hand gedrückt hat. Traurig lasse ich die letzten Tröpfchen meinen Rachen hinunterpurzeln. Dann drücke ich die Dose zusammen und will sie in meine Tasche stülpen, um sie nachher fachgerecht zu entsorgen. Vielleicht mache ich sogar eine kurze Story daraus.

Hashtag #*sauberfrau.*

Hashtag #*cleanhousecleanheart.*

Ly vermasselt meinen Plan, indem sie mir die Dose wegnimmt. Achtlos wirft sie sie auf die schwarzen Lederrücksitze. Ich widerstehe einer Schnute, da sie meine Enttäuschung ohnehin nicht nachvollziehen könnte. Ly ist kein Fan von Social Media. Sie hat zwar ein iPhone der neuesten Generation in der Farbe «Purple», aber sie benutzt nicht einmal eine Messenger-App. Wenn ich sie erreichen will, muss ich *anrufen* oder eine gewöhnliche *SMS* schreiben. Kein Wunder, wirkt sie manchmal so kalt. Es ist schon 'ne Hausnummer, seine Gefühle ständig ohne Gifs und Stickers ausdrücken zu müssen.

Ich öffne den Sicherheitsgurt und verabschiede mich. Ly umarmt mich, obwohl ich wie eine Frittenbude stinke. Ihre Lederjacke riecht, na ja, nach Leder. Als Vegetariern finde ich das nur bedingt toll. Aber Freunde kann man sich nicht aussuchen, hat Sam einmal gesagt.

Freunde finden *dich.*

Ich steige aus. Ly tuckert davon. Ich winke ihr nach, obwohl sie keine Augen am Hinterkopf hat; noch so ein witziger Spruch von Sam.

Ich ziehe meine blaue Wollstrickjacke enger um die Schultern und schaue zum Haus, das immer noch düster vor mir aufragt. Wir hatten einst einen Bewegungsmelder auf der Veranda, aber den hat Mom mitgenommen, als sie Dad und mich vor Jahren für einen Zirkusdirektor verlassen hat.

Seither ist mein Leben dunkel.

Die Steine auf dem Vorplatz knirschen unter meinen ausgelatschten schwarzen Stiefeln, und als ich die Veranda betrete, knarrt das Holz. Es ist das einzige Geräusch; alles andere wird vom Nebel verschluckt. Wenig überraschend fühle ich mich sofort wie ein dickes Klößchen, unter dem alles kracht und ächzt.

Missmutig wühle ich in der Tasche nach meinem Schlüssel. Ich finde ihn. Stecke ihn ins

Schloss. Drehe langsam. Ich bin allein. Der Wind frischt auf und spielt mit meinen Haaren. Das Schloss klickt.

Der Wind pfeift und singt für mich.

Für den Hauch eines Atemzugs blicke ich über meine Schulter hinweg zurück in die Dunkelheit. Ich bin immer noch allein, aber es fühlt sich nicht länger so an. Achselzuckend öffne ich die Tür. Und —

Gehe hinein.

«Huhu, Daddy – ich bin zu Hause!»

«Hey, Allie-Bear!», erklingt Dads Stimme aus dem Büro. Er ist also immer noch am Arbeiten.

Grinsend schlüpfe ich aus meinen Schuhen und gehe in die Küche, um nachzusehen, ob im Kühlschrank noch ein bisschen Schokolade für mich ist.

Mein Handy vibriert. Ich ziehe es hervor. Mit der freien Hand greife ich bereits nach der Nussschokolade im Schokifach und breche drei Reihen ab, weil man laut Sam klotzen und nicht kleckern soll.

Ich habe eine SMS gekriegt, also eine altmodische. Die Nummer ist unbekannt. Ich beiße in die Schokolade und öffne die Nachricht.

12 Uhr. Murmur Swamp. Komm allein.

Der Schokoladenbissen bleibt mir im Hals stecken. Ich verschlucke mich und huste.

«Allie?», ruft Dad alarmiert aus dem Arbeitszimmer.

«Alles gut!», krächze ich und spüle hektisch mit Mandelmilch, die ich im Kühlschrank finde.

Sie ist ranzig.

Ich pruste sie in einer Fontäne wieder heraus und stöhne genervt, weil ich jetzt die ganze Küchenablage putzen muss. Mürrisch mache ich mich an die Arbeit. Und dann, *endlich*, widme ich mich wieder der Nachricht auf meinem Handy. Spannung ist alles, das habe ich von Ivory gelernt.

Wobei Spannung das falsche Wort ist, um meine Situation zu beschreiben. Unheimlich trifft es da schon eher.

12 Uhr. Murmur Swamp. Komm allein.

Ich lese die Nachricht so oft hintereinander, als könnte ich sie dadurch verändern. Kann ich natürlich nicht. Dafür vermehren sich die Fragezeichen in meinem Kopf.

Wer schreibt mir von einer unbekannten Nummer aus und denkt allen Ernstes, dass ich mich in einer Nebelnacht zum Murmur Swamp begebe – noch dazu, ohne den Absender zu kennen? Es ist so lächerlich, dass mir ein kaltes Lachen entfährt. Kopfschüttelnd stülpe ich das Handy in meine Umhängetasche zurück und gehe ins Obergeschoss.

Ich dusche, bis die Spiegel beschlagen, schlüpfe in meinen Lieblingspyjama mit den Sternisäckchen auf der Brust und husche unter die Bettdecke. Ich lösche das Licht und werfe meinen Sternenprojektor an. Augenblicklich wird meine Decke von unzähligen glitzernden Punkten übersät. Lächelnd suche ich nach allen Sternbildern, die Dad mir gezeigt hat und ich mir merken konnte – zwei –, und bewundere anschließend die Spiralform der Milchstraße.

Ob sie Milchstraße heißt, weil die Milch zuweilen dieselbe Form annimmt, wenn man sie unter den Kaffee rührt?

Einen Käpoutschinou.

Ruckartig setzte ich mich auf. Zwei meiner sechzehn Plüschtiere purzeln auf den Boden. Ich greife nach meinem Handy und betrachte die Nachricht des unbekannten Absenders erneut.

Dann schaue ich auf die Uhr.

Es ist fünf nach halb zwölf.

Mein Blick gleitet zum Fenster. Der Wind rüttelt leise an den Storen. *Geh,* flüstert etwas in mir – und auf einmal ringe ich mit meinem Verstand. Ein Teil von mir will *wirklich* in die Kissen zurückfallen und schlafen. Aber dann entdecke ich «Shadows Over Bloomfield Hills» auf der Fensterbank.

Und ein anderer Teil von mir raunt: *Höuli cau.*

Ivory erlebt viele Abenteuer nur, weil sie manchmal etwas doof ist. Wann immer jemand sagt, sie dürfe etwas nicht tun, weil es *gefährlich* und *wahnsinnig* sei, schüttelt sie ihr schönes rotes Haar auf und stürzt sich ins Verderben. So lernt sie Ian kennen: Er trägt sie mit seinen großen schwarzen Schwingen davon, als sie das mysteriöse Schattenwesen Deverell mit ihrem Blutdolch töten will. Und sie trifft Halbgott-Titan Alex Tyrodon, als die Hexen des Coven of the Guiding Hand sie irgendeinem Dämon opfern wollen, dessen Namen ich mir aufgrund der Fülle von Namen nicht merken konnte.

Aber in meinem eigenen Leben gibt es nicht so viele Namen, oder? Eigentlich gibt es gar keinen; es gibt nur Adjektive. *Blond, muskulös, geheimnisvoll, sexy, gefährlich, undeutbar.* Mein Bauch beginnt vor Aufregung zu kribbeln. Ich bilde mir ein, Lys zornige Stimme zu hören. *Bleib gefälligst im Bett und schlaf!* Aber mir ist nicht mehr nach Schlafen zumute.

Wildentschlossen schlage ich die Bettdecke zurück und ziehe mich wieder an. Auch etwas Mascara trage ich auf, man weiß ja nie.

Mit einem Herzen, das mit jedem Schritt stärker fürs Abenteuer schlägt, schleiche ich aus dem Haus und eile auf leisen Sohlen über unseren Vorplatz und die einsame Landstraße hinweg.

Dorthin, wo der Murmur Swamp beginnt.

08

Meine Füße versinken knöcheltief im Morast. Fröstelnd stehe ich am Rand des Sumpfgebiets. Ich habe die Kälte in meiner Aufregung total unterschätzt, weshalb ich nur eine Jeans und einen Pullover mit großem Evoli-Aufdruck trage. Ich rede mir ein, dass das eh besser aussieht als mein dicker Winterparka, und schaue mich mit wildpochendem Herzen um.

Der Nebel verschluckt alles und jeden. Die dicken Schwaden umschwirren mich wie Aspiranten eine Walzerkönigin und ziehen mich in eine kalte Umarmung.

Sumpfige Erde matscht. Ein Ast knackt.

Ich schrecke hoch.

«Du bist gekommen.» Eine Gestalt tritt aus dem Dickicht. Ich halte die Luft an. Sie ist groß und schlank und ihre Schritte ... nicht gerade raubtierhaft.

Argwohn erfasst mich. Vorsorglich stelle ich ein Bein zurück und verankere mich schulterbreit in der Erde, wie Ly es mir für Notfälle eingetrichtert hat.

Der Nebel gibt die Gestalt frei – und mit ihr die Gewissheit, dass nicht alle Träume in Erfüllung gehen. Die Enttäuschung knallt mir wie ein Brett vor den Kopf. Meine Abwehrhaltung fällt in sich zusammen.

«Hi, Allie.» Rufus Hennings winkt mir unbeholfen zu. Er kommt nah genug heran, dass ich sein schüchternes Lächeln sehe. «Ich hätte nicht gedacht, dass du kommst.»

Es fällt mir schwer, meine Ernüchterung im Zaum zu halten. «War die SMS von dir?»

«Ja. Ich habe deine Chefin nach deiner Nummer gefragt. Ich wollte mich entschuldigen.»

«Um Mitternacht beim Murmur Swamp?»

«Ich finde es schön hier.»

«Mh.» Ich ziehe eine Schnute und zittere im Nebel. Irgendwo heult ein Wolf.

«Mein Spruch, dass ich dich als Nachspeise möchte, war total sexistisch. Das ist nicht okay», erklärt Rufus ernst. «Ich könnte heute Nacht kein Auge zu tun, wenn ich mich nicht bei dir entschuldige. Darum habe ich dich mit einer SMS hergelockt und gehofft, dass du kommst.»

«Wieso musste ich allein kommen?»

«Weil ich dir noch etwas anderes sagen will.» Seine Stimme nimmt eine dunkle, raue Note an. Meine Alarmglocken gehen los. Oh-oh. Hat *er* damals meinen My-Little-Pony-Bleistift geklaut?

Wieder fällt mir auf, wie rund sein Kinn und wie groß seine Augen sind. Aus seinen penibel zurückgekämmten Haaren hat sich eine Strähne gelöst, die nun absteht. Er sieht aus wie ein Gockel.

«Allie Andrews, ich mag dich», bricht es aus ihm heraus. «Ich habe dich schon immer gemocht. Als du jeweils hinter mir in Englisch ...»

«Physik», korrigiere ich.

«Physik.» Seine Froschaugen schimmern. «Jedenfalls, ah, konnte ich mich auf nichts anderes mehr konzentrieren als darauf, wie ich dich am besten nach einem Date frage. Aber ich war einfach viel zu schüchtern.»

«Ah, okay?» Nervös trample ich auf. «Ich hätte schwören können, dass ich dir nie aufgefallen bin.»

Er lächelt. «Allie, du bist *jedem* aufgefallen.»

«Ich oder mein superbekannter, forschender Dad?»

Er hebt die Hand, um sich die Gockelsträhne zu glätten. «Du, Allie Andrews. Nur du.» Langsam kommt er näher. Sein Atem riecht übel nach den Zwiebeln aus dem Lost-Boy-Burger, aber ich komme nicht umhin, geschmeichelt zu sein. Rufus hat auf der High-School zu den coolen Kids gehört, während ich mit meiner Digimon-Lunchbox allein in der Ecke gesessen habe. Dass ich ihm damals aufgefallen bin – *positiv aufgefallen* –, erfüllt mich mit Wärme und ...

«Der Penner lügt», mischt sich eine neue Stimme ein. Ich beiße mir fast die Zunge durch.

Und dann wird mir heiß – unfassbar heiß: Der Fremde aus dem Swampy Dojo ist aufgetaucht. Wer hat denn jetzt mit so etwas gerechnet!

Er trägt immer noch den grauen Hoodie mit dem Oxville-Cows-Logo. Seine Arme liegen verschränkt über der Kuh im Kreis. Das betont seine Brustmuskulatur, die zum Zerreißen gespannt ist.

Genauso wie meine Nerven neuerdings.

«Er steht nicht auf dich», sagt der Fremde kühl und schiebt sein Kinn in Rufus' Richtung vor. Seine Worte verpassen mir einen Stich. Whoa-*whoa*-*whoa* – war das gerade eine Beleidigung? Was für ein mieser, gut aussehender Fiesling!

Sicherheitshalber kehre ich in Lys Abwehrposition zurück. Der Fremde registriert die Bewegung flüchtig aus dem Augenwinkel. Sein Mundwinkel zuckt amüsiert. Als wäre die Vorstellung, dass ich mich gegen ihn *wehren* möchte, urkomisch. Ich schnaube. Fiesling hoch zwei!

Er beachtet mich nicht länger, sondern schaut zu Rufus. Dieser schluckt zweimal leer. Der Fremde ist etwas größer und natürlich um Welten athletischer. Gäbe es einen Kampf, wäre die Sache schnell entschieden. Ich habe die Schlagzeile schon vor Augen: Tiger tötet Gockel mit Froschaugen.

«Er hat mit seinen Freunden gewettet, dass er das *ohrlose* Alien-Mädchen flachlegen kann», erklärt der Fremde.

Das Blut weicht mir aus den Wangen.

Rufus keucht. «Das stimmt doch gar nicht!»

«Und ob es stimmt. Ich habe euch darüber reden gehört – im Diner. Ich war da.»

Und wie er da war, denke ich, während ein Prickeln über meinen Nacken kriecht.

«A-aber es war so laut da drin, du ... du kannst uns unmöglich gehört haben!», braust Rufus überfordert auf und zieht den Kopf ein, als sich der Fremde mit einem Mal vor ihm aufbaut. Mir entgeht nicht, wie er sich dabei vor mich schiebt. Er bildet eine natürliche Mauer zwischen mir und Rufus und fixiert Letzteren aus Augen, die ich nicht mehr sehen kann. Was echt schade ist, denn er hat sehr schöne Augen.

Rufus erblasst und stolpert zurück. «Hör mal, ich will keinen Ärger. Du kannst sie haben.»

«Bitte, was?» Ich blinzle empört hinter dem breiten Rücken hervor.

«Mach, dass du davonkommst», zischt der Fremde. Rufus zögert keine Sekunde.

Hals über Kopf rennt er davon. Dabei übersieht er eine sumpfige Stelle. Er versinkt knietief. Wimmernd zieht er sich selbst aus dem Morast und rennt weiter. *Barfuß*. Seine Schuhe sind im Sumpf steckengeblieben.

Oben bei der Straße springen die Lichter eines Autos an. Das Gaspedal wird im ersten Gang durchgedrückt. Räder quietschen auf Asphalt. Einen Atemzug später ist es wieder still.

Hoppala.

Der Wind rauscht in den Blättern der umstehenden Bäume. Grashalme wiegen um meine Beine. Irgendwo tröpfelt etwas. Es ist feucht und kalt.

Der Fremde dreht sich zu mir um. Seine unergründlichen grünen Augen nehmen mich ins Visier. Mein Herzschlag dehnt sich bis in meinen Bauch aus. «Alles in Ordnung?», erkundigt er sich freundlich.

«J-ja.» Und Himmel, das ist es. Mir fällt auf, wie nett sein Gesicht aussieht. Ja, es ist männlich, konturiert, hart, scharfkantig, *mega* attraktiv und von der Sorte, die verrücktere Dinge in meinem Unterleib auslöst als der YouTube-Clip, der als Erstes erscheint, wenn man das Saxofon-Emoji in die Suchleiste eingibt. Aber so sexy dieser Mann auch ist – er wirkt eben auch *nett*. Der nette Junge mit der Bad-Boy-Aura von nebenan.

Die Tatsache, dass Rufus so panisch die Flucht ergriffen hat, lässt mich allerdings vermuten, dass er nicht nur *ein* Gesicht hat. Da er kein Maskenbildner zu sein scheint, kann das nur eines bedeuten: Es steckt mehr *Bösewicht* in ihm, als ich ihm bislang zugestehe. Gut möglich, dass er den Müll nicht trennt. Das muss ich erst einmal verdauen.

Daher meine Gänsehaut.

Ich bin nicht blöd; ich erkenne Gefahr, wenn sie vor mir steht. Und ich weiß, dass ich jetzt eigentlich auch wegrennen sollte. Denn dieser Mann ist *schon wieder* aus dem Nichts aufgetaucht und hat irgendwelche fremden Leute beim Reden belauscht. Selbst wenn es mir diesmal zugutegekommen ist – ist dieses Verhalten noch normal? Warnt Ly mich zu recht vor ihm?

Ich will vernünftig sein. Aber, mein lieber Scholli, dieser Bizeps. Man erahnt ihn selbst unter dem weiten Hoodie.

Ein Schauern überläuft mich. Die Unvernunft legt mich in Fesseln. Ich *kann* nicht wegrennen. Das ist ein bisschen wie bei Ivory und Alex, als sie einander auf dem Schlachtfeld gegenüberstehen. Ivory müsste Alex töten, stattdessen haben sie Sex. Wer kann, der kann.

Wie lange ich den Fremden *bestaune*, wird mir klar, als er knallrot anläuft.

«Hör auf damit», stammelt er. «Hör auf, mich anzustarren, Als. Das ist komisch.»

«Sorry.» Beschämt senke ich die Lider. «Du hast behauptet, dass wir uns kennen. Ich versuche, dich einer Erinnerung zuzuordnen.» Ein Hoch auf Notlügen.

Er horcht auf. «Und?»

Ich betrachte ihn erneut. Beziehungsweise seine breiten Schultern. Ich hatte schon immer ein Auge für das Wesentliche. «Nein, da ist gar nichts. Tut mir leid.»

Er senkt enttäuscht den Kopf.

«Meine Freundin Ly denkt, dass du mich ver-folgst. Tust du das, weil wir uns kennen?»

«Ich habe dich nicht verfolgt», entgegnet er scharf, zieht allerdings eine Grimasse, als ich meine Brauen hebe. «Also gut: Ich habe dich *ein bisschen* verfolgt. Aber das darfst du mir nicht übelnehmen. Als, du bist meine Freundin.»

Waaaaa ... «Freundin?» Mein Mund klappt auf. Ich glaub, mein Schwein pfeift!

«Nicht *so* eine Freundin», sagt er schnell.

Okay, mein Schwein pfeift doch nicht. Demü-tig klappe ich den Mund wieder zu.

Er hebt eine Hand an die Brust. Seine Sma-ragdaugen schimmern. «Ich bin Will. Will Green. Du kennst mich von der Oxville University. Wir belegten zusammen das Basismodul Kunstge-schichte. Ich war der Nachbar von dir und Vani, und ...»

«Vani», unterbreche ich ihn.

«Erinnerst du dich?» Ein flehender Ausdruck legt sich über seine markanten Züge. Hinter meiner Stirn rattert es tatsächlich, als würde ich mich für einmal anstrengen.

Aber es ist, als wäre etwas blockiert.

«Nein, leider nicht», seufze ich. «Wie gut sind wir befreundet?»

«Nun, ihr wart zusammen feiern und so.»

«Nicht ich und Vani, sondern du und ich.» Ich bin immer noch nicht über die Tatsache hinweg, dass ich mit *diesem Mann* befreundet gewesen sein soll. Kneif mich mal – war ich bescheuert und blind? Das ist, als hätte ich einen süßen Cavalier King Charles Spaniel gehabt und nie gestreichelt.

Ein Ding der Unmöglichkeit.

«Wir kennen uns nicht besonders lange», gibt er zu. «Aber ich wage dennoch zu behaupten, dass wir uns ziemlich nahestehen. Auf dem Campus trafen wir uns oft zum Kaffee.»

«Oh, das ist wirklich nah», räume ich ein.

«Einmal begleitete ich dich zum Frauenarzt.»

Das Blut sackt mir in die Beine. «Wie bitte? War ich krank? Oder bist du hier, um mir zu sagen, dass ich nur noch vierundzwanzig Stunden lebe?» O Gott, von welchem Plüschtier verabschiede ich mich zuerst?

Seine Mundwinkel zucken. «Entspann dich, Als. Du bist gesund. Aber ich bin tatsächlich wegen etwas hier, das mit diesem Vorfall zusammenhängt ... Es geht um deinen Freund.»

«Freund oder *Freund*?»

«*Freund.*»

Ich glotze. «Ich hatte einen Freund? – Ich?» Mit wedelnder Hand zeige ich an mir herab.

«So ist es», bestätigt Will. «Er heißt Finn Harlow. Manche nennen ihn auch Can. Du warst am Abend deines Unfalls auf dem Weg zu ihm. Aber angeblich kamst du nie dort an. Stattdessen fand dich ein Unbekannter verletzt und ohne Gedächtnis im Oxville Forest auf.»

«*Ich* hatte einen Freund?» Ich atme immer noch nicht. Mannomann. Das kommt überraschend. Ich sehe mich schon alle meine Online-Bios mit einem Schlösschen-Symbol ergänzen. *In your face*, Diana aus der Achten, die geglaubt hat, ich würde nie einen finden.

Will schaut mir streng ins Gesicht. «Die Sache ist ernst, Als. Can ist verschwunden. Seit jenem Abend hat ihn niemand mehr gesehen. Manche vermuten, dass er dich verletzt haben könnte und sich jetzt auf der Flucht befindet. Man fand DNA-Spuren von ihm auf dir, aber das ist weder seltsam noch verdächtig, schließlich seid ihr euch nahegestanden. Sehr verdächtig hingegen ist, dass er seither abgetaucht ist. Seine Eltern haben genug Einfluss, um Ermittlungen in seine Richtung zu verhindern. Darum bin *ich* hier. Ich will herausfinden, was los ist und ob Can dir möglicherweise wehgetan hat. Bitte sag mir, ob du dich an etwas erinnerst – *irgendetwas*.»

«Ich hatte einen Freund ...»

«Fokussier dich!» Er schnippt mit den Fingern vor meiner Nase.

Ich zucke zusammen und verwerfe die Hände. «Aber wie soll ich helfen können? Zum Teufel, *ich hatte einen Freund* und weiß nichts mehr davon! Mein Gedächtnis ist kaputter, als ich dachte.» Auf einmal ist mir nach Heulen zumute. Zum Glück ist mein Mascara wasserfest.

Will muss sehen, was in mir abgeht. Seine Züge werden sanft. «Vielleicht ist dein Gedächtnis nicht kaputt, sondern blockiert. Ich kann dir helfen, deine Erinnerung wiederzuerlangen.»

Ich zögere. «Beweise mir erst, dass du mich kennst.»

«Du trinkst deinen Kaffee mit extra viel Schokoladenpulver.»

Ich keuche. «Oh, wow. Du kennst mich wirklich.»

Stolz blitzt in seinen Augen. «Das ist nicht alles.» Er nimmt sein Handy hervor und zeigt mir ein Selfie, auf dem er zusammen mit zwei Frauen zu sehen ist. Die eine ist wunderschön, hat dunkle Haare und ebenso dunkle Haut. Die andere lächelt doof und ist ziemlich käsig.

Oh, warte. Das bin ja ich.

Auf dem Bild sitzen wir in einem Zimmer auf etwas, das wie ein kleines Bett aussieht. In meiner Erinnerung höre ich es quietschen. Mein Kopf schmiegt sich unglaublich nah an den von Will heran. Wir sehen vertraut aus.

Mo-*ho*-ment.

Wie konnte ich *so* neben ihm sitzen, ohne *auf ihm* sitzen zu wollen? Und seit wann bin ich zu solch anrüchigen Gedanken fähig? Ich erkenne mich kaum wieder. Aber dann wiederum ...

Wer bin ich?

Ich schlucke. «Hast du auch ein Foto von meinem Freund? Von ... Can?» Sein Name fühlt sich seltsam auf meiner Zunge an. Es ist ein bisschen wie beim Indisch essen: Man erkennt ein Gewürz, ohne es benennen zu können.

Ich sehe, wie Will zögert. Instinktiv lege ich meine Hand auf seine. Der Kontakt durchfährt mich mit einem stromartigen Stoß. Meine Sinne fangen Feuer. Will hält zischend die Luft an.

«Es ist okay, Will. Ich werde Cans Anblick verkraften, selbst wenn er mir möglicherweise wehgetan hat», bringe ich hervor. «Vielleicht kann ich mich an etwas erinnern, wenn ich ihn sehe.»

«Ich lasse dich nicht allein», verspricht Will kehlig, und ich weiß, dass er das ernst meint. Was für eine unendlich reine Seele, die mich so gut kennt und mir so ähnlich ist.

Mein Herz schlägt höher.

Er öffnet den Browser und gibt «Oxville Cows» in die Suchleiste ein. Zwei Sekunden später poppen mehrere Ergebnisse auf. Will klickt auf eine Seite, die uns zu Portraits der ersten Mannschaft führt. Er scrollt zu den Tight Ends.

Ich verenge die Augen. «Der mit dem Doppelkinn?»

«Nein. Der daneben.»

«Der Einzige mit einem Oben-ohne-Bild?»

«Genau der.»

Ich japse. «Der mit dem … *Eightpack*?»

«Yep, das ist Can.»

Ich fress' einen Besen! «Das kann nicht sein!», rufe ich aus.

Will runzelt die Stirn. «Wieso nicht?»

«Na, weil ... weil ... weil er ist *heiß*! Ist dieser Typ überhaupt menschlich? Was will so einer von mir?»

«Gegenfrage: Was sollte er *nicht* von dir wollen, Als? Du bist wunderschön, intelligent und humorvoll.»

Seine Stimme bringt mein Herz gleich noch mehr zum Singen. Im selben Moment rast es wie verrückt weiter. «Das muss ein Irrtum sein. Dieser Mann ... Himmel, Will.» Wieder schüttle ich den Kopf. «Dieser Typ ist eine andere Liga. Er kann sich unmöglich für mich interessiert haben.»

«Aber das hat er – und wie», entgegnet Will. «Ob du's glaubst oder nicht: Can hat dich geliebt. Darum ist es auch so wichtig, dass wir herausfinden, was geschehen ist.»

«Ich verstehe, wieso es mir wichtig sein sollte. Aber wieso interessierst du dich dafür?»

«Weil *du* mir wichtig bist.» Durch seine Augen rauscht ein Sternenschauer. Hitze durchströmt mich und zieht sich zu einem kribbelnden, warmen Punkt in meinem Unterleib zusammen. Zögernd schiele ich auf das Bild auf Wills Handy.

Can.

Das warme Kribbeln dehnt sich aus – und dann noch mehr, als ich wieder zu Will hochschaue. Seine Augen wirken von Mal zu Mal dunkler. Sein bloßer Blick ruft mich zu sich – in seine starken Arme, an seine muskulöse Brust.

Ich sehne mich nach dem Schutz und der Geborgenheit, die er mir verspricht.

Aber dann schaue ich zurück auf das Handy.

Und dort grinst mir Can verschlagen entgegen. *Mein Freund.* Ich mustere seine wilden, dunklen Haare, die ihm tief in die Stirn fallen und ein Augenpaar umspielen, das mich sofort für sich einnimmt. Das eine Auge ist meeresblau, das andere so grün wie Wills. Sein Körper ist ebenso außergewöhnlich. So vielen harten Linien begegnet man sonst allerhöchstens beim Malen-nach-Zahlen.

Aber es ist nicht nur Cans Anblick, der meinen Bauch mit flatternden Schmetterlingen füllt. Denn Will ist auch noch da; Will – der gute, unendlich fürsorgliche, nette, *heiße* Will, der mein Wohlergehen über alles andere stellt. Can ist so sündhaft und wild wie Will vertrauenswürdig und sanft. Beide sind auf ihre eigene Art sexy.

Und beide ziehen mich plötzlich wahnsinnig an.

Alles in mir beginnt zu pochen. Ich kann mich kaum von Cans Anblick lösen. Aber ebenso wenig kann ich vergessen, wie dicht ich bei Will stehe. Wir sind uns näher, als es mir bislang bewusst gewesen ist. Würde ich mich ein kleines bisschen abdrehen, könnte ich mit meiner Schulter seinen knallhart definierten Arm streifen. Meine Nerven spielen verrückt.

Gütiger Himmel, Will wärmt mich, ohne dass wir uns berühren – und das gibt mir eine Vorstellung davon, was geschehen könnte, wenn wir uns *noch* näherkämen. Also so richtig. So, wie Ivory und Ian angeblich auf Seite dreiundsiebzig. Ich bilde mir ein, diese Hitze *jetzt schon* zwischen uns zu spüren, und stelle das Atmen ein. Mein Körper sengt und verbrennt.

Puh. Zum Glück bin ich kein Marshmallow.

Aber dann schaue ich *schon wieder* zurück zu Can. Und mein Bauch zieht sich zusammen.

Denn *sein Bauch* ist wunderschön.

Will und Can. Can und Will. Meine Gefühle spielen Ping-Pong. Oh weh, wer hat so ein Chaos kommen sehen?

Und da bin ich plötzlich froh – froh, dass ich keine Erinnerung mehr habe; froh, dass nur einer von beiden hier ist; froh, dass Will mich wohl für immer nur als gute Freundin sehen wird.

Wie könnte ich mich sonst zwischen der Dunkelheit und dem Licht entscheiden, würde beides zeitgleich vor mir stehen?

09

Wir stehen so lange in der Kälte beim Murmur Swamp, dass meine kleine Nase zu laufen beginnt. Will reagiert wie ein Gentleman. Ohne Aufforderung zieht er seinen Oxville-Cows-Hoodie aus und reicht ihn mir. Das weiße T-Shirt, das er darunter trägt, wird mitgezogen. Harte Muskelstränge werden entblößt, und meine Blutkörperchen drehen durch.

Ich ziehe mir das Kleidungsstück dankend über den Kopf. «Ist dir nicht kalt?»

Sein Lächeln ist hörbar. «Mir ist nie kalt, Als.»

Ich kämpfe derweil mit seinem Pullover. Wild herumfuchtelnd versuche ich, meine Arme durch die viel zu großen Ärmel zu bringen und meinen Kopf an die Oberfläche zu befördern. Ich muss aussehen wie ein aufgeblasenes Luftmännchen am Strand, denn Will lacht schon wieder.

Ein Ast knirscht; einen Herzschlag später spüre ich seine Hände auf mir. Sie tasten nach meinen Armen und zeigen ihnen den Weg durch den Hoodie. Dann greift er nach dem Kragen mit der Kapuze und zieht ihn über meinen Kopf hinunter. Seine Finger streifen mein Kinn, und sein

Daumen verfehlt meine Lippen nur um Haaresbreite. Diese öffnen sich leicht und ohne mein Zutun. Zitternd schaue ich in sein Gesicht. Er schaut unverwandt zurück.

Oha.

«D-danke», stammle ich.

«Gern.» Seine Hände bleiben auf meinen Schultern liegen. Obwohl ich nun eine doppelte Schicht Kleidung trage, weiß ich genau, dass seine Hände rau sind. Das sind sie bei Männern wie ihm immer.

Hitze rauscht durch meine Adern und nistet sich in meinem Unterleib ein. Will ist um die fünfzehn bis zwanzig Zentimeter größer als ich. Würde ich vorlehnen, könnte ich meinen Kopf direkt in die Kuhle zwischen seiner Schulter und seinem Hals schmiegen. Doch gerade, als ich mir Gedanken über die Namen unserer zukünftigen Kinder mache, lässt er mich los.

Eine verlegene Röte schleicht über seine markanten Wangenknochen. Er reibt sich den Nacken und schaut weg, aber *ich sehe ihm an*, dass er eigentlich nur noch mich anschauen möchte. Mein Bauch hüpft, und mein Herz trommelt wie der Drummer einer Speedmetalband.

Er räuspert sich. «Es, ah, ist schon spät. Vielleicht sollten wir dieses Gespräch ein andermal weiterführen.»

Ich schlucke hart.

«Soll ich dich nach Hause begleiten?»

Ich schlucke härter. «Das musst du nicht. Ich wohne gleich über die Straße.»

«Bis dorthin kann viel passieren.»

«Stimmt.» Ich schlucke am härtesten.

Mit einer Handgeste gewährt er mir den Vortritt. Meine Haut vibriert. Schüchtern schleiche ich an ihm vorbei. Der Boden matscht. Das Geräusch steigert meine Nervosität, schließlich könnte ich wie Rufus steckenbleiben und meine Schuhe verlieren. Ich habe jedoch Glück, und es kommt nicht dazu.

Die Straße kommt in Sicht. Es ist dunkel. Die Welt versteckt sich hinter dicken Nebelschwaden. «Bist du mit dem Auto hergekommen?», frage ich.

«Nein, zu Fuß. Ich bin gern in der Nacht unterwegs. Da sieht man alle Sterne.»

«Außer heute.»

«Ja, heute hatte ich Pech.» Er lächelt schüchtern. «Aber irgendwie auch unheimlich großes Glück.»

Wurf, Treffer, *versenkt*. Heiliges Kanonenrohr, dieser Mann weiß, was er sagen muss. Am liebsten würde ich ihm dafür um den Hals fallen. Natürlich tue ich das nicht.

Denn Will und ich sind nur befreundet.

Die Erkenntnis schlägt fast noch härter ein als seine schönen Worte.

Wir gelangen zur Veranda meines Zuhauses. Ich gehe immer noch vor Will her und muss tief Luft holen, damit ich es schaffe, mich zu ihm umzudrehen. Ich stehe auf der obersten Stufe, er auf der untersten. Wir sind auf Augenhöhe. Das macht mich nervös – *er* macht mich nervös. Befangen beiße ich mir auf die Unterlippe. Wills Blick zuckt über mein Gesicht hinweg. Der Ausdruck in seinen grünen Augen wird dunkler, selbst ihre Farbe scheint sich zu verändern. Er wirkt auf einmal verlangend und ... *ungestüm.* Mir wird ganz schwindlig. Himmel, denkt er etwa an dasselbe wie ich? Heiße Schokolade mit Zimt und eine Runde Nintendo Switch?

Er befeuchtet seine Lippen. Sie sehen weich aus. Ganz im Gegensatz zum Rest von ihm. Vor Aufregung kippe ich fast vornüber. *O Gott.* Wenn er jetzt fragt, ob er bei Mario Kart Yoshi sein darf, haben wir ein echtes Problem!

Aber dann versteift er sich; nicht auf die gute Art, sondern auf die schlechte. Sein Gesicht verzerrt sich. Er weicht zurück. Im nächsten Moment macht es hinter uns *Klick.*

Die Haustür springt auf.

Ich verliere vor Schreck das Gleichgewicht und stolpere über die Verandastufe. Will springt zum Glück sofort vor. Seine Arme fangen mich auf, aber ich komme ihm so schnell entgegen, dass meine Lippen versehentlich über seine rasierte Wange hinwegstreifen. Zeitgleich finde ich mit letzter Not an seinem Bizeps Halt. Meine Brüste werden dennoch gegen seine harte Brust gepresst. Will entfährt ein Stöhnen. Auch ich muss keuchen.

Potztausend, ich hab heute definitiv zu viele Pommes genascht.

Will lässt mich so schnell los, als bestünde meine Haut aus entzündlichem Material. Beschämt reibt er sich die Wange und hebt den Kopf zur Haustür an.

«Na, Kids?» Dad steht lässig grinsend in der Tür.

«H-hi, Daddy.» Ich muss tomatenrot anlaufen. Will hingegen reißt sich flugs zusammen. Wie schnell er sich von diesem ... *Moment* zwischen uns erholt, ist fast schon traurig. Meine eigenen Beine schlingern nämlich weiterhin, und was sich *dazwischen* abspielt, will ich gar nicht erst ausführen. Den Erotikroman haben wir schließlich abgehakt.

Er tritt auf Dad zu und streckt ihm freundlich seine raue Hand entgegen. «Guten Abend, Mr Andrews. Ich bin Will Green, ein Freund von Allie.»

Dad schiebt beeindruckt die Unterlippe vor. Auch ich komme nicht umhin, ein wenig stolz zu sein. Endlich mal ein Typ, den man gern zu Hause vorstellt! Nicht, dass ich das jemals hätte tun müssen. Mein Rhysand-Fankissen habe ich ganz klammheimlich ins Haus geschmuggelt.

Dad erwidert Wills Händedruck. Ich bin richtig erleichtert – allerdings nur kurz. Denn Dad zuckt plötzlich zusammen; er zuckt, als hätte er einen elektrischen Schlag kassiert.

Er lässt Will los und stolpert zurück. Seine runde Brille rutscht ihm bis zur Nasenspitze hinunter. Fahrig drückt er sie wieder hoch.

Und starrt *und starrt und starrt* Will an.

Will verkrampft sich. Rote Flecken treten auf seine Wangen. «Tja, also, äh ... ich gehe dann mal.» Kleinlaut schleicht er die Verandatreppe hinunter. Dad mustert ihn weiterhin voller Unglauben. Will wird noch röter. «Es ... hat mich sehr gefreut, Sie kennenzulernen, Mr Andrews. Wir, ah, sehen uns, Als.» Sein Blick zuckt kurz zu mir. Dann springt er davon.

Kein Scherz – er *rennt*.

«Bye, Will», murmle ich traurig und verwirrt, obwohl er mich längst nicht mehr hören kann.

Auf der Veranda erwacht Dad aus seiner Starre. Er blinzelt. «Ist das sein Pulli?»

«Huh?» Ich schaue an mir herab. «Oh, Scheibenhonig! Den habe ich total vergessen. Ich gebe ihn ein andermal zurück.»

«Also, siehst du ihn wieder.»

Hoffentlich. Ich nicke.

Dad mustert den Hoodie. An seinem Kinn zuckt ein Muskel. «Kennt ihr euch von der Uni?»

«Ja, aber ich kann mich leider nicht an ihn erinnern. Angeblich waren wir echt gut miteinander befreundet.»

«Du? Mit einem Footballspieler?» Er zieht die Augenbrauen hoch. «Kannst du ihm trauen?»

«Ja.»

«Wirklich?»

Ich lächle nachsichtig. «Ja, Dad. Er hat ein Sixpack.»

Seltsamerweise entspannt das Dad nicht im Geringsten. Fröstelnd verschränkt er die Arme und schaut auf den leeren Vorplatz hinaus. Der Ausdruck in seinen Augen wirkt lauernd. «Wollen wir reingehen?», fragt er schließlich. Ich nicke und hüpfe an ihm vorbei. Dad studiert den Vorplatz noch einmal ausgiebig, ehe er mir folgt.

Er drückt die Tür zu und verriegelt sie. Das tut er zum ersten Mal, seit wir hier wohnen. Ich lasse die Schultern hängen. «Du traust Will ja überhaupt nicht», stelle ich enttäuscht fest. Überraschenderweise bringt ihn meine Reaktion zum Lächeln.

Er knufft mich in die Nase und tut so, als würde er mir deren Spitze klauen. «Ich traue niemandem, der dich so anschaut wie dieser Junge.»

«Wie hat er mich angeschaut?»

«Als wolle er dein Herz stehlen.»

«Blödsinn», wimmle ich ihn ab und höre mein Herz schon mal den Koffer packen.

Dad grinst. «Tust du mir trotzdem einen Gefallen? Gib mir Bescheid, wenn du dich das nächste Mal davonschleichst.»

«Ich weiß nicht, ob es dann noch als Davonschleichen gilt.»

Er lacht. «Schlaf gut, Süße.»

«Gute Nacht, Dad.» Ich springe die Treppe hoch.

«Allie?»

Ich bleibe stehen und schaue zurück.

Dad lächelt immer noch, allerdings wirkt es seltsam. Irgendwie angespannt. Aber auch ängstlich. «Du hast die Rosinen immer griffbereit, nicht wahr?», fragt er leise.

Ich nicke. «Natürlich. Die Packung liegt neben meinem Bett.»

«Und der Speckstein?»

«Unter meinem Bett.»

Er atmet durch. «Das ist gut.»

Ich lächle und verschwinde.

In meinem Zimmer setze ich mich ans Fenster und schaue in den Nebel hinaus. Nach einer Weile greife ich nach dem Kragen von Wills Pullover und schiebe ihn über meine Nase hoch. Er ist noch ganz warm und riecht wie ein Sprung in frischestes, klarstes, reinstes Quellwasser am Rande eines rauschenden, wilden Wasserfalls.

Und nach Erde.

Und Wald.

Ich senke die Lider und denke an seine grünen Augen. Am liebsten würde ich jetzt sofort wieder zu ihm gehen – *ohne* Dad Bescheid zu geben. Der Gedanke löst ein irres Prickeln in mir aus.

Will Green ist definitiv nicht so artig, wie er aussieht. Würde er mich sonst zu so verwegenen Ideen verführen?

10

WILL

Vielleicht ist es an der Zeit, dass ich mich vorstelle.

Hi, ich bin Will.

11

WILL

Ha, Scherz!

Okay, es war ein lahmer Scherz. Aber wisst ihr, ich bin ein lockerer Typ. Und ich möchte wirklich, dass ihr mich kennt und *versteht*. Vielleicht seht ihr mich dann in einem anderen Licht. Ich würde es mir wünschen. Die meisten betrachten mich nämlich nicht vollausgeleuchtet auf einer Bühne, sondern mehr so an deren Rand. Dort, wo das Licht allmählich in Schatten übergeht und deine fetten Augenringe betont. Ich habe natürlich keine Augenringe – und wenn ich doch mal unter Schlafmangel leide, dann sieht das irgendwie liebenswürdig aus. Angeblich. Ich bin *wirklich okay*. Aber anscheinend ist genau das mein Problem.

Ich bin *zu* okay; der Typ, der euch in der Metro seinen Platz überlässt. Der Quarterback, der sich nach einem Sieg beim Verlierer entschuldigt. Der Barista, der euch den Cappuccino eures Lebens zubereitet. Der Verkäufer, der das Wechselgeld immer richtig herausgibt und euch obendrauf einen Keks schenkt. Der Große, der euch die Bücher vom obersten Regalteil herunterholt. Immer ein nettes Wort für alle übrig hat.

Für euch kocht und die Wäsche macht. Euch niemals betrügen würde und abends mit einer Massage und der Frage «Wie war dein Tag?» willkommen heißt.

Seid ihr schon eingeschlafen?

Seht ihr, es sind Scheißzeiten für Jungs wie mich. Selbst wenn wir *überirdisch-galaktisch* gut aussähen – am Ende wollen doch alle nur den düsteren Kerl mit der zwielichtigen Vergangenheit. Das ist wie beim Play-Doh: Niemand will ein fertiges Knetobjekt, alle wollen es selber formen. Frauen möchten keinen einfachen Mann, sondern einen, den sie *als Einzige verstehen, bekehren* und *perfektionieren* können, denn erst dadurch fühlen sie sich wie eine kleine spezielle Schneeflocke. So läuft das in meiner Welt. Leider bin ich kein großer, böser Wolf, in den ihr euch verliebt und den ihr zähmen könnt.

Zumindest *war* ich es nicht.

Jetzt horcht ihr auf, was?

Die Zeiten haben sich geändert. Das merkt man allein schon daran, dass ich jetzt einen britischen Akzent habe. Nicht, dass ich zuvor keinen gehabt hätte. Es hat einfach niemanden interessiert.

Aber jetzt ist *alles anders*. Die Leute sind mir auf die Schliche gekommen. Sie haben festgestellt, dass mehr unter meiner spiegelglatten Oberfläche steckt. Dass ich vielleicht ... nicht so *gut* bin, wie sie dachten. Verleugnet nicht, dass es euch anders ergangen ist. Ihr habt meine

Knochen knacken hören und *WTF* gedacht. Was ist er? Warum wird er so verdammt schnell wütend? Hat er schon immer *so* geboxt – und woher kommt auf einmal dieser Wahnsinnsbizeps?

Aber am allerwichtigsten: *Ist er gefährlich?*

Ich würde euch gerne eine Antwort darauf geben. Doch die Wahrheit ist: Ich kenne sie nicht. Ich weiß nicht, ob ich gefährlich bin – nur, dass ich definitiv *nicht* normal bin. Oder kennt ihr sonst einen Typen, der manchmal mit *Reißzähnen* aufwacht? Da denkt man, die Morgenlatte sei das größte Problem, und dann so was ... Shit happens, würden die einen sagen und ganz normal weiterleben. Aber das ist nicht mein Ding. Ich bin kein Typ, der sich mit Tatsachen begnügt. Nennt mich Nerd, aber ich stehe auf *Fakten*.

Das mit den Reißzähnen passiert mir schon lange – aber euer plötzliches Interesse daran? Das ist neu, *wirklich* neu. Ich muss herausfinden, woher es kommt und warum ich Seiten füllen darf, die früher für das Beschreiben eines *anderen* draufgegangen sind. Was hat sich verändert? Liegt es an mir oder liegt es an euch?

Darum habe ich mein Studium geschmissen und bin ich nach Blueforest gereist. Nur so kann ich herausfinden, ob meine Zeit gekommen ist und ich mein Glück endlich selbst in die Hand nehmen darf.

Also schnallt euch an, Ladies und Gentlemen. Das Abenteuer hat eben erst begonnen.

12

ALLIE

Will ist mir die ganze Nacht nicht aus dem Kopf gegangen. Ich habe wenig geschlafen – und wenn doch, dann haben mich meine Träume geradewegs zu diesen unergründlichen grünen Augen zurückgebracht. Manchmal hat sich eines von ihnen blau verfärbt. Meistens sind beide grün geblieben. Als ich mich am nächsten Morgen aus dem Bett kämpfe, kribbelt mir der Bauch und mein Kopf dreht sich ein wenig.

Die Rosinenpackung auf meinem Nachttisch ist aufgerissen. Ein paar Rosinen sind herausgekullert und liegen nun verstreut auf dem Boden. Ich vermute, dass ich die Tüte in der Nacht unbewusst geöffnet habe, und stoße ein Seufzen aus. Nicht einmal im Schlaf habe ich mein Essverhalten unter Kontrolle. Ich habe echt Glück, dass ich trotzdem so schlank bin.

Ich schwinge meine langen Beine über die Bettkante und recke und strecke mich. In meinem Zimmer ist es ungewöhnlich kalt. Verwirrt schaue ich zum Fenster. Es steht offen. Beim Zubettgehen war es noch zu.

Oha.

Also bin ich nicht nur gefrässig, sondern auch eine Schlafwandlerin. Ich schnaube genervt.

Dass ich das Fenster geöffnet habe, überrascht mich jedoch nicht. In meinen Träumen ist Will ständig mit nacktem Oberkörper aufgetaucht. Wahrscheinlich ist es mir irgendwann zu heiß geworden.

Es ist mir immer noch ein Rätsel, wie ich ihn in Oxville übersehen konnte. Es muss mit Can zusammenhängen. Bloß: Wer ist dieser mysteriöse Mann, und welcher Zauber war mächtig genug, um meinen klaren Kopf zu vernebeln? Wie schaffte er es, mich von einem perfekten Typen wie Will abzulenken? Und war es wirklich *er*, der mich im Wald attackierte?

Ohne nachzudenken, greife ich nach meinem Handy und rufe die Webseite der Oxville Cows auf. Kurz darauf landet mein Blick wieder auf Cans Portraitbild. Seinen sündigen Augen. Diesem stählernen Körper. Finn «Can» Harlow sieht zweifelsfrei aus wie jemand, vor dem man gewarnt wird. Dennoch spüre ich, dass da mehr gewesen sein muss. Ich bin schließlich kein oberflächliches Mädchen; ich lasse mich nicht *einfach so* auf einen Mann ein. Es muss mehr an der Sache – *mehr* an Can – dran sein.

Can.

Sein Name fühlt sich immer noch fremd an. Missmutig stehe ich auf und mache mich bereit für den Tag.

EINE DUSCHE UND zwanzig gesungene Anime-Intros später tapse ich in Lys Sportklamotten in die Küche.

Dad sitzt mit einer großen Kaffeetasse am Tisch und liest irgendeinen Bericht auf seinem iPad. Als ich mich vorlehne, um ihm einen Kuss auf die Wange zu geben, erkenne ich Punkte, Zahlen und griechische Buchstaben – vor allem Pis.

«Was ist das?»

«Ach, nur ein Bericht über aktive Galaxie-kerne.»

«*Ookay.*»

Dad schnalzt mit der Zunge. «Sag das nicht so abwertend, Allie-Bear. AGN-Feedbacks sind extrem wichtig für den Rest der Galaxie. Eine Rückkopplung kann im schlimmsten Fall die Sternentstehung unterbinden. Natürlich ist diese Theorie umstritten wie so viele in der …»

«Haben wir noch Hafermilch?»

Dad seufzt. «Hinter den Möhren sollte eine ungeöffnete Flasche sein.»

«Yay!» Ich nehme die Flasche hervor und mische mein Müsli. Zuerst das Müsli, dann die Milch, so einfach geht's.

«Du hast diesen Samstag Geburtstag. Hast du schon Pläne?», wechselt Dad das Thema.

Ich toppe das Müsli mit ein paar Rosinen. Der erste Löffel verschwindet in meinem Mund. Ich setze mich zu Dad an den Tisch. «*Iff will nifft feif-fern.*»

Er blickt von seinem iPad auf. «Wieso nicht?»

«*Weil eff niffs zu feiffern gibt.*» Ich schlucke und blinzle argwöhnisch. «Wieso schaust du mich so erstaunt an?»

«Nun …» Dad zögert. Langsam legt er das iPad weg. «Zwanzig werden ist ein Meilenstein. Ich hätte mir vorstellen können, dass du in unserem Keller eine Party veranstalten und ordentlich die Sau rauslassen möchtest.»

«Wir haben doch gar keine Säue, Daddy. Ich wüsste nicht, wen ich zu so einer Party einladen sollte. Lass uns etwas beim Chinesen bestellen und ein paar alte Dragonball-Folgen schauen. Wie immer. Okay?»

Er zieht ein bekümmertes Gesicht. «Ich weiß nicht, Allie-Bear. Ich finde wirklich, dass du mit deinen Freunden feiern solltest. Ly, Sam …» Er macht eine Pause. «Will.»

Der Löffel fällt mir aus der Hand. Er platscht ins Müsli. Die weiße Pampe spritzt mir um die Nase. «Du würdest mir erlauben, mit Will zu feiern?»

«Wieso nicht?»

Ich hebe eine Braue.

«Schau mich nicht so an, Allie-Bear.»

Ich hebe meine zweite Braue.

Dad murrt. «Ich bin Physiker – ich kann *eins und eins* zusammenzählen. Du hast dich gestern aus dem Haus geschlichen, weil du nicht wolltest, dass ich Will kennenlerne ...»

«Ah ...», beginne ich verlegen, aber Dad lässt mich nicht aussprechen.

«Das hat mich skeptisch gemacht, okay? Wieso willst du nicht, dass dein netter, alter Dad diesen Jungen kennenlernt? – Aber dann habe ich mich an der eigenen Nase genommen: Ich darf nicht zum Helikoptervater mutieren, weil du unabhängig und erwachsen wirst. Du bist bald zwanzig und triffst deine eigenen Entscheidungen. Mit einigen werde ich vermutlich nie einverstanden sein. Aber das bedeutet nicht, dass du sie verheimlichen musst. Schließ mich nicht aus deinem Leben aus, ja? Ich werde immer zu dir stehen.»

Nachdenklich schürze ich den Mund. «Wieso bist du mit Will nicht einverstanden?»

«Das habe ich nicht gesagt.»

«Na ja, irgendwie schon.»

Ein schiefes Lächeln tritt auf sein Gesicht. «Kein Vater sieht es gern, wenn seine einzige Tochter mit einem Herzensbrecher um die Häuser zieht. Aber Will ist schon in Ordnung.»

Mein Bauch kribbelt. «Ja, das ist er.»

«Zumindest teilweise.»

Mein Magen verklumpt. «Was?»

«Nichts.» Er steht auf und stellt die leere Kaffeetasse in das Spülbecken. «Trainierst du heute wieder mit Ly?»

«Ja. Abends arbeite ich.»

«Wir sollten nochmals über diesen Job bei *Peter's Pans* sprechen. Wenn es nur ums Geldverdienen geht, kann ich dir auch ein bezahltes Praktikum bei der *Unexplained Extraterrestrial Sightings In The Night Sky Over America Association* organisieren.»

«Ich will nicht zur UESITNSOAA, Dad. Sonst denken alle wieder, ich sei E.T.»

«Ich mag E.T.»

«E.T. ist schrumpelig.»

«Das bist du eines Tages auch.»

«Ich lach mich tot.»

Dad drückt mir grinsend einen Kuss ins Haar. «Ich bin heute den ganzen Tag in Online-Meetings. Im Kühlschrank ist noch Pizza, falls du nach dem Training Hunger hast. – Und, ah», seine Züge werden ernst, «überleg es dir mit deinem Geburtstag, ja? Jede verstrichene Sekunde häuft sich in deinem Rücken zu deiner Vergangenheit an. Du solltest dafür sorgen, dass du diesen Haufen gern anschaust. Wer weiß schon, wie lange du Blueforest noch erhalten bleibst.»

«Wie's aussieht für immer», murre ich.

«Wart's ab, Allie-Bear. Wart's ab.» Mit einem unergründlichen Augenzwinkern macht er sich davon. Kurz darauf höre ich, wie die drei Schlösser an seiner Tür eins nach dem anderen zuschnappen. Verwirrt senke ich den Kopf und schaue in mein Müsli. Anstelle von Antworten erblicke ich Rosinen.

13

ALLIE

Ly hat mir eine SMS – eine altmodische – geschrieben, um mir mitzuteilen, dass sie es erst später ins Swampy Dojo schafft. Anscheinend muss sie ihrer Mom bei irgendetwas helfen. Ich hoffe, dass sie keinen Hintergrundcheck von Will meint.

Eigentlich wollte ich ein paar Seiten in «Shadows Over Bloomfield Hills» lesen, aber hundert Seiten nach Beginn herrscht immer noch tote Hose. Wieso ziehen sich diese Romantasy-Abenteuer eigentlich immer so in die Länge, bevor etwas Relevantes geschieht? Nur damit sich die Ereignisse auf den letzten fünf Seiten überschlagen können? Als ob wir nicht längst wüssten, dass Ivory eine total mächtige Nachfahrin der ausgestorbenen Thridul-Valkyren ist, Ian Wolfgrim riesige Schwingen hat und Alex Tyrodon kein bloßer Titanen-Gott, sondern *der* gefürchtete Herrscher des Dunklen Reichs jenseits der unberechenbaren Rage Falls ist. Andererseits verstehe ich natürlich, dass Figuren Zeit brauchen, um sich zu entwickeln. Rom wurde auch nicht an einem Tag gebaut, würde Sam sagen.

Außerdem sind Ian und Alex wirklich sexy. Darum habe ich mir bereits Lesezeichen, Schlüsselanhänger, Duftkerzen und Fanprints bestellt – von beiden. Noch habe ich nicht entscheiden können, für wen mein Herz schlägt; für den treuen Ian oder den zwielichtigen Alex. Man könnte mir Entscheidungsprobleme unterstellen. Aber Ivory geht es wie mir. Mal wird sie vom Licht angezogen, mal von der Dunkelheit. Das eine kann schließlich nicht ohne das andere existieren.

Sagt Sam. Nicht ich.

Lange Rede, kurzer Sinn: Ich wollte lesen, tue es aber nicht. Stattdessen fahre ich ins Swampy Dojo, um dort auf Ly zu warten.

Gut möglich, dass ich auch noch auf etwas anderes warte. Oder zumindest hoffe.

… ABER ALS ICH ankomme, ist das Dojo leer. Ich bin enttäuschter, als ich es zugeben will. Lustlos schlüpfe ich aus meinen Stiefeln und den Sailor-Moon-Socken und betrete barfuß den Mattenbereich.

Ich seufze. Der Laut widerhallt im Dojo. Es regnet wieder einmal. Der Wind fegt die Tropfen gegen die Fensterscheiben.

Mein Blick fällt auf den Boxsack, an dem Will gestern trainiert hat. Neugierig trete ich näher. Im Leder zeichnen sich tiefe Einbuchtungen ab, als hätte jemand immer und immer wieder auf dieselben Stellen geschlagen.

Oder einige wenige Male mit übermenschlicher Kraft.

Mit vibrierenden Fingerkuppen befühle ich das raue Material. Dann gebe ich dem Boxsack einen Stoß, aber er bewegt sich keinen Zentimeter.

«Du weißt hoffentlich, dass man seine Gegner nicht mit Streicheleinheiten bezwingt.»

Entsetzt wirble ich herum – und erschrecke mich gleich noch mehr, als ich sehe, wer sich herangeschlichen hat.

«Hi, Als.» Wills grüne Augen funkeln handzahm.

Huch! Na, so was!

«Ich habe dich nicht kommen hören», gebe ich verlegen zu und fasse mir an die bebende Brust. Er folgt der Bewegung, was mein Herz erst recht zum Rasen bringt.

Will trägt wieder diese verboten tiefsitzenden grauen Sweatpants, dazu ein weißes T-Shirt, dessen Ärmel einmal um den Saum hochgeschlagen sind. Der Stoff ist feucht vom Regen und hat sich an seiner Brustmuskulatur und dem harten, flachen Bauch festgesaugt. Die hochgekrempelten Ärmel schmiegen sich nahezu perfekt in die Vertiefung unterhalb seines Deltamuskels. Manometer. Werde ich jemals aufhören können, diesen Anblick zu beschreiben? Gut möglich, dass mein Mund aufklappt.

Wills Wangen laufen rot an. Er zupft am T-Shirt-Kragen herum, als säße dieser zu eng. Eigentlich unnötig zu erwähnen, dass das ziemlich aufregende Dinge mit seiner Armmuskulatur anstellt – aber wo wären wir, wenn ich es nicht täte? Allein über seine linke Augenbraue könnte ich auf einmal ein zweiseitiges Gedicht schreiben. Irgendwie muss man dreihundert Seiten ja füllen.

«Die, ah, Lederjacke ist vegan. Ich könnte niemals ein Tier leiden sehen», stottert er. Erst kapiere ich nicht, was er mir sagen möchte. Dann bemerke ich die schwarze Jacke, die quer über seiner geschulterten Sporttasche liegt. Sie sieht aus wie Leder – aber das ist sie offenbar nicht.

Verblüfft puste ich die Wangen auf. Wow. Da starre ich diesen Mann zu Tode, und er glaubt tatsächlich, ich verurteile ihn für eine Jacke. Kurz frage ich mich, ob er blind oder ein wenig dumm ist. Oder einfach nur unglaublich liebenswürdig?

Da fällt mir etwas ein.

Stöhnend klatsche ich mir die Hand an den Kopf. «Oh weh, ich habe deinen Hoodie vergessen!»

Er lächelt. «Das macht nichts, Als. Du darfst ihn gern behalten.»

«Wirklich?»

«Klar. Er steht dir ohnehin besser als mir.»

Touchdown ins Herz! «D-danke.»

Sein Grinsen bearbeitet meine Beine wie ein Sternekoch Pasta. Bevor sie komplett unter mir nachgeben, wende ich mich hastig ab und tue so, als müsste ich ganz dringend meine Wasserflasche aus der Sporttasche nehmen. Dass ich Will dadurch meinen Po in Lys verdammt enger schwarzer Leggings entgegenstrecke, realisiere ich erst, als er geräuschvoll einatmet. Oh je, wie peinlich! Beschämt richte ich mich wieder auf. Unsere Blicke treffen sich. Ein Zittern durchfährt seinen großen Körper, und meine Aufmerksamkeit rutscht prompt an einen Ort, den schüchterne Mädchen wie ich sonst nur heimlich in Büchern wie «Shadows Over Bloomfield Hills» aufsuchen. Und ich weiß nicht, was ich sehe, aber ich glaube, *dass* ich es sehe.

Das Blut schießt mir in die Wangen.

Ich halte die Luft an.

Die Welt steht still.

Ach du liebes Lieschen.

Will scheint das alles nicht aus der Ruhe zu bringen. Im Gegenteil: Seine Mundwinkel zucken plötzlich durchtrieben. Wahrscheinlich sieht er genau, was sein Anblick in mir anstellt. Au Backe. Seine Reaktion wiederum ist entweder total out-of-character oder er besitzt tatsächlich eine solche Seite, eine wilde, *verruchte*. Eine, die Buchheldinnen wie Ivory stöhnen und schreien ließe, bis sich der Schnee von den Bergkuppen löst und grollend ins Tal stürzt.

Während *er* knurrend in ihr kommt.

Ich schlucke hart und leer und schwer.

Will legt eine Hand auf den Boxsack; Zentimeter neben meinem Gesicht. Die Wärme seines Körpers umfängt mich. Ein Prickeln schießt in mich hinein. Wie lange überlebt man eigentlich ohne zu atmen? Sam wüsste die Antwort.

Ach, Sam.

«Halte ich dich vom Training ab?», fragt Will scheinheilig. Was für ein Schlingel! «Es ist ziemlich beeindruckend, dass du es mit diesem Sack aufnimmst. Wie lange trainierst du schon?»

Kann bitte jemand meine Augen festhalten, damit sie nicht ständig *dorthin* wandern? «Ich ... trainiere erst seit ein paar Wochen. Ly zwingt mich», krächze ich.

«Ly ist die Kleine mit den kurzen Haaren?»

Ich nicke. Meine Unterlippe bebt.

Wills Blick zuckt genau dorthin. Neugierig neigt er den Kopf. Kommt er näher? Schwanke ich? «Wieso *zwingt* sie dich zum Training?»

«Sie weiß von der Sache im Oxville Forest.»

«Und sie denkt, dass diese Art von Training ausreicht, ja?»

Ich schlucke *schon wieder*, denn wer hat jetzt noch die Nerven für Synonyme? «Ja, ich schätze schon.»

Seine Mundwinkel zucken. «Also gut.» Er tritt einen Schritt zurück und breitet die Arme aus. «Schlag mich, Als.»

Ich blinzle mehrmals hektisch. «Was?»

«Greif mich an. Zeig mir, was du gelernt hast!»

Ein Kribbeln durchschießt mich. Heiliger Bimbam. Ist das etwa *so ein* Moment? – Der Moment für einen total unnötigen, sexy Trainingskampf? Ich denke an die Szene zwischen Ivory und Ian, die ich beim Vorblättern entdeckt habe. Die beiden trainieren Nahkampf. Ivory schlägt sich wie die Valkyre, die sie ist. Dennoch gelingt es Ian, sie von den Beinen zu fegen. Er landet auf ihr, seine Schwingen umfangen die beiden wie eine Decke. Sein Unterleib drängt gegen ihren, und dann, und dann ... hat mein Bauch ganz schön gekribbelt.

Jetzt kribbelt er auch. Wie unerwartet!

Spöttische Grübchen treten auf Wills Wangen. Sie sind genauso entnervend wie sexy. «Mach schon, Als. Oder hast du Angst?»

«Ich ... habe keine Angst», entgegne ich bebend.

«Beweise es», grinst er zurück, und seine Stimme verkommt zur größten Sünde, seit es Schokoladenkuchen gibt. Ich schlucke, nicke, balle eine Faust und hole aus.

Die Eingangstür zum Dojo schwingt auf. Das Geräusch lässt Will herumfahren – aber ich befinde mich bereits im Angriff.

Ich treffe ihn mit voller Wucht seitlich im Gesicht.

«*Ugh*!» Will taumelt zurück und fasst sich an den Mund. Ist das Blut?

Mir entfährt ein Schrei. «Oh jemine – sorry!», wimmere ich und will nachsehen, ob er sich verletzt hat.

Er wendet sich ruckartig von mir ab. «Alles gut, Als. Mach dir keine Sorgen.»

Schallendes Gelächter dringt vom Eingang her. Wir fahren herum. Ly steht bei der Tür – in einer *echten* Lederjacke. Selbst ihre enge Sporthose wirkt heute irgendwie ledern, ebenso ihre Stiefel mit den mörderisch spitzen und hohen Absätzen. Sie lacht und kriegt sich nicht mehr ein. Wills Gesicht verdüstert sich.

Ohne die Schuhe auszuziehen, stolziert sie über die Matten zu uns herüber. Ich verkneife mir den Hinweis, dass Sensei Harmon das nicht gern sähe. Aber Ly sieht aus wie eine Kriegerprinzessin auf Mission.

Sie bleibt dicht vor Will stehen. Obwohl sie verdammt hohe Schuhe trägt, reicht sie ihm kaum bis zum Kinn. Trotzdem schafft sie es, ihn in Grund und Boden zu starren.

Aber Will bietet ihr die Stirn. Das sanfte Grün seiner Augen verwandelt sich zu einem zerstörerischen Wirbelsturm. Er weicht keinen Zentimeter zurück. *Ohhh-kay.* Jetzt wird's unangenehm. Mayday. Mayday.

Will ballt eine Faust. Ly greift in die Vordertasche ihrer Lederjacke. Ich halte die Luft an – und stoße sie erleichtert aus, als zwei harmlose Milky Way zum Vorschein kommen. «Wer möchte?»

«Ich», sagt Will.

Ly streckt mir eines hin und beißt in das andere hinein. Will schenkt sie ein unterkühltes Lachen. Dessen Mundwinkel zuckt ausdruckslos. Seine Zähne knirschen.

Ich seufze. Nachsichtig breche ich meinen Riegel in der Mitte auseinander und strecke Will eine Hälfte hin.

Ly verschluckt sich. «Der ist für dich, Allie.»

«Teilen ist Heilen», erwidere ich weise.

«Danke, Als.» Will strahlt wie ein Honigkuchenpferd und beißt hinein. Als er schluckt, sieht es allerdings mehr aus, als würde er würgen. Er mustert den Riegel. «Hm. *Speziell.*»

Ly verkrampft sich.

Ich horche auf. «Magst du keine Schokolade?»

«Doch. Aber ich befürchte, ich bin eher Team Mars.» Achselzuckend wirft er die andere Hälfte ein. «Danke fürs Teilen, Allie. Du bist eine *wahre Freundin.*» Bei den letzten Worten schaut er zu Ly. Diese nagt mittlerweile heftig an ihrer Unterlippe. Will rollt die Schultern zurück, als wolle er sich für einen Kampf aufwärmen.

Dann streckt er Ly die Hand hin.

Dieses Händchending hat er halt drauf.

«Ich bin Will.» Er lächelt. Wie ein Wolf mit gefletschten Zähnen, aber nun denn.

Ly verengt die Augen. «Ly.» Zögernd reicht sie ihm die Hand.

Er packt sie. Ihre Wimpern zucken. «Ly ... Schreibt man das mit einem *i* am Schluss?»

«Nein, mit Ypsilon.»

«Interessant.» Er hält sie weiterhin fest. «Aber spräche man das nicht anders aus? Also, *i* wie *ai*. Wie ...» Er hält inne. «*Lie.*»

Sie atmet scharf ein. «Nein, es ist Ly. Einfach nur Ly.»

«Ist es denn eine Abkürzung?»

«Nein.» Ihre Ungeduld wächst sichtbar an.

«Vielleicht für Beverly?»

«Nein.»

«Emily?»

«Nein.»

«Kimberly?»

«*Nein.*»

«Ugly?»

Ihr entfährt ein Knurren. Er lacht und dann, *endlich*, lässt er ihre Hand wieder los. Sie reißt ihren Arm rabiat zurück. Will grinst durchtrieben. Und auf einmal erinnert gar nichts mehr an die nette, reine, gute Seele, die unter seiner trainierten Brust schlummert. Diese Beobachtung durchschießt mich mit einem feurigen Prickeln, das ich nicht einordnen kann.

Will knackt mit dem Nacken. Lys Wimpern flattern erneut. «Hört mal, das mit dem Neustart war mir ernst. Ich arbeite seit ein paar Wochen im *Soft Bites* oben an der Hauptstraße. Was haltet ihr davon, wenn wir vorbeigehen und ich einen Kaffee zubereite? Mit Schokopulver.» Er zwinkert in meine Richtung.

«Okay», lenkt Ly mürrisch ein. «Aber wenn der Kaffee scheiße ist, hast du ein Problem.»

«Er wird nicht scheiße.»

Sie kneift erneut die Augen zusammen. Dann schielt sie zu mir. Und dann, einfach so, wendet sie sich zum Gehen ab. «Ich fahre», ruft sie eisig über die Schulter.

Will seufzt. «Ist sie immer so ein Sonnenschein?»

«Ich weiß nicht, was los ist», murmle ich peinlich berührt und schaue zu ihm hoch. «Du hast vorhin geblutet.»

«Geblutet?» Er hebt die Brauen.

«Ja, als ich dich geschlagen habe.»

Er blinzelt. Dann umfängt mich sein Lächeln. «Siehst du hier irgendwo Blut?» Mit der Hand fährt er sich über den Mund und das Kinn. Bartstoppeln knistern unter seinen rauen Fingerkuppen. Mein Herz flattert. Sein Lächeln wird breiter. «Du bist stark, Als. Aber so stark nun auch wieder nicht.» Ich will einwerfen, dass ich nicht blind bin, aber er lässt mich nicht ausreden. «Lass uns diesen Kaffee trinken gehen. Vielleicht taut Ly dann auf.» Er zwinkert auf eine Art, die mir wahnsinnig vertraut vorkommt. Alle meine Zweifel verpuffen, weil irgendwie muss die Geschichte ja weitergehen. Ich nicke und beeile mich, ihm und Ly in den Regen hinauszufolgen.

14

ALLIE

Unser Kaffeekränzchen ist ... unangenehm.

Das Unheil hat sich bereits im Auto angekündigt: Wir sind mit Lys Wagen gefahren – und Ly hat Will gleich mal auf die Rückbank verbannt. Natürlich hat sie ihren Sitz so weit zurückgestellt, dass er sich die Knie daran gestoßen hat. Seine Augen haben Funken gesprüht. Aber er hat nichts gesagt.

Er sagt immer noch nichts.

Ich stöhne innerlich. Wenn das so weitergeht, sitzen wir noch in achtzig Jahren hier! Es erinnert mich allmählich an die ausgedehnte Abhandlung zu Ivorys Meerjungfrauenschuppen-Amulett: Sie reist fast achtzig Seiten lang mit Ian durch das Skuchnyy Gebirge, nur um herauszufinden, dass sie eine Fälschung besitzt und das echte Amulett irgendwo im Dunklen Reich von Alex Tyrodon ist. In dieser Zeit haben sie nicht einmal Sex.

Gähn.

Betreten sitze ich zwischen Will und Ly an einem wackeligen Holztisch. Drei dampfende Kaffeetassen stehen vor uns. Das *Soft Bites* ist ein Take-away für Kuchen und anderes Gebäck, das ziemlich künstlich aussieht. Neben unserem Tisch gibt es nur noch zwei andere. Es hat keine Deko, dafür zwei große Kühlschränke, die laut surren. Im Hintergrund läuft Musik aus den Neunzigern. Ich würde mich gern *NSYNC anschließen und «Bye, Bye, Bye» sagen.

Will und Ly an einen Tisch setzen, entpuppt sich als riesengroßer Fehler. Zwischen den beiden sprühen Funken – aber keine romantischen, sondern solche, die Häuser niederbrennen und die Hölle auf Erden bringen. Als Lys Handy klingelt, bin ich fast erleichtert.

Sie schielt auf das Display und seufzt. «Da muss ich ran – das ist meine Mom.»

Will reckt den Hals. «Du hast deine Mom unter *Sheriff Haner* abgespeichert?»

Ly tötet ihn mit einem kurzen, scharfen Blick, aber Will scheint unsterblich zu sein. Mit dem Handy am Ohr steht sie auf und verlässt den Take-away. Ich beobachte sie durch die Fensterfront.

Das Telefongespräch spannt sie sichtlich an. Ihr Daumennagel verschwindet zwischen ihren Zähnen. Einmal schaut sie zu Will und mir zurück. Sie bemerkt meinen Blick und wendet sich ab.

«Wie lange seid ihr befreundet?», fragt Will.

«Seit knapp einem Monat», erwidere ich.

«Und wie lange gibt sie dir schon Drogen?»

Mein Herz setzt einen Schlag aus. «Ly gibt mir keine Drogen!»

«Und ob sie das tut», grollt Will und beugt sich über die Tischplatte vor. Mit einem flüchtigen Schulterblick vergewissert er sich, dass Ly uns nicht beobachtet. Dann bohren sich seine grünen Augen tief in meine. «In diesem Milky Way war irgendetwas drin», raunt er.

Ich schlucke. «Eine ... eine lockerleichte Füllung und leckere Milchschokolade, die Leichtigkeit in dein Leben bringt?»

«Nein, irgendein Bitterstoff.»

«Vielleicht hast du versehentlich ins Papier hineingebissen. Das passiert mir manchmal auch.» Ich bin halt ein kleines Schleckmaul.

Er schüttelt finster den Kopf. «Nein, Als, das war es nicht. Bringt sie dir des Öfteren Schokolade mit?»

«Ab und zu. Manchmal auch Kekse oder ein 7-up.»

«Wie oft?»

«Bist du mein Diätcoach?»

«*Wie oft, Als?*», drängt er mich knurrend.

Sein Blick schüchtert mich plötzlich ein. Ich mache mich klein. «Keine Ahnung. Immer nach dem Training.»

«Wann trainiert ihr?»

«Jeden Tag.»

«*Hmm.*» In seinen grünen Augen entfacht sich ein Feuersturm.

Ich ziehe meinen Kopf zwischen die Schultern. «Es ist Schoki, Will. Da kann ich nicht Nein sagen», murmle ich kleinlaut und frage mich, ob er mich jetzt für eine verfressene kleine Raupe hält. Ich könnte mit vielen Spitznamen leben, aber nicht mit Raupe Nimmersatt.

Beunruhigt durchforstet er mein Gesicht. «Wenn sie dir das nächste Mal etwas anbietet, iss es nicht, okay?»

«Aber …»

«Iss es nicht, Als!»

Aber es ist Schoki, beende ich den Satz in Gedanken und senke traurig den Blick. Meine Schläfen pulsieren. «Ly ist für mich dagewesen, als ich ohne Erinnerung aufgewacht bin. Sie gehört zu den Guten», wispere ich.

Will verzieht getroffen den Mund. «Das ist nicht fair. Ich wäre auch für dich dagewesen, wenn du es zugelassen hättest. Aber du hast deine Nummer geändert und bist ohne jegliche Spur aus Oxville verschwunden.»

«Wie hast du mich jetzt gefunden?»

«Ich», seine Nasenflügel zucken, «glaube, du hast einmal erwähnt, dass du aus Blueforest stammst.»

Ly kehrt zurück.

Will setzt sich sofort wieder gerade hin. «Wie geht es *Mom*?», höhnt er.

Ly funkelt ihn an und schaut zu mir. «Mom hat das Passwort für ihren Netflix-Account wieder herausgefunden. Magst du zu mir kommen? Wir könnten Schokoladenpopcorn essen und wieder einmal ‹Shadow and Bone› schauen.»

Zögernd schiele ich zu Will. Er schüttelt alarmiert den Kopf. Warnt er mich allen Ernstes vor meiner lieben Ly? Oder weiß er, dass ich insgeheim den Darkling shippe, weil Mal schnarcht?

Meine Nerven spannen sich an. Ich stehe so übereilt auf, dass ich mit dem Knie gegen das Tischbein stoße. Die Tassen klirren. «Ich kann leider nicht. Dad möchte, dass ich ihm vor meiner Schicht bei, ah, einer Sternschnuppenauswertung helfe. Ich sollte allmählich nach Hause», stammle ich.

«Ich begleite dich», sagen Ly und Will gleichzeitig.

Ly verdreht die Augen. «Wie willst du sie nach Hause bringen? Hoppe-Hoppe-Reite? Es regnet, ich habe ein Auto – ich gewinne.» Will gibt sich mit einem Schnauben geschlagen.

Wir brechen auf. Wills letzter Blick an mich ist eine seltsame Mischung aus Warnen und Flehen. Als wir in den Audi einsteigen, steht er mit geballten Fäusten am Fenster des Take-away.

Ly zurrt geräuschvoll ihren Sicherheitsgurt fest. «Diesen Typen musst du schnellstens wieder loswerden!»

Ich schweige betreten.

Der Wagen springt per Knopfdruck an; kurz darauf rasen wir los. Ly steuert einhändig. Mit der freien Hand klaubt sie ein Milky Way aus dem Handschuhfach. «Hier. Weil der Idiot dein Letztes weggefuttert hat.»

Meine Kehle schnürt sich zu. Wasser sammelt sich in meinem Mund. Leckofanni, man könnte meinen, ich werde von Milky Way bezahlt. Aber nein, unbezahlte Werbung, Hashtag *#geschenk*.

«Ich ... bin nicht hungrig», bringe ich hervor.

Meine Antwort überrascht Ly so sehr, dass sie vom Lenkrad abrutscht. Der Wagen macht einen Schlenker. Ungläubig schielt sie mich von der Seite an. «Blödsinn, A! Du hast nicht zugenommen, also nimm und genieße. Du hast es dir verdient.» Sie wedelt verlockend mit dem Riegel vor meiner Nase herum. Ich will stark bleiben, aber ... verflixt und zugenäht. Stöhnend nehme ich den Riegel an mich und beiße hinein.

Wills warnender Blick schießt durch meine Gedanken.

Ich zucke zusammen. Der Schokoladengeschmack flutet meinen Gaumen. Aber ich schlucke nicht – *ich traue mich nicht.*

«Lecker?» Ly lächelt.

«Mhm», mache ich, während ich fieberhaft versuche, die süße Versuchung nicht in meinen Magen hinunterzubefördern.

Wann immer Ly in der Folge zu mir schaut, beiße ich ein weiteres Stück ab. Ihr Lächeln wird breiter und wärmer, meines verkrampfter. Sie merkt bis zum Schluss nicht, wie meine Pausbäckchen größer werden.

Denn mein Magen bleibt leer.

Endlich kommen wir bei mir zu Hause an. Ich verabschiede mich überhastet und springe aus dem Wagen. In der Küche spucke ich alles in den Mülleimer. Der Anblick schmerzt, zumal ich mich in den darauffolgenden Stunden nicht im Geringsten anders fühle.

Doch am Abend nach meiner Schicht im *Peter's Pans* kehren die ersten Erinnerungen zurück.

15

ALLIE

Ich bin verwirrt.

Wie erstarrt sitze ich auf meinem Bett und blicke zum Fenster, ohne wirklich hinauszuschauen. Ich sitze da, während die Turmuhr von Blueforest die Mitternacht mit zwölf klaren Glockenschlägen in mein Zimmer trägt – und habe mich auch nicht vom Fleck gerührt, als die aufgehende Sonne über dem Murmur Swamp den neuen Tag ankündigt. Meine Bettdecke stinkt mittlerweile übelst nach Frittenfett. Ich habe nach der Arbeit nicht geduscht, aber wie hätte ich das tun können? Ich kann nichts anderes mehr tun; ich *muss* Löcher in die Luft starren.

Denn ich habe endlich meinen fragenden Blick perfektioniert.

(Der Mund muss leicht offenstehen. Aber nicht zu weit, weil sonst sieht man die Gurgel. Die Zunge darf *nicht* zwischen den Zähnen hervorblitzen.)

In den vergangenen Stunden ist mein Kopf von Erinnerungen geflutet worden, die vorher nicht dagewesen sind. Es sind viele – und dennoch nicht genug. Immerhin weiß ich nun, dass

Will nicht gelogen hat; ich habe uns in einem Vorlesungssaal nebeneinandersitzen sehen.

Finn Harlow habe ich ebenfalls gesehen. *Meinen Freund.* Seither gehen mir seine schimmernden, verschiedenfarbigen Augen nicht mehr aus dem Kopf, ebenso wenig dieser ungewöhnlich stählerne Körper, den ich in meiner Erinnerung vor einer lodernden Feuerwand erblickt habe. Auch habe ich seine rauen Hände auf meinem zarten Gesicht gespürt, den Hauch eines geteilten Moments an einem See erlebt – und einen bei einem Cabriolet.

Und in einem Poolhaus.

Ich weiß nicht, was an all diesen Orten *genau* geschehen ist, aber aus irgendeinem Grund läuft in meinem Kopf seither ununterbrochen «Earned it» von The Weeknd. Ob wir zusammen die «Fifty Shades of Grey»-Trilogie geschaut haben? Der Gedanke lässt mich erröten, denn das Erotischste an mir ist normalerweise mein Pikachu-Onesie mit dem kaputten Frontzipper.

Fakt ist: Besonders bei dem Gedanken an *dieses Poolhaus* wird mir ganz anders. Ich ringe zitternd um Luft und muss mir unweigerlich auf die Unterlippe beißen. Hinzu kommt das irritierende Gefühl, ganz dringend pinkeln zu müssen. Mein Höschen fühlt sich tatsächlich schon feucht an. Aber es ist nicht die Zeit für eine Pinkelpause, oder?

Man kann einen Gedächtnisverlust nicht bis in alle Ewigkeiten hinausziehen. Auch bei Ivory dauert es nur knapp hundertzwölf Seiten, bis der *Shit* endlich eskaliert, wie Sam es an einem frechen Tag formulieren würde. Ich muss mich jetzt also dringend zusammenreißen und mich ein für alle Mal erinnern – an Can, an alles. Vielleicht finde ich so auch heraus, wieso Ly mich vergiftet hat.

Ly.

Der Gedanke an sie verpasst mir einen harten Stich. Ich weiß nicht, was mich am meisten schmerzt: Dass sie mich hintergangen hat – oder dass sie es mit Schokolade getan hat. Dabei hätte ich längst ahnen müssen, dass sie zu *den Bösen* gehört. Wer sonst trägt so viel schwarz und Leder?

Aber wer sind *die Bösen?*

Wer bin ich?

Ein Frösteln überkommt mich. Reflexartig ziehe ich meine Beine an die Brust, um mir selbst Wärme zu spenden. Weil ich zu nahe an der Bettkante sitze, kippe ich direkt vornüber.

Mit einem *Whump* lande ich auf dem Schlafzimmerboden. Wimmernd blinzle ich unter das Bettgestell.

Der Speckstein darunter ist glatt.

Ich verstumme. Fieberhaft ziehe ich den golfballgroßen Stein hervor und hieve mich auf die Knie.

Kein Zweifel: Der Speckstein ist nicht mehr grau, kantig und rau, sondern glänzend und leicht grünlich. Jetzt wird aber der Hund in der Pfanne verrückt! Wann ist das denn geschehen?

Ein Bauchgefühl rät mir, Dad *sofort* darüber zu informieren, schließlich liegt der Stein nur seinetwegen unter meinem Bett. Aber will ich ihn wirklich beunruhigen? – Ivory würde auch nichts sagen. Sie vertuscht seit bald fünfzig Seiten, dass sie von einem Dämon aus dem Dunklen Reich gebissen worden ist. Mittlerweile ist ihr ganzer Rücken von schwarzen Adern überzogen. Aber sie schweigt weiterhin. Sie ist so unglaublich mutig und selbstlos!

Ich entscheide, dass ich ebenfalls niemanden beunruhigen möchte, schon gar nicht Dad. Darum lasse ich den Speckstein in meiner Umhängetasche verschwinden und beschließe, ihn zu vergessen. Yolo, würde Sam tiefgründig sagen.

Sosehr ich gewisse Dinge vergessen möchte, an andere würde ich mich gerne erinnern. Aber wie triggert man so etwas? Ich habe keine Ahnung.

Deshalb gehe ich duschen.

Im Zweifelsfall eine Nacktszene.

ICH STEHE LETZTLICH so lange unter dem laufenden Wasser, dass ich befürchte, von Umweltschützern in Gewahrsam genommen zu werden. Bei meiner Rückkehr ins Schlafzimmer fängt mich allerdings niemand ab. Daher halte ich mich an das Social-Media-Gesetz «Was niemand sieht, ist nie geschehen» und beginne gut gelaunt, mich mit meiner liebsten Pfirsichbodylotion einzucremen. Ich lasse meine Hände über meinen Körper wandern, fahre meinem linken Arm entlang hoch und zwischen meinen Brüsten wieder hinab. Ich erreiche meinen Apfelpo mit der einen Delle – weil niemand ist perfekt – und gelange zu der Innenseite meiner Oberschenkel.

Ein Stechen durchschießt mich.

Keuchend lasse ich mich auf das Bett fallen und halte mir die Stirn. Dahinter rumpelt es gewaltig. Ich ahne, dass es weitere Erinnerungen sein müssen. Aber aus irgendeinem Grund dringen sie nicht in mein Bewusstsein vor. Ich sehe bloß immerzu dieses Poolhaus. Alles andere bleibt dunkel.

Aber es *brennt* höllisch.

Ja, sapperlot.

Ich stöhne in einer Mischung aus Frustration und Schmerz auf. Abgekämpft blinzle ich nach draußen. Es ist schummrig und neblig. Eulen und Wölfe heulen. Äste wiegen sich knarrend im Wind.

Meine Benommenheit verfliegt.

Vielleicht sind meine Erinnerungen gar nicht blockiert – vielleicht brauche ich bloß etwas frische Luft. Was wäre da idealer als ein gemütlicher Spaziergang durch den gefährlichen Dead Forest?

Kurzentschlossen schreibe ich Ly, dass ich krank sei und nicht ins Training kommen könne. Danach ziehe ich eine schwarze Röhre, einen engsitzenden, dunkelgrünen Pullover, eine schwarze Stoffjacke und schwarze Stiefel an und stelle mich prüfend vor den Spiegel.

Meine dunkelblonden Haare wirken rötlicher als üblich und ergießen sich wie ein Flammenmeer über meine Schultern. Das Feuer widerspiegelt sich in meinen funkelnden goldbraunen Augen.

Ich zupfe ein Gummi von meinem Handgelenk und binde mir die Haare in einem hohen Pferdeschwanz aus dem Gesicht. Kalte Morgenluft umspielt mein halbes Ohrläppchen. Mit einem grimmigen Nicken schenke ich mir Mut. Dann greife ich nach meiner Umhängetasche und verlasse das Haus. Die Zeit des Versteckens und der Lückenfüller ist somit endlich vorbei.

Es kann losgehen.

16

ALLIE

Der Dead Forest heißt so, weil es hier Legenden zufolge kaum Leben gibt, jedenfalls keines mit einem Herzschlag.

Der Wald ist riesig. Er beginnt direkt hinter dem Murmur Swamp und zerteilt Blueforest in zwei Bereiche. Würde ich das Dickicht durchwandern, stünde ich in drei Stunden vor dem *Peter's Pans*. Es sei denn, ich verirre mich vorher.

Die Behörden von Blueforest haben den Dead Forest vor über zwanzig Jahren zum Sperrgebiet erklärt. Das Gebiet sei zu sumpfig, außerdem gäbe es viele tote Bäume, die jeden Moment umstürzen könnten. Natürlich gibt es Stimmen, die von *anderen Gründen* sprechen ...

Ich denke an das unmenschliche Brüllen, das manchmal aus dem Wald dringt, und kriege eine Gänsehaut. Aber wer A sagt, muss laut Sam auch B sagen.

Mutig marschiere ich tiefer in den Wald hinein. Die Luft ist frisch und hilft tatsächlich gegen meine Kopfschmerzen. Und prompt kehren noch mehr Erinnerungen zurück. Diesmal sind es allerdings keine, die mir Bauchkribbeln bescheren, sondern eher das Gegenteil. Mein Herz beginnt zu rasen, ich fühle *Angst*.

Habe ich nicht in einem Wald mein halbes Ohr verloren?

Beklommen schiele ich zu den Baumkronen hoch. Weil es so neblig ist, erkenne ich sie nur schemenhaft. Auch meine nähere Umgebung versinkt hinter einem grauen Schleier. Wo bin ich eigentlich hergekommen?

Hm, vielleicht hätte ich doch nicht allein hierherkommen sollen. Aber wer konnte schon vorhersehen, dass ich mich in einem dunklen Wald in Gefahr bringen könnte?

Etwas raschelt.

«*TSEEER*!» Eine Eule schießt aus dem Nebel heraus und über meinen Kopf hinweg. Ihre Flügel wirbeln meinen Pferdeschwanz auf. Kreischend reiße ich die Arme hoch.

Die Eule verschwindet.

Mein Herz rast. Doch gerade, als ich aufatmen will, raschelt es erneut, diesmal lauter und auf eine Art, die meinen Puls noch heftiger in die Höhe schnellen lässt. Wieder schaue ich in den Himmel – und gefriere an Ort und Stelle zu Eis.

Eine zweite Eule ist aufgetaucht. Im Gegensatz zu ihrer Kollegin verschwindet sie allerdings nicht sofort wieder. Sie bleibt da und fliegt über mir im Kreis.

Sie belauert mich wie *Beute*.

Ach du grüne Neune. Ich schlucke heftig und befinde es für besser, schnellstmöglich weiterzugehen. Der Boden knirscht und matscht unter meinen Schuhen, und meine Schritte beschleunigen sich zusammen mit meinem Puls.

Die Eule *folgt* mir. Um Himmels Willen!

Ich beginne zu rennen. Die Eule heult und fliegt mir nach. Schweiß perlt von meiner Stirn. «Lass mich in Ruhe!», kreische ich – und pralle in dem Moment mit etwas unglaublich Hartem zusammen. Erst befürchte ich, in einen Baumstamm hineingerannt zu sein. Aber mal ehrlich, kein Baum der Welt könnte jemals so hart sein wie ...

«Will!», keuche ich und taumle überfordert zurück. Will kriegt mich beim Unterarm zum Greifen, was meinem Gleichgewicht wieder auf die Sprünge hilft. Meine kleine Welt dreht sich trotzdem weiter.

Denn Will Green trägt kein T-Shirt.

Wenn eines nicht aus der Mode kommt, dann stoffbefreite, trainierte Jungs in ihren Zwanzigern.

Meine Wange pulsiert, wo sie mit seiner Brust in Berührung gekommen ist. Ich bin so perplex, dass es mehrere Sekunden dauert, bis ich mich endlich wieder an die wichtigen Dinge des Lebens erinnere.

«Ist die Mehrzahl von Popcorn *Popcörner* oder Popcorn-*Körner*?»

Will runzelt die Stirn. «Du stößt mitten im Dead Forest mit mir zusammen und denkst an Popcorn?»

Überrascht ihn das bei der Kinovorstellung, die er abgibt?

«Was machst du hier, Als?»

Mein Kopf beginnt zu brennen. Ich will etwas erwidern; da höre ich erneut ein Flattern. Einen Herzschlag später schießt die Eule dicht über uns hinweg.

«Whoa!» Will zieht mich beschützend in den Arm – und schon wieder wird meine Wange gegen seine Brust gedrückt. Meine Blutkörperchen flippen aus. Es fühlt sich gut an, ihm so nahe zu sein; gleichzeitig bin ich froh, dass kein Spiegel in der Nähe ist, da meine Wange wirklich *komplett plattgedrückt* wird. Ein überfahrenes Tier sähe vermutlich ähnlich aus. Aber dessen Herz schlüge definitiv nicht so schnell.

Romantisch.

Meine Gefühle wirbeln. Aber nur kurz. Denn dann kehrt die Eule zurück – und mit ihr meine Angst.

Der elegante Vogel zieht abermals Kreise über unseren Köpfen – über *meinem* Kopf? Es besteht kein Zweifel, dass er es auf uns – *auf mich?* – abgesehen hat. Oh, Schreck lass nach!

Will starrt nun ebenfalls zu der Eule hoch. Er lässt mich los und geht auf Abstand. Seine Augen verdunkeln sich zu schwarzem Obsidian. Im nächsten Moment dringt ein tiefes, aggressives und richtig *animalisches* Knurren aus seiner Kehle. Der Laut grollt wie Donner durch den Wald. Meine Haare sträuben sich – und ich bin nicht die Einzige, die sich davon einschüchtern lässt. Die Eule zieht einen letzten Kreis und fliegt davon.

Die Stille des toten Waldes legt sich wieder über uns. Kein Laut ist mehr zu hören – nur mein hämmerndes Herz und mein Atem, der mit einem Zischen versiegt, als Will seinen Blick zu mir hinabsenkt.

Ein bläulicher Schimmer durchzieht seine Smaragdaugen. Er wirkt beunruhigt. Ich bin auch beunruhigt, wenn er mich so anschaut. Er sieht überhaupt nicht mehr freundlich aus. Eher wild und unzähmbar.

Irritierenderweise löst das neben meiner Angst auch ein sonderbares Pochen in meinem Unterleib aus. Befangen befeuchte ich meine Lippen. Will sieht es. An seinem Kinn zuckt ein Muskel, und seine Augen werden blau und blauer.

Moment einmal – *blau*? Unser Zusammenprall hat meinen Kopf ja ganz schön durcheinandergebracht!

«Was machst du hier, Als?», fragt er mich erneut – und ziemlich angespannt.

Ich schlucke leer. «Ich ... ich bin auf der Suche nach Antworten.»

«Die Mehrzahl von Popcorn ist Popcorns. Allerdings wird der Begriff meistens im Singular als Kollektivum verwendet. Was ist *wirklich* los? Fühlst du dich nicht gut? Unser Zusammenstoß war ziemlich hart.»

Oh ja, er war *hart.*

«Als?» Seine Stimme wird dunkler. Es hilft überhaupt nichts, dass er immer noch entblößt vor mir steht. Habe ich seine ausgeprägten V-Lines eigentlich schon einmal erwähnt? Und ist jemals jemandem aufgefallen, dass solche V-Lines wie ein Pfeil direkt auf den Piepmatz zeigen? Wobei es in Wills Fall garantiert kein kleines, süßes Vöglein ist. Eher ein Adler. Hihi. Himmel. Hilfe.

Er legt eine Hand auf meine Schulter. Die Berührung durchzuckt mich mit einem nahezu schicksalhaften Kribbeln. «Als, sprich mit mir. Es ist okay. Du kannst mir alles sagen», drängt er mich behutsam. Sein bloßer Anblick könnte Heerscharen von Menschen zu hysterischem Gekicher verleiten. Und doch beruhigt sich mein Herz mit einem Mal. Denn Will Green ist *so gut,* dass er sogar verhindern kann, dass man wegen seines Sixpacks in Ohnmacht fällt.

Luft kehrt in meine Lunge zurück. «Ich hatte eine Erinnerung.»

«Was?» Er lässt meine Schulter los. Seine Augen weiten sich.

Ich nicke. «Mehrere sogar. Aber es sind nur Momentaufnahmen. Es fällt mir schwer, sie einzuordnen. Da ist zum Beispiel ein Poolhaus.»

«Can wohnt in einem Poolhaus. Was siehst du noch?»

«Nicht viel. Die Oxville University und einen See ...» Gedankenverloren streichle ich meinen eigenen Arm. «Aber irgendetwas sagt mir, dass in diesem Poolhaus das Allerwichtigste geschehen ist.»

«Vielleicht sollten wir vorbeischauen.»

«Was?» Ich hebe den Kopf.

Er steckt seine Hände in die Hosentaschen und zuckt mit den Achseln. «Manchmal hilft es, wenn man an den Ort des Vergessens zurückkehrt. So mache ich das auch immer, wenn ich vom Schlafzimmer in die Küche gehe und auf halbem Weg vergesse, was ich in der Küche wollte. Dann kehre ich ins Schlafzimmer zurück – und erinnere mich wieder.»

«Das ist total weise, Will. Und du würdest mich echt zum Poolhaus begleiten?»

«Ich würde dich überallhin begleiten, Als.»

Mir wird warm.

Er lächelt. Dann rümpft er auf einmal die Nase. Sein Blick gleitet zu meiner Umhängetasche. «Sag mal, was ist da drin?»

Ich zucke ertappt zusammen. «Nur ein paar Notwendigkeiten. Taschentücher, Geld, mein Führerschein, mein Handy, eine Möhre, ein Speckstein, ein Feldstecher, Kaugummi, ein Pineapple-Beauty-Lipgloss, ein kleiner Hammer, vegane Würstchen, eine Klopapierrolle ...»

«Wer, zum Teufel, schleppt einen Speckstein mit sich herum?»

Meine Schläfen brennen. «Ah, ich?»

«Darf ich ihn sehen?»

«Klar.» Ich wühle nach dem Stein und strecke ihn Will hin.

Sein Lächeln vereist. «Woher hast du den?»

«Mein Dad hat ihn mir geschenkt. Er liegt normalerweise unter meinem Bett.»

«War er schon immer so ... *glatt*?»

«Nein, erst seit heute Morgen.»

Seine Augen werden schmal. «Also hat er sich über Nacht verändert? *Einfach so*?»

«Verrückt, nicht wahr?» Ich kichere, höre aber auf, weil er immer noch ganz frostig dreinblickt.

Unruhig durchforstet er die nähere Umgebung. «Lass uns gehen, okay?»

«Wohin?»

«Zu Cans Poolhaus.»

Ich spüre meinen Herzschlag bis in die Füße. «O-okay.»

Wir gehen.

Wills Kiefer mahlt. Nach einer Weile hält er mir die Hand hin, die ich nur allzu gerne annehme. Sie brennt mir wie Zunder entgegen. Ich sollte ihn fragen, wieso er wegen des Specksteins so seltsam reagiert, aber ich tue es nicht. Ein Geheimnis ist nichts wert, wenn es gelüftet wird.

17

Meine Nerven flirren.

Wieso hat Allie einen Speckstein bei sich, und wieso beunruhigt es sie nicht, dass er neuerdings *geschliffen* ist? Was weiß sie über *mich*? Was weiß sie über *sich selbst*?

Mein Rücken fühlt sich schweißgebadet an, während ich neben ihr hergehe. Ich *brenne* darauf, ihr alles zu verraten – auch über dieses unheimliche *Pi*, das ich manchmal auf ihrer Stirn aufglühen sehe. Ob sie sich dessen überhaupt bewusst ist? Ich bezweifle es. Andernfalls würde sie nicht so seelenruhig neben mir hergehen. Sie würde sich weigern, meine wärmende Hand zu halten, und schreiend vor mir davonrennen.

So macht man das, wenn man einem *Monster* begegnet.

Mein Rücken juckt, meine Knochen brennen.

Einatmen, beschwöre ich mich und werde von einem ungehaltenen Zittern überrollt. *Tief einatmen*.

18

«Ist dir kalt?», frage ich besorgt, als Will neben mir erschauert. Wir gehen schon eine ganze Weile nebeneinanderher und halten immer noch Händchen. Ich muss zugeben, dass er das richtig gut draufhat, denn ich fühle mich beschützt und wohl. Außerdem ist seine Hand wirklich rau. Wie die von Ian Wolfgrim.

Aber jetzt verschwindet mein Wohlgefühl.

Wills Leichtigkeit verpufft von einer Sekunde auf die andere. Seine Hand verkrampft sich um meine. Er ringt um seine Beherrschung, *knurrt* und wirkt irgendwie wütend.

Ich bleibe stehen. «Was ist los?»

Mein Stopp zwingt ihn ebenfalls zum Innehalten. Seine Brust hebt und senkt sich heftig. «Es ist ... nichts.»

«Nichts ist ziemlich wenig.»

«Ja.» Mehr sagt er nicht.

Ohne nachzudenken hebe ich meine Hand an seine Brust, um seine Temperatur zu überprüfen. Seine Haut *brennt*. Will gibt ein gedrungenes Stöhnen von sich – und aus dem Nichts werden seine Augen tiefblau.

Und diesmal bilde ich es mir *nicht* ein.

«Deine Augen!», japse ich.

Will schlägt meine Hand weg und wendet sich ab.

«*Will!*» Ich will ihn bei der Schulter zu mir zurückdrehen, aber er wankt nicht einmal. Nicht zum ersten Mal fällt mir auf, wie unglaublich *stark* er ist.

«Es ist alles okay.» Seine Stimme grollt unmenschlich.

Ich stampfe auf. «Das kannst du deinem Frisör erzählen! Was ist mit deinen Augen los?»

«Gar nichts.»

«Wieso sagst du's mir nicht einfach?»

«*Es ist gar nichts, Allie!*» Brüllend fährt er zu mir herum – und für den Bruchteil einer Sekunde schimmern seine Augen weder wie Smaragde noch das Meer im Sonnenlicht, sondern wie zwei *neongrüne* Stichflammen.

Ich erstarre.

Seit wann nennt er mich Allie?

Knurrend wendet er sich wieder von mir ab. Sein Rücken zuckt unter Spasmen. Mein eigener ist plötzlich schweißgebadet. Ich denke an Ly, die mich vor diesem Mann gewarnt hat. Dann erinnere ich mich daran, wie sie mich mit Schokolade betrogen hat. Diese Bitch.

Will schnaubt unbeherrscht. Sein Gesicht verbirgt er zwischen seinen Händen, und seine Beherrschung scheint am seidenen Faden zu hängen. Er wirkt unheimlich *wütend*. Hopsasa!

«Will», wispere ich angsterfüllt.

Meine Stimme durchbricht seinen Zorn. Er zuckt zusammen. Zwei Herzschläge später senkt er die Hände und dreht sich um. Unsere Augen begegnen sich. Seine sind wieder warm und grün. Auch seine Atmung hat sich beruhigt.

Auf einmal wirkt er beschämt. Unbeholfen wischt er sich die Haare aus der Stirn. «Tut mir leid, Als. Ich wollte dich nicht anschreien.»

Als. «Was wolltest du dann?»

«Dich *nicht* anschreien.»

Ich ziehe eine Grimasse, und er seufzt.

«Du hast mich überrumpelt, das ist alles. Ich habe nicht gewusst, dass sich meine Augen verändern, wenn ...» Er stockt. «Egal. – Du hast ein Auto, oder?»

Argwöhnisch schürze ich den Mund. «Ja.»

«Wenn es dir nichts ausmacht, fahren wir damit zum Poolhaus.»

Ich schürze meinen Mund noch mehr.

Er brummt. «Schau mich nicht so an.»

Duckface ahoi.

Genervt verwirft er die Hände. «Lass uns einfach gehen, okay?»

Dagegen habe ich neuerdings allerhand einzuwenden. Bevor ich einen klaren Gedanken fassen kann, greift er abermals nach meiner Hand und zieht mich mit sich. Ich folge ihm widerstandlos. Er hat ein Sixpack, was soll ich schon tun?

Die Zweifel sind mir allerdings dicht auf den Fersen. Vielleicht ist es falsch, mich nur zu fragen, wer *ich* bin.

Vielleicht sollte ich mich fragen, wer *er* ist.

19

ALLIE

Wir fahren auf dem Highway Richtung Süden. Will sitzt am Steuer – nicht aus patriarchalischen Gründen, sondern einfach so.

Okay, nicht *einfach so*. Das Halten des Lenkrads betont seine muskulösen Unterarme richtig vorteilhaft. Mir ist schon wieder ganz warm. Allerdings war mir in seiner Gegenwart schon wärmer.

Es sind kalte Geheimnisse aufgezogen. Selbst jetzt im geheizten Chevy umspielen sie mich wie Eiskristalle. Ich fröstle trotz meiner schwarzen Jacke und des grünen Wollpullovers. Offenbar verspürt Will die aufgekommene Kälte auch: Er hat sich mittlerweile etwas übergezogen. In Ermangelung eigener Kleidung habe ich ihm seinen grauen Oxville-Hoodie zurückgegeben, dessen Ärmel er über die Ellbogen hochgeschoben hat. Er verspricht, den Pullover später zurückzugeben. Ich hoffe sehr, dass er das tun wird, denn der Hoodie erinnert mich an eine Zeit, in der ich Will Green noch zu neunundneunzig Prozent vertraut habe (ich erreiche ja nirgends die hundert).

Meine Wimpern flattern im Luftwirbel aus dem Heizungsschacht. *Flap. Flap. Flap.* Verunsichert schiele ich zu Will. Er starrt eisern auf die Straße hinaus. Sein Mund ist zu einem Strich zusammengepresst. Mein Unterbewusstsein sagt mir, dass ich vollere Lippen lieber mag. Zum Glück bin ich nicht oberflächlich, darum erkenne ich auch, wie verkrampft Wills außerordentlich stählerner Körper ist. Ich bezweifle, dass seine Anspannung vom Autofahren kommt.

Die Stille hat sich wie eine Mauer zwischen uns geschoben. Es macht mich wahnsinnig.

Ich schalte die Musikanlage ein. «Erzähl mir etwas», sage ich, aber meine Worte gehen in der lauten Musik unter. Genervt drehe die Lautstärke zurück. «Erzähl mir etwas, Will.»

Er schaut mich nicht an. «Was willst du hören?»

Was bist du, was bist du, was bist du ... «Wie heißt das Kind von die Schöne und das Biest?»

Jetzt schaut er mich an.

Ich ziehe den Kopf ein. «Prinz *Hairy* ...»

Einen Moment lang ist er still. Im Nächsten zucken seine Mundwinkel. «War das dein erbärmlicher Versuch, um die Stimmung zwischen uns aufzulockern?»

«Vielleicht», druckse ich herum.

Seine Züge werden weich – und mit ihnen die Mauer zwischen uns. Da haben wir ja nochmals Glück gehabt!

«Mein Verhalten im Wald tut mir leid», murmelt er. «Normalerweise bin ich nicht der Typ, der andere anbrüllt. Aber es ist zurzeit einfach etwas … *viel*.»

«Was ist viel?»

«Das hier.»

«Der Chevy? Der Verkehr? Die Möhre im Handschuhfach?»

«Du.»

«*Oh*. Okay.» Ich verstumme.

«Nicht im negativen Sinne», versichert er schnell und seufzt.

«Hat es etwas mit deinen Augen zu tun?», frage ich unverwandt.

Er antwortet nicht, aber sein Körper verkrampft sich noch mehr. Das ist mir Antwort genug.

Angst breitet sich in mir aus. «Wieso willst du wirklich, dass ich mich erinnere?», frage ich kleinlaut.

«Weil du mir wichtig bist.»

«Liegt es *nur* daran?»

«Nein.»

Seine schnelle Antwort verpasst mir einen Stich. Ein unangenehmes Druckgefühl legt sich auf meinen Bauch. Zehneinhalb Herzschläge lang lauschen wir Nickelback auf der Musikanlage.

Where the good times gone; all that stupid fun and all that shit we've done.

Dann seufzt Will ein weiteres Mal. «Ich mache mir nicht nur Sorgen um dich, sondern auch um Can», gibt er zu. «Irgendetwas sagt mir, dass es ihm schlechtgeht und dass er meine Hilfe braucht. Aber wie soll ich ihm die geben, solange er verschollen ist?»

«Wieso braucht er deine Hilfe?»

«Weil ich weiß, wie es sich anfühlt, einer geliebten Person wehzutun.»

«Also glaubst du, dass Can mein Ohr auf dem Gewissen hat?»

«Zu hundert Prozent.»

Ich verziehe den Mund. *Ew.* Cans und meine Liebesgeschichte klang bislang ja ganz okay – aber *dieses Ende*? Wer kommt auf so etwas?

«Hast du auch jemanden gebissen?», frage ich vorsichtig.

Ein unverschämtes Grinsen tritt auf sein Gesicht. «Kommt darauf an. Auf die gute oder die schlechte Art?»

Hui!

Er lacht rau auf. Grübchen stehlen sich auf seine Wangen. «Nur die Ruhe, Als. Ich falle schon nicht über dich her.»

Schade, murmelt ein unvernünftiger Teil in mir, und meine Haut *vibriert* und *summt* und *singt* angesichts der Vorstellung, dass jemand wie er mich in den Hals oder so beißen könnte. Natürlich auf die gute Art. Dieser Vampirscheiß ist so was von *millennial*. Das mag nicht einmal

Ivory, obwohl Titanen-Halbgott Alex ganz schön scharfe Eckzähne hat.

«Ich habe niemanden gebissen oder sonst irgendwie verletzt. Zumindest nicht physisch», erklärt Will ernst genug, dass sich meine Euphorie wieder legt. «Es war eine klassische ‹Auge um Auge, Zahn um Zahn›-Geschichte. Jemand hat mir wehgetan, und ich habe mich revanchiert. Mittlerweile bereue ich das sehr. Ich war jung, wütend und gekränkt. Ich hätte O so etwas niemals antun dürfen.»

«Wer ist O?»

«Olive Martins. Meine Ex-Freundin.»

Die Eifersucht hämmert mir auf den Kopf. «Kenne ich sie?»

«Nein. O und ich wuchsen im selben Dorf aus. Erst waren wir nur Freunde, aber irgendwann sahen wir mehr ineinander. Wir verliebten uns, tranken Cappuccino, wurden ein Paar. Alles war perfekt – bis sie von diesem Wesen hörte ...» Sein Gemüt verdunkelt sich. Ich schlucke, als seine Augen über mich hinwegstreichen. Sie gieren wie Dolchspitzen nach mir. «Sagt dir die Legende des Infectum Braccas etwas?»

«Infectum Braccas?» Ich schüttle den Kopf. «Nein. Aber es klingt episch.»

«Es bedeutet ‹Nasse Hose›. Der Legende nach nässt sich vor Angst jeder ein, der diesem Wesen gegenübertritt. Der Infectum Braccas gilt als mächtigstes Wesen unserer Welt – und darüber hinaus. Angeblich kann er einen Menschen mit einem einzigen Fingerschnippen zu Staub verwandeln. Manche nennen ihn deshalb auch Weltenzerstörer.»

«Whoa! Dann ist er wie Dark Phoenix von den X-Men?»

«Er ist mächtiger, *viel mächtiger.* Der *Stärkste von allen.*» Wills Augen verdunkeln sich noch mehr. Ich schlucke hart, denn so etwas hat die Welt garantiert noch nie gehört.

Überraschenderweise sammelt sich zwischen meinen Beinen tatsächlich etwas Feuchtigkeit an. Es fühlt sich allerdings nicht wie Angstpipi an. Vielmehr könnte diese Reaktion mit dem Poolhaus zusammenhängen. Die Erinnerung an diesen Ort löst seit dem Morgen einen ähnlichen Nasse-Höschen-Effekt bei mir aus wie der Infectum Braccas bei Leuten wie Olive. Es überfordert mich.

Wieso denke ich an das Poolhaus, wenn ich mich doch eigentlich auf Wills Geschichte über den Weltenzerstörer konzentrieren sollte?

Wer bin ich?

Ein Schelm, wer jetzt Böses denkt.

Wills Stimme bringt mich in die Gegenwart zurück: «O entwickelte eine Obsession. Hörte sie den Namen Infectum Braccas, verspürte sie keine Angst, sondern *Begierde.* Sie war besessen von der Macht und Stärke, die ihr dieses mystische Wesen versprach, und wollte seine Legende um jeden Preis ergründen. Als sie erfuhr, wie der Weltenzerstörer angelockt werden kann, gab es für sie kein Halten mehr. Sie überzeugte mich, mit ihr zusammen einen Supermarkt auszurauben, und ich war dumm genug, das Ganze für einen romantischen Akt zu halten. Ich dachte, die Aktion würde uns als Paar zusammenschweißen, weil gemeinsame Erlebnisse, mehr Bindung und so. Aber O nutzte mich schamlos aus. Es ging ihr nie um unsere Beziehung.»

«Was wollte sie stehlen?»

«Rosinen.» Das Lenkrad ächzt unter seinem Griff. «Ausschließlich Rosinen.»

«Ich mag Rosinen.»

Er lächelt grimmig. «Der Legende zufolge sind sie des Infectum Braccas' größte Schwäche. Er wird von ihnen angezogen, aber gleichzeitig blockieren sie auch seine Mächte. O ging es demnach nie um mich. Sie wollte bloß diese Scheißrosinen und war auf meine *Fähigkeiten* angewiesen, um an diese zu gelangen. Als ich den Betrug aufdeckte, rastete ich aus und verletzte sie an ihrer empfindlichsten Stelle. Danach wollte sie nichts mehr mit mir zu tun haben. Sie verließ das Dorf und wurde nie mehr wiedergesehen. Vor ein paar Jahren hörte ich, dass man ihr Auto unweit des Murmur Swamp gefunden hatte. Es war voller leerer Rosinenpackungen. Von O hingegen fehlte jede Spur. Das hier ist mir als einziges von ihr geblieben.» Er zieht eine Kette aus dem Kragen seines Hoodies.

Daran hängt ein ... *Zahn*.

Mein Blut gerinnt. Ich kreische auf und weiche zurück. «Du trägst den *Zahn deiner Ex-Freundin* um deinen Hals!»

Will reißt angewidert den Mund auf. «Was? Nein! Das ist ein Haifischzahn.»

«Oh. *Oh.* Okay.» Ich schnappe nach Luft.

Will schüttelt ungläubig den Kopf.

Mein Herz hämmert weiter. «Was ... hast du O angetan?»

«Ich verbrannte ihre Lieblings-CD.»

Ich ziehe die Augenbrauen zusammen. «Sie drehte wegen einer CD durch?»

«Unser Dorf war nicht wie Blueforest und all die anderen. Es gab kein TV, kein Internet, geschweige denn Computer. CDs waren *die* Sensation für uns.»

«Wo befindet sich dieses Dorf? Hinter dem Mond gleich links?»

Er lächelt sanft. «Das ist eine Geschichte für ein andermal.»

«Klar.» Ich nicke nachsichtig, selbst wenn ich gern mehr wüsste. Aber Will hat recht: Man darf nicht alles auf einmal verraten. Info-Dumping ist für Loser, und solche gibt es in dieser Geschichte nicht.

«Was für eine CD war es?», frage ich stattdessen.

«Eine Singleauskopplung. Wenn du möchtest, kann ich dir den Song abspielen.»

Ich strahle auf. «Hey ho, let's go!»

Er grinst, aber es wirkt seltsam wehmütig. «Kennst du das Gefühl, wenn ein Lied bis in die Tiefen deines Herzens vordringt und dieses von innen her aufreißt? So ergeht es mir bei diesem Song. Er *versteht* mich.»

«Ja, das kenne ich», erwidere ich in Gedanken an «The Fox» von Ylvis.

Es bedarf keiner weiteren Worte. Schweigend reiche ich Will ein Kabel, über welches er sein Handy mit meinem alten Chevy verbinden kann. Er geht sofort darauf ein. Einhändig lenkt er weiter, während er die Verbindung zur Anlage aufbaut und seine Musiksammlung auf dem Handy öffnet. Ich rutsche nervös auf meinem Sitz herum, während ich ihn bei dieser verbotenen Handlung beobachte. Habe ich jemals behauptet, Will Green gehöre zu den Guten? Alter Schwede, was für ein Irrtum. Einen solchen Bad Boy trifft man nicht alle Tage.

Ob Can auch so *bad* ist?

Der Gedanke durchzuckt mich. Und schon wieder fühlt sich diese eine Stelle zwischen meinen Beinen ganz seltsam an.

Wills Stimme entreißt mich meinen verwirrenden Gedanken. «Hab ihn. Bist du bereit?»

Ich setze mich gerade hin. «Klaro.»

«Aber pass auf, Als. Der Song ist sehr emotional.»

«Genau mein Ding», erwidere ich, und wir teilen ein Lächeln.

Er drückt auf PLAY.

Musik erfüllt den Innenraum des Chevy. Der Sänger legt sofort los. Ich blinzle langsam.

Zögere.

Blinzle erneut.

Glotze.

Will holt zitternd Luft. O Gott, *schnieft er?* Im nächsten Moment wippt er mit dem Kopf zum Takt. *Er meint es ernst,* wird mir klar. Das träumerische Intro geht in einen treibenden Beat über.

Ich atme geräuschvoll durch die Schneidezähne ein. «Ist ... das Haddaway?»

«*What is love, baby don't hurt me, don't hurt me, no more.*» Will nickt, singt und seufzt. «Dieses Lied hat mich nach Os Verschwinden aus einem tiefen Loch herausgeholt. Ich verdanke ihm mein Leben.»

«Okay.» Ich weiß nicht so recht, was ich sagen soll.

Will hebt die Hand. «Jetzt kommt mein Lieblingsteil.» Eine Frau beginnt zu singen. Er stimmt mit brüchiger Stimme mit ein. «*Whoa, whoa, whoa, whoa, oh-whoa, whoa, ohh, ooh.*»

Ich höre zu und bin weiterhin wie erstarrt. Die Welt, wie ich sie kenne, gerät aus den Fugen.

Ich habe gedacht, dass ich selbst ziemlich krass bin, weil ich ab und zu im Auto Nickelback höre. Aber Will belehrt mich eines Besseren. Er ist viel krasser.

Er zeigt Gefühle.

20

ALLIE

Haddaway begleitet uns auf dem Rest unseres Weges. Wir unterbrechen die Endlosschleife nur einmal. Beim Passieren der Stadtgrenze von Oxville, lassen wir kurz die Autoscheiben herunter und verkünden unsere Ankunft mit den Vengaboys.

Ich spiele mit dem Gedanken, Will um eine Extraschlaufe zur Oxville University zu bitten. Aber mein Herz schmerzt bei dem bloßen Gedanken an mein geschmissenes Studium. Was hält die Welt für ein Mädchen wie mich noch bereit?

Wer bin ich?

Cans Poolhaus liegt außerhalb der Stadt, inmitten des Oxville Forest. Obwohl der Winter naht, wirkt hier alles frühlingshaft und mild. Die Sonne scheint. Ihre Strahlen dringen durch die Autofenster, finden einen Weg in meine Poren und wärmen mich. Mein Herz bleibt dennoch kalt.

Das Gefühl verstärkt sich, je tiefer wir in den Wald hineinfahren, der mich ein halbes Ohrläppchen gekostet hat. Die Straße ist geschwungen und leer. Bäume erheben sich wie Türsteher und strecken ihre langen Arme nach uns aus, als wollten sie sagen: «*Du kommsch hier ned rein.*»

Aber wir kommen rein.

Will bemerkt mein Unwohlsein, noch bevor ich es selbst tue; er ist so unglaublich aufmerksam. Zärtlich greift er nach meiner Hand, ohne den Blick von der Straße zu nehmen. Seine Finger verkeilen sich in meinen, warm und vertrauenswürdig. Mit der Daumenkuppe malt er einen Kreis auf meinen Handrücken. «Ich lasse dich nicht allein», verspricht er rau.

«Ich weiß», erwidere ich. Sein darauffolgendes Lächeln durchbricht meine Angst wie funkelnde Sterne eine kalte Winternacht. Ich komme wieder zu Luft.

Tapfer wende ich meine Aufmerksamkeit der Straße zu, die uns alsbald zu einem zweistöckigen Haus mit aufgeschüttetem Vorplatz führt. Ein aufgeregtes Flattern nistet sich in meiner Bauchgegend ein.

Das Poolhaus.

Will parkt den Chevy vor der weißgestrichenen Veranda, während ich meinen Mund nicht mehr zukriege. Alles schreit nach Luxus. Finn «Can» Harlow scheint ein vermögender Mann zu sein. Was hat er nur von mir gewollt? Also, außer mein Ohrläppchen.

Meine Beine schlingern, als ich aus dem Auto steige. Kies knirscht unter meinen Stiefeln. Es ist warm genug, dass ich meine Stoffjacke nicht brauche. Ich lasse sie im Auto zurück und folge Will zum Poolhaus.

Er legt den Kopf in den Nacken und begutachtet die obere Etage. «Riecht unbewohnt.»

Ich stelle mich neben ihn. «Hm, was?»

«Ich sagte, es sieht unbewohnt aus.» Er schaut zu mir. «Wollen wir reingehen?»

Mein Kopf füllt sich mit Blut. «Du willst wirklich einbrechen?»

«Es ist kein Einbruch, solange wir nichts mitgehen lassen.»

Sein Einwand ergibt wenig Sinn, aber ich vergesse meine Zweifel, als er unvermittelt seinen Hoodie hochzieht, um sich mit dem Saum über das Gesicht zu wischen. Ich erhasche einen ausgiebigen Blick auf seinen Bauch. Muskelstränge zucken. Mir wird schwummrig. Was für ein Glück, dass man muskulöse Männer trotz Body-Positivity weiterhin auf ihren Körper reduzieren darf.

«Ich weiß nicht, wie's dir geht, aber mir ist ganz schön heiß», gibt Will mit einem nervösen Lachen zu und lässt den Hoodie wieder fallen. Sein Bauch verschwindet unter dem Stoff, aber in mir kribbelt es weiterhin. Keine Ahnung, ob das nun am Poolhaus oder an Will liegt. Soll mich mal einer verstehen!

Ich folge ihm auf die Veranda. Er studiert das Haus und rüttelt an einem Fenster.

«Will!», japse ich außer mir.

Er verdreht die Augen. «Willst du deine Erinnerung zurück oder nicht?»

«Ja, aber dafür brechen wir nicht ein!»

«Tun wir gar nicht.» Er drückt die Haustür auf. *Klick* – sie ist offen. Ein verschlagenes Grinsen schleicht sich auf sein Gesicht, und meine Unruhe erreicht neue Höhen.

Er betritt das Haus.

«Will!», zische ich erneut, aber er antwortet bereits nicht mehr. Einen Moment lang stehe ich überfordert auf der Veranda. Die Sonne kämpft sich durch die Bäume und wärmt meinen Hinterkopf. Vögel zwitschern. Ich höre eine Eule. «Will.» – Keine Antwort. Leise fluchend trete ich ein.

Das Poolhaus ist riesig, die Einrichtung hell und kalt. Alles ist in Weiß- und Schwarztönen gehalten, von dem hellen Sofa über den dunklen Salontisch bis hin zu den abstrakten Ölgemälden an der Wand. Ich *spüre* deutlich, dass ich schon einmal hier war, denn ich reagiere mit *Haut und Haaren*. Es beginnt mit einem Kribbeln in meinem Nacken, das sich flugs ausbreitet und zwischen meinen Beinen zu einem Knoten verdichtet. Mein Körper scheint sich an alles zu erinnern – aber mein Geist?

«Und?» Will taucht hinter mir auf.

Mein Herz dröhnt, mein Hirn auch. «Das Haus kommt mir bekannt vor.»

«Das ist ein Anfang. Lass uns weiterschauen.»

«Wir sollten wirklich nicht ... *Will*!», protestiere ich empört, als er nach meiner Hand greift und mich zur Treppe zieht. Schwindel erfasst mich, mein Verstand verdreht sich. Ich höre Donner grollen, obwohl die Sonne scheint.

Auf der oberen Etage erwarten uns zehn Zimmer. Die Türen von zweien stehen offen. In einem Raum entdecke ich einen großen Whirlpool. Die Spiegel darüber sind beschlagen.

Panik schwappt über mich. «Jemand ist hier!»

Will winkt ab. «Nein – zumindest jetzt gerade nicht.» Er redet so laut, dass ich an den Rand eines Nervenzusammenbruchs schliddere. Will bricht in Gelächter aus. «Entspann dich, Als! Ich bringe dich schon nicht in Gefahr. Und denk daran: Je schneller du dich erinnerst, desto schneller können wir wieder abhauen. Okay?»

Angespannt stoße ich die Luft aus. «Okay.»

«Okay.» Er will mich vor sich durch die geöffnete Tür des zweiten Raums drücken.

Ich versteife mich. «Okay, nein, vielleicht doch nicht.»

Will schubst mich. Ich stolpere über die Schwelle und lande in einem Schlafzimmer – nein, nicht *ein* Schlafzimmer.

Das Schlafzimmer.

Sein Schlafzimmer?

Meine Schritte ersterben. Nahezu unbewusst befeuchte ich mir die Lippen, während ich die vorhanglosen Fenster, die Dachschräge und das riesige Bett darunter betrachte.

In meinen Ohren rauscht das Blut. Das Pochen zwischen meinen Beinen wird stärker. Ein Wort schießt durch meine Sinne.

Goofy.

Whoa! Mein Kopf explodiert unter einer Flut von Bildern. Ich schreie auf und sacke zusammen.

«Als!», ruft Will erschrocken.

Ich stöhne. Auf allen vieren kauere ich auf dem Boden, während meine Erinnerungen wie ein Sturzbach in mein Bewusstsein zurückfließen. Meine Finger verkrallen sich im blauen Teppich, und dann ... und dann ... Zuckend hebe ich den Blick zum Zimmer, zum Schrank, zum Bett, zum Fenster, zum ...

Oh, shit.

«Ich erinnere mich», bringe ich erschauernd hervor.

Will kauert sich sofort neben mich hin. Angespannt lässt er seine Augen über mich hinwegfahren. «An was erinnerst du dich?»

Ich schnappatme. «An ... *einiges.*»

«Willst du's mir erzählen?»

Äh-*hähäh.* «Ich glaube, das ist eine Geschichte für ein andermal», weiche ich schluckend aus. «Aber Can hat mir nicht wehgetan. Jedenfalls nicht in diesem Raum.»

«Das heißt, hier hat er dich nicht gebissen?»

«Doch.»

Er hebt eine Braue.

«Auf die gute Art.» Mein Kopf muss knallrot anlaufen, denn Will verkneift sich auf einmal ein Prusten.

«Keine weiteren Fragen», verspricht er, während sich unverschämt süße Grübchen auf seine Wangen stehlen. Am liebsten würde ich sie ihm aus dem Gesicht boxen. Diese Jungs und ihre verfluchten Grübchen!

Er reicht mir die Hand, und ich lasse mir von ihm aufhelfen. Meine Beine verhalten sich wie Wackelpudding im Speisewagen.

Benommen schleiche ich an dem großen Bett vorbei zum Fenster. Damals, *in jener Woche*, war es regnerisch und bewölkt. Ein Gewitter zog über das Poolhaus hinweg. Dennoch ist es nicht der Donner, dessen Laut mir am meisten in Erinnerung geblieben ist.

Ich werd' nicht mehr.

Mit einem Räuspern zwinge ich meine Gedanken wieder zur Ruhe und blicke aus dem Fenster. Unter mir erstreckt sich ein großer Garten. Ich entdecke einen Pool und verspüre ein neuerliches Prickeln, während mehr und mehr Erinnerungen zurückkehren.

Aber dann gleitet meine Aufmerksamkeit *in* den Pool hinein.

Ich erstarre.

«Als?» Will tritt hinter mich.

«Da unten ist jemand», krächze ich.

21

ALLIE

«Was? Wo?» Will drängt sich zu mir ans Fenster. Unsere Arme berühren sich. Ich fühle den weichen Stoff seines Oxville-Hoodies ebenso wie die Härte seiner Muskulatur. In jeder anderen Situation hätte mich das ganz schön nervös gemacht.

Aber jetzt bin ich abgelenkt.

Zwei Etagen unter uns schwimmt jemand im Pool – seelenruhig und ohne uns zu bemerken. Mein eigenes Empfinden könnte nicht gegenteiliger sein.

Aufgeregt wirble ich zu Will herum. «Ich dachte, es sei niemand im Haus!»

Verlegen schiebt er sich eine blonde Strähne aus der Stirn. «Strenggenommen ist wirklich niemand *im* Haus ...» An seinem Kinn zuckt ein Muskel. «Als, ist dir bewusst, wer das ist?»

«Nein, woher ...»

«*Schau hin!*»

«Tue ich ja!»

«Nicht nur auf seinen Körper.»

Oh. Ups. Ich gehorche. Und da wird mir klar, dass ich *überhaupt nicht* richtig hingeschaut habe. Andernfalls wäre mir *einiges* aufgefallen. Potzblitz, seit wann bin ich so unaufmerksam?

Der Schwimmer zieht immer noch seine Runden. Er trägt schwarze Badeshorts, ist ungewöhnlich groß und sehr athletisch. Wann immer er zu einem Poolende gelangt, taucht er ab und stößt sich kraftvoll von der Wand ab. Seine Bewegungen wirken so anstrengungslos, als hätte er sein Leben lang nichts anderes getan. Augenblicklich fühle ich mich schlecht, weil ich es selbst nur bis zum Seepferdchen-Abzeichen geschafft habe. Immerhin weiß ich, dass man mit vollem Magen nicht schwimmen darf. Was bedeutet, dass ich *jetzt gerade* dringend am Poolrand bleiben müsste. Denn mein Bauch ist voll, *übervoll.*

Mit abertausenden flatternden Schmetterlingen.

Mein Herz hüpft und stolpert. «Ist das ...», beginne ich, ohne *seinen Namen* über meine Lippen zu bringen. Will nickt, was meine Blutzirkulation beschleunigt. Postwendend suchen mich widersprüchlichste Gefühle heim, von welchen fünfzig Prozent gut und die anderen fünfzig verdammt verwirrend sind.

(Habe ich gerade die hundert Prozent erreicht?)

Es befremdet mich, dass Will so ruhigbleibt. «Wollen wir runtergehen?», fragt er gelassen.

Meine Nerven flirren. «Ich weiß nicht. D-da unten ist ...»

«Das ist Can, Als. *Dein Freund.*»

«Mein Freund, der mein Ohr abgebissen hat.»

«Nur das Halbe.»

«Macht es das besser?»

Er hebt die Schultern, als wolle er diese Frage an mich zurückgeben. Kurz denke ich an Alex, der Ivory auch schon einmal gebissen hat – aber nicht bis aufs Blut. Oder durchs Fleisch. *Iek.* Ernsthaft, ich bin immer noch nicht über *dieses Ende* zwischen Can und mir weg. So ein Scheiß. Zwei von fünf Sternen.

Ich seufze gestresst. «Ich will mich nicht zu weit aus dem Fenster lehnen, aber das ist ziemlich toxischer Scheiß.»

«Erinnerst du dich denn wieder daran?»

Unruhig wackle ich auf den Schuhsohlen herum. «Irgendwie ja, irgendwie nein. Ich kann mich an den Schmerz erinnern und dass alles mit einem total unschuldigen Kuss begann. Ich glaube auch zu spüren, dass ich blutete. Aber ich *sehe* kein Blut. Es ist, als würde etwas in mir diese Erinnerung blockieren.»

«Lys Drogen?»

«Nein.» Ich halte inne. «Ich glaube, es liegt an meinem Hirn. Ich kann kein Blut sehen.»

Er lächelt. «Ich auch nicht.»

Aber Can schon. Meine Haut vibriert. «Er brachte mich an jenem Abend ins Krankenhaus. Aber wieso ist er danach verschwunden? Wieso ... wieso hat er mich allein gelassen?»

«Du solltest mit ihm reden. Es sei denn, du möchtest ihn lieber zur Anzeige bringen.»

Mein Kopf schnellt in die Höhe. «Was? Wie kommst du darauf?»

«Na ja, wie du gesagt hast: Es ist ziemlich toxischer Scheiß.»

«Aber was soll dann aus Can werden?», rufe ich bestürzt, denn wie langweilig wäre es, hätten Verbrechen tatsächlich Konsequenzen? Ja, die Aussicht auf ein Gespräch mit Can macht mich nervös. Aber ich *weiß*, dass er mir nicht wehtun wollte, nicht wirklich jedenfalls. Es ist *immer* anders, als es aussieht.

Attraktive Männer werden aus Prinzip missverstanden. Das hat auch Alex Tyrodon längst erfahren müssen. Wenn Männer wie er jemanden töten oder foltern oder verfolgen oder erpressen oder anknurren oder zerstören oder gegen ihren Willen festhalten, dann hat das nie etwas mit ihrem *echten* Charakter zu tun. Sie spielen bloß eine Rolle, um ihr gebrochenes Herz zu verbergen; um niemanden an sich heranlassen zu müssen – niemanden außer *sie*. Letzten Endes sind diese Löwen nur Welpen auf der Suche nach der großen Liebe.

Auch Can.

Meine Lunge arbeitet schneller. Wow. Ich sollte unbedingt einen Ratgeber über gesunde Liebesbeziehungen schreiben.

Natürlich ändert diese Einsicht nichts an meiner Angst vor Can. Ein bisschen Gänsehaut gehört schließlich dazu. Ivory fürchtet sich auch immer noch vor Alex. Aber seine blauen Augen und sein Body sind halt *bombe*. Andererseits ist da auch noch Ian Wolfgrim ...

Verunsichert schaue ich zu Will. Sein Gesicht wirkt markanter als üblich, aber sein Lächeln ist sanft wie eh und je. Er streckt mir seine Hand hin; diese unendlich fürsorgliche, vertrauenswürdige, warme Hand. Ich frage mich, was Can mir entgegenstrecken würde, und beiße mir auf die Unterlippe. Mir wird klar, dass ich unser Wiedersehen nicht länger hinauszögern möchte. Für solche Momente werden schließlich ganze zweite Teile von Buchreihen geschrieben.

Ich muss endlich erfahren, *wer ich bin*, und vermute, dass Can mir dieses allerletzte fehlende Stück zurückgeben kann. Wer glaubt, dass mit meiner zurückgekehrten Erinnerung alles geklärt sei, ist nämlich falschgewickelt. Ersetze jedes gelüftete Geheimnis durch ein neues Rätsel.

Fortsetzung folgt.

Mein Mut wächst. Ich nehme Wills Hand an. Wir sagen nichts, als wir gemeinsam in das Erdgeschoß zurückgehen. Mein Herz erwärmt sich mehr und mehr. Als wir den Garten erreichen, hätte ich mit meiner Körpertemperatur der Sonne Konkurrenz machen können.

Also wirklich.

Will lässt mich los. «Aua! Deine Haut brennt!»

«Huh?» Ich mustere verwirrt meine Hand und will etwas Intelligenteres erwidern. Allerdings komme ich nicht dazu.

Fortsetzung folgt.

Wasser plantscht.

«Allie?» Eine zögerliche, tiefe, heisere, raue, dunkle, düstere, harte, kehlige und vor Verlangen *bebende* Stimme dringt uns entgegen. Ich erschauere und erstarre – mehr noch: Vor Schreck schließe ich einen Moment lang die Augen.

Als ich das Linke zaghaft wieder öffne, hievt sich soeben eine riesige Gestalt aus dem Wasser. Muskeln wölben sich an Armen, so hart, dass sie gut und gerne als Stahl durchgehen könnten. Den Armen folgt ein tätowierter Oberkörper, dem die alten Griechen ganze Tempel gewidmet hätten, und ein Unterleib … Ich schlucke hart und härter. Mein lieber Mann! Zum Glück bin ich mit Vergleichen ausgeschossen, denn was ich *da* sehe, könnte ganze Bücher füllen.

Wortwörtlich.

Ich ringe um meine Beherrschung. «Can», flüstere ich.

Finn Harlow – *Can* – erhebt sich am Poolrand. Ich kann es kaum fassen: Er ist tatsächlich hier – und alles an ihm drängt mich sofort in seine Richtung. Ich sehe, dass es ihm genauso ergeht. Dennoch wirkt er anders.

Seine Muskeln sind zum Zerreißen gespannt, und seine Züge wirken *noch* scharfkantiger als in meiner Erinnerung. Ich erkenne Unsicherheit in seinem grünen Auge und einen unstillbaren *Hunger* im blauen. Über seinen Körper bahnen sich Wasserrinnsale, die ich am liebsten mit meinen Fingern nachzeichnen würde. «*Goofy*», raunt er kehlig. Sehnen springen an seinem Hals hervor.

Meine Angst verpufft, mein Herz bricht aus. Ich denke nicht mehr nach, lasse meine Umhängetasche fallen und renne los.

«Als!» Will versucht mich zurückzuhalten, aber ich bin schneller. Meine Haare flattern im Wind.

Cans symmetrisches Gesicht verzerrt sich. «Allie, warte!», ruft er, aber ich höre nicht hin, denn Ivory hört auch nie hin. Ich springe ihm entgegen, öffne meine Arme, schließe meine Augen und wappne mich für das Gefühl, wie sich unsere Körper in dieser vertrauten, nervenaufreibenden Spannung aneinanderschmiegen.

Aber es kommt nicht zum Kontakt.

Can springt zur Seite.

SPLASH!

Ich stürze in den Pool, durchbreche die Wasseroberfläche und sinke wie ein Stein in die Tiefe. Der Schrecken lähmt mich. Ich glaub, mein Hamster bohnert – ist das *allen Ernstes* geschehen? Ich kriege keine Luft mehr.

Oh, stimmt ja, ich bin im Wasser.

Fassungslos sinke ich tiefer.

Jemand springt mir hinterher. Kurz darauf werde ich von starken Armen umfangen und an die Oberfläche zurückgebracht. Sie gehören nicht Can, sondern Will; dem aufopfernden, *guten* Will, der mein Wohl sogar über trockene Kleidung stellt.

Und Can?

Er steht wie versteinert vor dem Pool. Als sich unsere Blicke das nächste Mal treffen, taumelt er sogar zurück. Erst befürchte ich, dass ich stinke, aber das kann nicht sein – zum einen wegen des unfreiwilligen Bades und zum anderen, weil ich selbst nach sechs Wochen im Wald noch nach Rosen riechen würde. So bin ich halt.

Nur eines scheine ich nicht mehr zu sein: Gut genug.

Meine Stimme bricht. «Can. Can, was ist los?»

Cans Gesicht ist ein Bild der Verwüstung. Er schaut zu Will – und das erschüttert mich mit der Kraft eines Erdbebens.

Er schaut zu Will und nicht zu mir.

«Bitte», raunt er; *zu Will und nicht zu mir*, «bitte, bring sie von hier weg.»

Meine Augen füllen sich mit Tränen. «Can», will ich flüstern, aber die Trauer zieht mich schon wieder in die Tiefe. Mein Mund verschwindet im Wasser, und Cans Name geht in dramatischen Luftblasen auf. «Ca-*glh-glh-glh*.»

Will schiebt mich zurück an die Oberfläche. Er hält mich fester denn je. «Entspann dich», redet er auf Can ein. «Du wirst Als nicht wehtun. Wir kommen jetzt raus, okay?»

Can erschauert, ich weine.

Will stöhnt. «Macht kein Drama! Na los, Als.» Er hilft mir aus dem Wasser. Fünf Sekunden später stehe ich wieder am Poolrand. Meine Kleider kleben wie eine zweite Haut an mir. Mein violetter BH drückt deutlich durch meinen grobmaschigen Pulli. Can studiert mich nervös. Seine großen Hände verkommen zu zwei Fäusten. Was würde ich dafür geben, sie lösen und um mich legen zu können.

Will baut sich neben mir auf. «Wo hast du gesteckt?», fragt er Can.

«Im Wasser», erwidert dieser heiser.

«Ich rede von den letzten Monaten. Du hast dein Studium geschmissen und bist von deinen eigenen Eltern als vermisst gemeldet worden. Sag mir nicht, dass du dich die ganze Zeit über im Poolhaus verschanzt hast!»

«Doch, habe ich. Aber nicht freiwillig.»

«Du klingst wie ein Schuljunge mit Hausarrest.»

Cans Blick huscht in meine Richtung. Sein grünes Auge lodert. Eingeschüchtert dränge ich mich an Will heran. Dieser legt einen Arm um mich. Can senkt die Lider und scheint sich selbst zur Ruhe zu zwingen. «Ich weiß nicht, wie viel meine Eltern wissen. Aber an jenem Abend, als ich Allie …» Er bricht ab, holt tief Luft. «Nun, ich wollte Oxville hinter mir lassen. Aber diese Leute – sie … sie fingen mich vor dem Krankenhaus ab. Sie glauben, dass irgendetwas Böses in mir schlummert, das man unter Kontrolle bringen muss.»

«Etwas Böses?» Will runzelt die Stirn.

Can hebt verdrießlich die Schultern. «Na ja, ich habe meiner Freundin das Ohrläppchen abgebissen.»

«Aber nicht das Ganze», flüstere ich kaum hörbar.

Will zieht mich tröstend näher. «Was sind das für Leute?»

«Keine Ahnung. Sie nennen sich Uhuman und mich einen Abschaum. Sie halten mich hier gefangen.»

«Du wirkst nicht wie ein Häftling», gibt Will zu bedenken – und ich muss ihm rechtgeben. Als Ivory Alex bei den Cornfield Witches findet, liegt er in Fesseln und ist auf ansehnliche Weise übel zugerichtet worden.

Cans unversehrte Lippen werden schmal. «Ich bin ein Gefangener. *Jeden verdammten Tag.*»

Sein bitterer Tonfall durchdringt mich – und da wird mir alles klar. «Sie fesseln ihn nicht mit Eisen, sondern mit Worten. Sie *reden ihm ein*, dass er gefährlich ist.»

«Sie reden mir gar nichts ein – ich *bin* gefährlich!», schießt er ungestüm zurück.

«Nein, das bist du nicht», widerspreche ich innig. «Du bist nicht gefährlich, ich weiß es – ich kenne dich!»

«Nein, Allie Andrews. Du kennst mich nicht. Nicht im Geringsten. Andernfalls hättest du längst so viel Distanz wie möglich zwischen uns gebracht.»

«Quatsch mit Soße!» Ich will mich aus Wills Arm winden, aber Can hält mich mit einem zornigen Knurren auf Abstand. Adern wölben sich an seinen Armen, und seine Augen ... ich schlucke. Sie werden *pechschwarz*. Hui. Also, langsam frage ich mich schon, was mit diesen Jungs los ist.

«Whoa.» Selbst Will verkrampft sich. Er lässt mich los und stellt sich beschützend vor mich. «Ruhig bleiben, Can. Atme.»

Can knurrt immer noch. Das Geräusch grollt in seiner Kehle nach, und der Ausdruck in seinem Gesicht wird immer wilder. Ich zapple nervös herum. Auweia.

«Atmen», wiederholt Will streng – und diesmal klingt es nicht wie eine Bitte, sondern wie ein *Befehl*. Can zuckt; eine Sekunde später kriegt er sich wieder ein. Sein Körper entspannt sich – aber nicht mein Herz. Eingeschüchtert mustere ich den tätowierten Schriftzug auf seiner breiten Brust.

Someone told me love would all save us.

Die Worte schlagen deep bei mir ein.

Can sucht reumütig meinen Blick, aber ich weiche ihm aus.

Will reibt sich erschöpft den Nacken. «Lass mich das noch einmal zusammenfassen: Du hast Allies Ohr abgebissen, sie ins Krankenhaus gebracht und bist dort von Leuten angesprochen worden, die sich Uhuman nennen. Diese Leute, *die sich Uhuman nennen*», er hebt eine Augenbraue, «reden dir ein, dass du gefährlich bist und dich selbst einsperren sollst. Seither schwimmst du im Pool herum.»

«Ich kann bald zehn Minuten unter Wasser bleiben», meint Can, und ich bin ein wenig stolz auf ihn. Schüchtern lächle ich ihm zu – und er erwidert mein Lächeln ebenso zaghaft. Mein Herz flattert, doch schon im nächsten Moment zieht es sich wieder zusammen. Denn stimmt ja, Can ist gefährlich, Seepferdchen hin oder her.

Will verschränkt die Arme. «Wo sind die Uhuman jetzt?»

«Keine Ahnung. Sie haben etwas von Disneyland gesagt.»

Meine Augen werden groß. «Sie sind ohne dich nach Disneyland gefahren?»

«Diese Monster.» Will schüttelt grimmig den Kopf, und Can, *mein Can*, zieht eine Grimasse.

«Ich weiß nicht, Mann. Sie haben gesagt, sie können mir helfen mit meinem *Problem*.»

«Therapieren sie dich?», fragt Will.

«Sie messen ab und zu meine Körpertemperatur und versuchen, mich wütend zu machen.»

«Was geschieht, wenn du wütend wirst?»

«Ich mache Dinge kaputt. Einmal habe ich Reißzähne bekommen.»

«*Reißzähne?*» Angeekelt rümpfe ich die Nase. «Brudi, das ist doch kein Fantasyroman!»

«Deine Fantasie ist nichts im Vergleich zur Realität», grollt Will unheilvoll und räuspert sich. «Ich sage es ungern, Can, aber diese Leute haben keine Ahnung, was mit dir los ist. Pack deine Sachen, und lass uns von hier abhauen.»

Can verkrampft sich von neuem. «Ich sagte doch, dass ich das nicht kann.»

«Wieso nicht? – Ach nee, lass mich raten.» Will gähnt überspitzt. «Du hältst dich für unkontrollierbar und gefährlich und befürchtest, noch einmal jemanden zu verletzen. Aber du wirst Allie nicht mehr wehtun, hörst du? Dafür werde ich sorgen.»

«Du?» Can lacht humorlos auf. «Nimm es mir nicht übel, Kleiner, aber das ist, als würde sich ein Welpe gegen einen *Alpha* auflehnen. Du hast keine Ahnung, womit du dich anlegst.»

Ich spüre ein gestresstes Flattern in der Magengegend. Verunsichert schiele ich von Will zu Can und wieder zurück. Kein Zweifel, beide sind mega attraktiv und stark. Aber wenn Will das Ausrufezeichen ist, dann ist Can das *Doppel*-Ausrufezeichen. Will ist groß – Can ist größer; Will ist athletisch – Can setzt eins obendrauf. Auf einmal verstehe ich, weshalb mir Wills Sixpack bei unserem ersten Treffen als *zu wenig* erschienen ist. Finn Harlow sticht ihn in allem aus. Der Vergleich zwischen Welpe und Alpha ist gar nicht so abwegig. Aber möglicherweise unterschätze ich Will ebenso, wie Can es tut. Denn der Körper ist nicht alles.

Manchmal ist auch der Haarschnitt entscheidend.

Will stößt ein Knurren aus. «Glaub mir eines, Can: Du wärst überrascht, *wie sehr* ich dir gewachsen bin.»

Can weicht unmerklich zurück. «Okay, Digger, was ... was ist mit deinen Augen los?»

Mein Herz stolpert. «Sind sie wieder blau?»

Natürlich könnte ich selber nachsehen, aber mal ehrlich: Da steht ein *Eightpack* vor mir. Ich könnte mich nicht abwenden, selbst wenn ich es versuchte.

Can mustert mich so verstört, als würde ich von Einhörnern sprechen. «Nein, Allie, sie sind nicht blau. Sie sind *neongrün.*»

Meine Neugierde kippt in Furcht um. Mein lieber Schwan, so grün waren sie auch im Dead Forest. Was hat das nur zu bedeuten? *Wer ist er?*

Will reißt sich sofort zusammen. Verlegen rollt er die Schultern zurück. Sein Körper verströmt plötzlich eine solche Hitze, dass seine nasse Kleidung binnen Sekunden trocknet. «Belassen wir es dabei, dass ich dir helfen kann, okay? Können wir dann gehen?»

Aus dem Haus dringt ein Poltern. «Can, wo steckst du? Wir haben dir Popcorn mitgebracht!», erklingt eine fremde Frauenstimme.

Popcorns, denke ich, während mein Kopf zeitgleich mit Wills und Cans zur Fensterfront herumfährt.

Cans Zähne treffen knirschend aufeinander. «Also gut, ich komme mit. Aber das könnte schwieriger werden als geplant.»

22

Mein Puls schlägt wie ein Pendel aus. Oh weh. Die Uhuman sind da, und ich stehe klatschnass mit einem halbnackten und einem angezogenen Typen im Garten. Kann es noch verrückter werden?

Ja, haucht eine Stimme in mir, als Will meine Tasche aufhebt und wieder einmal nach meiner Hand greift. «Wir müssen verschwinden», zischt er. Er ist so klug!

Cans Blick saugt sich an unseren Händen fest. An seinem Kinn zuckt ein Muskel. «Der Garten ist mit einem unüberwindbaren und mega gefährlichen elektrischen Zaun gesichert. Uns bleibt nur der Weg durch die Haustür.»

«Can!», dringt die ungeduldige Frauenstimme zu uns.

Can flucht, und wir fackeln nicht länger.

Hals über Kopf rennen in das Wohnzimmer hinein, wo Will und ich gerade rechtzeitig hinter der weißen Couch in Deckung gehen, bevor eine klein gewachsene Frau auftaucht. Sie ist um die fünfzig, trägt ein schwarzes Korsett und enge Lederhosen. Die hohen Absätze ihrer Ankleboots klacksen hart auf dem Boden auf. Ihre kurzen

Haare sind feuerrot gefärbt. Ein süffisantes Lächeln stiehlt sich auf ihre Hyaluronlippen, als sie Can vor der Fensterfront entdeckt. Reglos steht dieser da. Wasser rinnt aus seinen wilden, dunklen Haaren und über seinen Rücken hinab. Er trägt mittlerweile Sneakers, aber kein T-Shirt oder so. Manche Dinge muss man nicht verstehen, sondern genießen.

Ich wiederum zittere wie am Spieß. Will zieht mich fest in die Arme. Sein Atem streift meine Wange. Ich lasse meinen Körper gegen seinen sacken und schließe panisch die Augen.

«Wie war Disneyland?», höre ich Can fragen. Seine kalte Stimme durchstößt mich wie ein Dolch. Herrje, so böse hat er noch nie geklungen! Mein Frösteln verstärkt sich trotz Wills beschützender Umarmung, und meine Kleidung trieft immer noch vor Wasser. Es sammelt sich unter mir zu einem kleinen Teich an. Absurderweise lässt mich das an den Infectum Braccas denken.

Nasse Hose.

Die Frau lässt sich auf das Sofa plumpsen. Ich schiele hoch und sehe, wie sie die Arme über die Lehne wirft. An ihrem Ringfinger baumelt ein großer, grünlicher Klunker. Er erinnert mich an meinen Speckstein, als er noch ungeschliffen war. «Disney war fantastisch. Aber unser *Hausmonster* hat gefehlt», verkündet sie amüsiert.

Aus Cans Kehle dringt ein animalischer Laut. «Ich bin kein Monster.»

«Darüber lässt sich streiten. Wenn du weiterhin so oft im Pool herumplantschst, wachsen dir bald Kiemen.»

«Was bringt es, mich zu beleidigen? Ich dachte, ihr wollt mir helfen!», schäumt Can aus dem Nichts.

«Das tun wir – das *werden* wir.» Die Couch ächzt, als die Frau das Gewicht verlagert. «Aber erst müssen wir dich analysieren und *zum Leben* erwecken. Danach sehen wir weiter.»

Will verkrampft sich. Sein Gesicht läuft kreideweiß an. «Was ist los?», frage ich ihn.

«Wer ist da?» Die Frau springt vom Sofa auf.

Oh. Ups.

Der Kopf der Frau taucht über der Lehne auf. Das Blut weicht mir aus den Wangen, während sich ihr Blick an Will festsaugt.

Wieso schaut mich eigentlich niemand mehr an?

«*Du*!», faucht sie außer sich.

«Weg von hier!», brüllt Will und gibt mir einen Stoß, auf den ich nicht gefasst bin. Ich kippe vornüber und knalle röchelnd auf den Boden. Zeit zum Wehklagen bleibt mir allerdings nicht.

Will kriegt mich bei den Achseln zu greifen. Er hievt mich auf die Beine und drängt mich zum Rennen. Can stürmt uns nach. Hinter uns bricht die Hölle aus. Die Frau schreit und hetzt uns nach, aber ihre hohen Schuhe und das engsitzende Lederkorsett verlangsamen sie markant. Wir erreichen die Haustür lange vor ihr.

«Lasst die Eulen frei!», donnert die Frau.

Irgendwo im Haus kommt Bewegung auf.

«Schnell!» Will drängt mich die Veranda hinunter. Ich möchte zu meinem Chevy rennen, aber er hält mich auf. «Den haben sie garantiert manipuliert.»

«Ich weiß nicht, ob die Uhuman so etwas können», wendet Can ein.

«Du weißt gar nichts über sie!», feuert Will zurück und treibt uns unnachgiebig in den Wald hinein.

Wir rennen über Stock und Stein. Unser hektischer Atem vermischt sich mit unseren gejagten Schritten. Ich werde wahlweise von Will und Can vorwärtsgetrieben – denn obwohl ich ohne sie natürlich auch total mutig, stark und schnell wäre, bin ich es mit ihnen an meiner Seite einfach *noch ein bisschen mehr*. Für den Bruchteil einer Sekunde fühle ich mich wie Ivory Ironheart.

Dann bleibe ich an einer Wurzel hängen und knalle der naselang hin.

«Allie!» Can und Will stürzen zeitgleich an meine Seite, Can an die linke, Will an die rechte. Ihre Wärme und ihre starken Arme umfangen mich. Vielleicht stöhne ich deshalb prompt auf.

Aber auch dieser Moment währt nur kurz.

Ich sehe ihn als Erste kommen – den riesigen, heulenden Schwarm.

Mein Blut gerinnt.

Das sind Eulen. Mehr als zwei Dutzend.

«D-d-*da.*» Stotternd zeige ich auf die Lichtung.

Will folgt meinem Blick und erblasst. Er zögert keine Sekunde. «Bring sie von hier weg. Ich halte sie auf», sagt er zu Can. Ich öffne den Mund, doch Will übergeht mir forsch. Er spricht immer noch mit Can: «Bring sie fort, und pass auf, dass du deine Emotionen unter Kontrolle behältst. Ich komme nach.» Can nickt stumm und ernst.

«Will …» Mein Hals schnürt sich zu. Seit wann knurren Männer auch außerhalb des Schlafzimmers, seit wann sind sie so *kämpferisch* drauf, seit wann verändern ihre Augen die Farbe, *und seit wann schaut mich eigentlich keiner mehr an?* «Will, was ist hier los?»

Er hebt eine Hand an meine Wange. Seine Augen funkeln wehmütig. «Wenn ich das hier überlebe, werde ich es dir erklären.»

Meine Kehle trocknet aus. «Du kannst dich unmöglich alleine mit ihnen anlegen. Es sind zu viele! Mein Freund Sam sagt immer, der Klügere gibt nach.»

Er lächelt liebevoll. «Ich habe ein besseres Sprichwort für dich, Als: Wo ein *Will* ist, ist auch ein Weg.» Meine Kinnlade klappt herunter, doch bevor ich etwas erwidern kann, beugt er sich vor und gibt mir einen zärtlichen Kuss auf die Stirn. Die Eulen warten artig bei der Lichtung.

Ein warmes Kribbeln schießt durch meinen Bauch. Meine Unterlippe erbebt. Das lenkt meine Aufmerksamkeit auf meine Kinnlade, die immer noch ziemlich tief hängt. Demütig klappe ich sie hoch. Leere tut sich in mir auf, als Will sich wieder von mir löst. Mit einem tiefen Atemzug senkt er die Lider. Lange Wimpern tanzen über markante Wangenknochen. Beim nächsten Blickkontakt schimmern seine Augen erst bläulich und dann *neongrün*. «Adios amigos», haucht er und wendet sich von uns ab. Die Eulen am Waldrand kommen in Bewegung.

Mein Puls stockt. «Will!» Can packt mich und zerrt mich in die entgegengesetzte Richtung hinfort. «Nein!», protestiere ich dramatisch und will mich losreißen. Aber Can ist viel zu stark für mich – und vielleicht ist mein Protest etwas halbherzig, denn er presst mich an seinen nackten Oberkörper, und sein harter Bauch ...

Aber Will.

«Will!», schreie ich verzweifelt, während Can mich fortbringt. Wieso keine epische Filmmusik und Slow-Motion einsetzt, verstehe ich nicht.

Und dann erbebt die Welt.

Ich höre ein bestialisches Knurren. Entsetzt schaue ich zurück und sehe, wie Will nach vorn auf alle viere fällt. Sein Rücken zuckt und wölbt sich. Der graue Oxville-Cows-Hoodie zerreißt an mehrere Stellen. Ich schreie erneut. Den wollte ich doch wiederhaben!

Can zerrt mich tiefer in den Wald, bevor ich mehr von der Zerstörung mitansehen muss. Will verschwindet aus meinem Blickfeld.

Can rennt *und rennt und rennt* mit mir davon. Das unmenschliche Knurren fällt hinter uns zurück, das Hämmern meines Herzens gewinnt überhand. Kurz darauf werden wir von den Geräuschen des Waldes umfangen.

Und dann, einfach so, bin ich mit Finn Harlow allein.

23

WILL

Okay, das läuft irgendwie nicht nach Plan.
Traurig ... immer noch traurig?

24

Can lässt mich los. Ich stolpere ängstlich weg, was er mit einem frustrierten Schnauben quittiert. «Aber von *ihm* lässt du dich küssen!», beschwert er sich mit fuchtelnden Armen.

Sein Vorwurf durchschießt mich wie eine Stichflamme. Meine Stirn wird heiß. «Wir müssen zu Will zurück.»

«Nein.»

«Das hast du nicht zu entscheiden!» Ich will an ihm vorbeistürmen – er stellt sich mir in den Weg.

Mit einem dumpfen «Uff» knalle ich gegen seine Brust. Die Chinesische Mauer wäre leichter zu verschieben. Ich stoße einen frustrierten Laut aus, der ihm ein spöttisches, dunkles Lächeln entlockt.

«Sieh an», raunt er höhnisch. «Der angriffslustige Goofy ist zurück. Den habe ich vermisst.»

Mein Herz beginnt zu flattern, wie es noch nie geflattert hat. Ich sollte wütend sein – ich *weiß*, dass ich wütend sein sollte. Stattdessen durchläuft mich nun ein Prickeln. Cans tiefe Stimme hat immer diese Wirkung auf mich. Zischend versuche ich, das wirbelnde Gefühl wenigstens von meinem Unterleib fernzuhalten. Aber es ist ein Ding der Unmöglichkeit.

Zum Teufel aber auch! Wieso lande ich andauernd mit attraktiven Männern im Wald? Hat hier irgendjemand eine Quote zu erfüllen?

Ich schnaube erzürnt genug, dass Cans Mundwinkel schon wieder zucken. Das macht die Sache *noch* schlimmer, denn bei seinem Anblick geht mein Verlangen auf die Barrikaden. Er sieht *so* gut aus, dass es wehtut. Lys Schokolade hin oder her: Ich begreife nicht, wie ich ihn vergessen konnte.

«Ich habe dich wirklich vermisst, Goofy», murmelt er aus dem Nichts – und wieder grollt jede Silbe wie ein prickelndes Erdbeben in mir nach.

Schüchtern mustere ich ihn. «*Wirklich*-wirklich?»

Er nickt. «*Wirklich-wirklich*-wirklich.»

Nervös befeuchte ich meine Lippen. Can folgt der Bewegung. Er schluckt hart. Seine Pupillen weiten sich. Mir wird warm. Hui. Reagiert er echt so stark auf mich? Um es zu überprüfen, fahre ich mir erneut mit der Zunge über die Lippen – diesmal in entgegengesetzter Richtung. Und tatsächlich: Can folgt der Bewegung schon wieder. Im nächsten Moment verdunkeln sich seine Augen zu einem hungrigen Sturm. Das Prickeln schießt prompt zwischen meine Beine und verwandelt sich in ein verzehrendes Pulsieren.

«Can», keuche ich, ohne zu wissen, was ich sagen möchte. Aber Can ist ohnehin nicht zum Reden da.

Das ist er nie.

Er überbrückt die Distanz zwischen uns, packt mein Gesicht und drückt seinen Mund auf meinen. Meine Sinne explodieren.

Ja, so schnell kann's gehen.

Ich erschauere von Kopf bis Fuß. Can zieht mich verlangend näher. Ich öffne meinen Mund, und seine Zunge gleitet sofort hinein. Meine Hände finden einen Weg an seine erhitzte Brust. Can stöhnt und küsst mich wie ein ausgehungerter Wolf – und für einen kurzen Moment befürchte ich, er könnte sich über mein zweites Ohrläppchen hermachen.

Aber nein, alles gut.

Er saugt meine Unterlippe zwischen die Zähne und entlockt mir damit ein Wimmern. Seine Arme schlingen sich fester um mich, bringen uns nah und näher. Eine halbe Sekunde später spüre ich ihn hart und pulsierend an meinem Bauch. Ich stöhne in seinen Mund. Can knurrt und vertieft unseren Kuss. Seine eine Hand packt meinen Hinterkopf, die andere rutscht an meinen Po. Er wird immer rauer und forscher. Ich verliere mich komplett in diesen wilden Empfindungen. Immer verlangender, immer verzweifelter pressen wir uns aneinander. Bald stehe ich auf den Zehenspitzen, und unser Stöhnen vermischt sich zu einem romantischen

Song, den Beyoncé und Jay-Z nicht erfolgskalkulierter hinkriegen würden. Und andauernd stößt Can diese animalischen Knurrlaute aus. Mir wird ganz anders, denn, mein lieber Scholli, wen turnt es schon nicht an, wenn der Gegenüber wie ein wuschiger Drache klingt?

Aber dann nimmt Cans Stöhnen auf einmal eine gequälte Note an. Seine Hände verkrampfen sich um meinen schlanken Körper. Einen Atemzug später lässt er mich los und stolpert so ungelenk zurück, als wäre er bei etwas Verbotenem erwischt worden. Kälte flutet mich. Meine Wimpern flattern.

Ist ... das Copy-paste?

Zitternd hebe ich die Lider an. Can ist tatsächlich vor mir zurückgewichen. Aber nicht nur ein paar Schritte, sondern mindestens *zehn Meter*. Sein Körper zuckt und bebt. Er starrt mich an – und ich starre zurück, obwohl ich schon in der Sechsten keinen Blickkampf für mich entscheiden konnte.

Wieder flüstert eine Erinnerung in mir, dass wir schon einmal an diesem Punkt waren. Man könnte meinen, wir hätten daraus gelernt. Aber nope, wer lernt, kann nicht über immergleiche Dummheiten schreiben. *Never change a winning team*, würde Sam sagen. Allerdings fühlt sich das hier nicht wie Gewinnen an. Eher wie «die Goldmedaille erhalten und wieder aberkannt kriegen».

Ich zupfe an meinem nassen Wollpulli herum. «Wieso ... weichst du zurück?»

Can zögert. Ich sehe eine Gänsehaut auf seinen Unterarmen sprießen. Das Verlangen regiert ihn immer noch. Da ist er nicht der Einzige. «Ich will dir nicht wehtun», presst er hervor.

Uff, das ist definitiv Copy-paste. Bockmist.

«Du tust mir weh, indem du zurückweichst», entgegne ich leise.

«*Allie.*» Seine Kiefermuskulatur tritt hervor.

«Glaubst du immer noch, dass ich etwas Besseres verdiene? Ich dachte, wir seien darüber hinweg.» Es misslingt mir, nicht vorwurfsvoll zu klingen. Im Ernst, haben zweihundertachtundneunzig, wahnsinnig erotische Seiten damals nicht ausgereicht?

Anscheinend nicht.

«Ich werde nie darüber hinwegkommen, Allie Andrews», brummt Can verbittert. Er schaut weg und ballt eine Faust. «Außerdem habe ich gesehen, wie *er* dich anschaut. Er könnte dir Dinge geben, zu denen ich niemals imstande sein werde.»

«Wer? Will?»

«Er hat sich im Griff.»

Ich blinzle ein paarmal zu viel. «Du willst, dass ich mit Will durchbrenne?»

Seine Lippen verkommen zu einem Strich. Er schweigt.

Kalter Schweiß rinnt meinen Nacken hinab. «Das kann nicht dein Ernst sein.»

«Wieso nicht?», zischt er feindselig. «Denkst du, ich merke nicht, wie *nahe* ihr euch steht? Ich bin nicht blind, Allie. Ich weiß, dass du ihn magst.»

«Natürlich mag ich ihn. Er ist mein Freund!»

«Er ist *mehr* als das!»

In meinen Schläfen hämmert das Blut. «Wieso sagst du so etwas?»

«Weil es die Wahrheit ist. Du liebst uns beide. Das war schon immer so.»

«Can», flüstere ich erstickt und will ihm in die Augen sehen, aber er schaut zu Boden. Ich versuche, ihn auszutricksen, indem ich mich mit einem Handspiegel direkt unter seine Nase schleiche.

Er reißt genervt den Kopf hoch und starrt zu den Baumkronen. Gleichzeitig bringt er abermals Distanz zwischen uns. Weitere Teile meines Herzens brechen ab.

«Ich mag Will nicht», brummt er zitternd, «aber ich muss auch realistisch sein. Du verdienst jemanden wie ihn. Er gibt dir Sicherheit, ist gut zu dir ... Ich hingegen habe dir nichts als wehgetan. In mir steckt nichts *Gutes*, ganz egal, wie sehr du dir das wünschst. Darum bin ich nach der Sache mit deinem Ohr auch abgehauen. Ich hätte es nicht ertragen, dich noch einmal zu verletzen. Dabei wollte ich dich nie allein lassen, ich wollte ...» Er bricht ab. Überfordert fährt er sich durchs Haar. «Scheiße, Allie! Wieso bist du hergekommen? Wieso konntest du mich nicht einfach vergessen?» Eine Mischung aus Verzweiflung und Verlangen sucht seine Züge heim. «Ich versuche seit Wochen, über dich hinwegzukommen. Ich habe reihenweise mit anderen Frauen geschlafen, nur um dich aus meinem verdammten Kopf zu kriegen. Aber sieh' mich an! Ich werde es nie schaffen, solange du in meiner Nähe bist.» Er brüllt nun beinahe, und wenn ich so zwischen seine Beine schaue, erkenne ich auch deutlich, was er meint. Can *mag* mich. Und er kommt nicht von mir los. Ich fühle mich wie eine Schlangenbeschwörerin. Na, so was. Hashtag #anaconda.

Seine Worte sind dennoch wie ein Stromschlag. Wäre dies ein New-Adult-Roman, hätten wir wegen seiner Sexbeichte jetzt vierhundert Seiten lang Stress. Aber unsere Welt ist rauer geworden. Viel Sex mit wechselnden Partnerinnen und Partnern ist nur ein weiteres Symptom davon. Ich zwinge mich, darüber hinwegzusehen.

Aber wehe, ein Kondom ist geplatzt.

Ich sammle all meinen Mut und trete einen Schritt auf ihn zu. «Ich habe dich vergessen, Can. Aber es hat sich nicht gut angefühlt», gestehe ich tonlos. «Eine Freundin hat meine Erinnerung an dich blockiert. Ich weiß nicht, wieso sie das getan hat – aber ich weiß, dass es *falsch* war. Die ganze Zeit über habe ich mich unvollständig gefühlt, ohne zu wissen wieso. Bis jetzt.»

Ich mache einen weiteren großen Schritt vorwärts. «Ich will nicht, dass du mich vergisst oder von mir loskommst. Du hast mir gefehlt, ich … ich *brauche* dich. Du besitzt längst den allerwichtigsten Teil von mir.»

Er taumelt. «Ich habe dein Ohrläppchen nicht behalten, sondern dem Arzt weitergegeben.»

«Ich rede von meinem Herzen.»

Er verstummt. Ich werde mutiger und möchte den Abgrund zwischen uns ein für alle Mal überwinden. Aber er stolpert schon wieder zurück – und *schon wieder* befinden sich zehn Meter zwischen uns. Ja, Herrschaftszeiten, so wird das nie etwas!

Ich stampfe verzweifelt auf dem Boden auf. «Stell dich nicht so an! Will sagt, dass er dir helfen kann.»

«Will ist nicht da!»

«Wir finden eine Lösung.»

Er stöhnt. «Du verstehst es nicht, oder? Wir können nicht *einfach so* zusammen sein! Es ist keine wahre Liebe, wenn sich uns kein Hindernis oder Verbot in den Weg stellt.» Gequält schaut er mich an. «Aber ich will, dass es die *einzig wahre Liebe* zwischen uns ist, verstehst du? Darum flehe ich dich an: Bleib auf Abstand, solange wir nicht wissen, was für ein Monster in mir schlummert. Ich will dir nicht noch einmal wehtun. Außerdem bin ich deiner eh nicht würdig, und werde es auch nie sein. Du bist viel zu rein und gut für mich. Jemanden wie dich habe ich nicht verdient ...»

Ohje, war ja klar, dass er das noch sagen muss. Auf meiner Zunge brennen plötzlich tausend Einwände, doch kein einziger kommt mir über die Lippen. Denn ein Rascheln unterbricht mich.

Fortsetzung folgt.

Will taucht auf. Sein grauer Oxville-Hoodie ist zerfetzt. Ein blutiger Striemen zieht sich von seinem linken Auge bis zu seinem Kiefer. Er sieht schrecklich aus (aber in einer potenziellen Verfilmung supersexy).

«Was habe ich verpasst?», keucht er und sackt in sich zusammen.

25

ALLIE

«Will!» Ich springe an seine Seite.

Wills Mundwinkel zucken schwach. «Hey, Als.»

Bestürzt mustere ich die Hoodiefetzen und die klaffende Wunde in seinem Gesicht. Sein Körper brennt mir entgegen. «Was ist geschehen?»

«Wo sind die Eulen?» Can beobachtet uns aus der Distanz. Er rührt sich nicht vom Fleck, aber ich sehe, wie er um seine innere Ruhe kämpft.

Ich helfe Will in eine bequemere Sitzposition und berühre ihn besorgt am linken Bizeps. Can atmet scharf ein. Ich ignoriere ihn. «Will, sprich mit uns», flehe ich.

Will fährt sich über das zerschundene Gesicht. «Die Eulen sind tot.»

Meine Hand zuckt zurück. «Du hast flauschige, kleine Eulen getötet?»

«Das waren keine flauschige, kleine Eulen, sondern Monster.»

«Es sind keine echten Tiere. Zumindest nicht mehr», wirft Can ein. Er beobachtet uns immer noch wachsam. «Die Uhuman sammeln tote Vögel ein und schaffen sie in ein Labor unter meinem Poolhaus. Dort erwecken sie sie irgendwie wieder zum Leben.»

Ew. Ich ziehe eine Grimasse. Aber wen überraschen solche Ideen noch nach der Ohrläppchen-Sache?

«Hast du alle erwischt?», will Can wissen.

Will saugt befangen die Unterlippe ein. «Ich weiß nicht. Ich habe nur diejenigen aus dem Verkehr gezogen, die euch nachfliegen wollten.»

«Wie hast du das getan?», frage ich.

Er lächelt dumpf. «Das erzähle ich dir lieber, wenn du nicht allein mit mir in einem dunklen Wald sitzt.»

«Ihr seid nicht allein», brummt Can.

«Also noch eine Geschichte für ein andermal», murmle ich und senke traurig den Kopf.

Will hebt ihn zärtlich beim Kinn wieder an. «Ich will dir einfach keine Angst einjagen, Als. Aber du kannst mir vertrauen, okay?»

«Mir auch.» – Can.

Will hebt den Blick zu ihm. «Ach, ja? Euer Gestöhne war vermutlich bis nach Oxville zu hören! Was an ‹Behalte deine verdammten Emotionen unter Kontrolle› hast du eigentlich nicht verstanden?»

O Gott. Das Blut schießt mir in den Kopf. Will rappelt sich auf; ich bleibe auf dem Boden sitzen und hoffe, dass er mich verschluckt. Will hat uns gehört – wie obermegapeinlich!

«Aus irgendeinem Grund ist Can den Uhuman wichtig», murmelt Will fieberhaft. «Ich bezweifle, dass sie die Suche nach ihm so schnell aufgeben werden. Wir müssen los, bevor weitere Eulen auftauchen.»

Can nickt widerwillig. «Was schlägst du vor?»

«Der Oxville Forest markiert den Anfang des Wolf's Creeks Naturschutzgebiets. Wenn wir Tag und Nacht durchmarschieren, können wir den Murmur Swamp vor Sonnenaufgang des zehnten Tages erreichen.»

«Dann nichts wie los», beschließt Can, und die Jungs wollen losrennen.

Ihre Aufbruchsstimmung überrumpelt mich. Ich springe vom Boden auf und fahre mit fuchtelnden Händen dazwischen. «Zu Fuß dauert das garantiert länger als zehn Tage. Wieso holen wir nicht meinen Chevy? Oder nehmen in Oxville Stadt die nächste Bahn?» Die beiden Männer starren mich entsetzt an.

Will schüttelt energisch den Kopf. «Nein, Als. Wir können nicht *einfach so* in ein Auto steigen oder die Bahn nehmen. Wir müssen zusammen reisen, und zwar auf dem beschwerlichsten Weg, der sich uns anbietet.»

Can brummt zustimmend. «Ich sage es ungern, aber der Welpe hat recht. Es mag auf den ersten Blick keinen Sinn ergeben. Aber nur so können wir gemeinsam Gefahren ausstehen, uns gegenseitig beschützen und», durch seine Augen schießt ein Schimmern; er schluckt, «uns wieder näherkommen.» Die letzten Worte spricht er so leise aus, als wären sie nur für mich bestimmt. Mein Herz macht einen hoffnungsvollen Sprung – aber es bricht von neuem, als er seinen Blick wieder abwendet und finster in die Ferne schaut.

Will berührt mich an den Schultern. Seine Augen schimmern ähnlich wie das Blaue von Can. «Ich weiß, dass du unglaublich mutig bist und jeder Gefahr trotzen würdest, selbst wenn du diese Charaktereigenschaften bislang noch nie an den Tag gelegt hast. Aber wir dürfen kein Risiko eingehen. Du magst draufgängerisch sein – Can und ich sind es jedoch nicht. Wir sind nur kleine Männer, Als. Unsereins kommt heutzutage schneller unter die Räder, als man ‹Frauenpower› sagen kann. Das verstehst du doch, oder?», sagt er in einem so eindringlichen und rauen Tonfall, dass alles in mir Feuer fängt. Hört, hört!

Ich schlucke nervös – denn wann kommt es schon einmal vor, dass ein kleines Durchschnittsmädchen wie ich zwischen *solchen Männern* steht?

«Ja», bringe ich tapfer hervor, «ich verstehe es.» Will lächelt, und ich beiße mir auf die erzitternde Unterlippe, denn seine Hände liegen immer noch auf mir. Gleichzeitig hat Can seinen Blick wieder zu mir angehoben. Sein blaues Auge ruft mich sehnsüchtig zu sich, während das grüne mich wie ein Raubtier belauert.

Was hat er mit *Näherkommen* gemeint? Dass wir uns wieder anfreunden oder ... Mein halbes Ohrläppchen beginnt zu pulsieren, als wollte es schreien: «Nimm mich noch einmal!» Und, Sakrament, das würde ich jetzt auch gern sagen.

Zu Can *und* Will.

Das Blut in meinen Adern erhitzt sich. Ich verstehe die Welt nicht mehr. Aber zum Glück muss ich das nicht.

«Lasst uns gehen, Leute. Ich befürchte, diese Reise wird lang und beschwerlich», sagt Can, und zumindest diese Aussage ist keine Überraschung. Alex behauptet das auch, bevor er, Ian und Ivory sich in den Tattletale Forest nahe der Rage Falls stürzen. Was sie dort anstellen, weiß ich noch nicht. Trotzdem überläuft mich nun ein hitziger Schauer.

Das Abenteuer kann beginnen.

26

ALLIE

Okay. Abenteuer war übertrieben.

Wir sind stundenlang unterwegs – und dennoch kaum vorangekommen, als die Dämmerung über uns hereinbricht. Will und Can wollen die Nacht durchmarschieren; beide bieten an, mich zu tragen. Ich schaue zwischen Sixpack und Eightpack hin und her und kann mich überraschenderweise nicht entscheiden. Darum suchen wir uns einen Schlafplatz für die Nacht.

Wir finden eine Höhle. Will macht davor ein Feuer, und wir grillen die veganen Würstchen, die ich in meiner Umhängetasche finde. Eine Weile sitze ich schweigend zwischen den Männern und esse meine Ration. Es ist bitterkalt, doch das Feuer wärmt mich; das Feuer und die Gewissheit, nicht alleine zu sein. Die Dunkelheit ist ein Unheilbote, der mir nichts anhaben kann. Zumindest nicht gänzlich.

Can beißt in sein Würstchen und starrt in die Glut. Will sorgt dafür, dass die Flammen nicht ausgehen. In unregelmäßigen Abständen bückt er sich nach Ästen und wirft sie ins Feuer.

Einmal hält er inne.

Er fasst nach einem Gegenstand auf dem Boden und streckt ihn mir hin. «Ist das nicht der Stein von deinem Dad? Er muss dir aus der Tasche gefallen sein.»

Ich mustere den grünen Speckstein und fühle die Schamesröte in mein Gesicht kriechen. «Oh weh – ja. Daddy wäre bestimmt traurig, wenn ich ihn verlieren würde.»

Will lächelt nett – *denn so ist er einfach* – und lässt den Stein in meine offene Hand fallen. Ich will ihn in die Umhängetasche stecken.

Can packt mich beim Gelenk. Ein Kribbeln durchschießt mich. «Was ist das für ein Stein?»

«Ein Speckstein.» Meine Stimme bebt scheinbar grundlos.

Can schaut mir ins Gesicht. «Und ... was ist das für ein Leuchttattoo auf deiner Stirn?»

«Was?» Ich zucke zusammen.

«Der Stein liegt normalerweise unter Allies Bett. Sie hat ihn eingesteckt, weil er sich über Nacht verändert hat», sagt Will; es klingt, als wolle er von *etwas* ablenken.

Can hebt eine Braue. «Wie hat er sich verändert?»

«Er ist neuerdings geschliffen und glatt.»

«Hat das eine Bedeutung?»

«Sag du es mir.» Will kneift die Augen zusammen, und Can erwidert den Blick auf dieselbe Weise. Einen Moment lang studieren sie sich wie zwei Kurzsichtige an einem Pistolenduell.

Fünf Sekunden verstreichen.

Can seufzt und lässt mich los. «Keine Ahnung, Mann.» Achselzuckend widmet er sich wieder seinem Würstchen.

Meine Haut vibriert, wo er mich festgehalten hat. Zitternd fahre ich mit den Fingern darüber hinweg. Ich gelange zu meinen Lippen und zu meiner Stirn.

Sie fühlt sich normal an.

Was hat Can dort gesehen, und wieso hat Will davon abgelenkt? Ich würde die beiden gern ausfragen, aber wie so oft ist dies einfach nicht der richtige Moment. Irgendwie muss man ja Spannung aufbauen.

Can schlingt die letzten Bissen seiner kargen Mahlzeit herunter und steht auf. «Ich leg mich hin. Weckt mich, wenn ich die Wache übernehmen soll.» Mein Herz fällt wie eine Sandburg im Wind auseinander, als er ohne ein weiteres Wort in die Höhle stapft.

«Kannst du ihm wirklich helfen?», frage ich Will befangen.

Er schaut Can nachdenklich hinterher. «Ich denke schon. Aber du musst Geduld mit ihm haben. Er macht gerade einen Wandel durch, der nicht ohne ist.» Bedeutungsvoll legt er den Kopf in den Nacken. Ich folge seinem Blick, der mich zum Vollmond führt.

Ich schlucke. «Was für einen Wandel?»

Will zögert. «Ich sagte dir doch, dass das nicht der richtige Ort ist, um über solche Dinge zu sprechen.»

«Gib mir wenigstens einen Hinweis! Was ist mit Can los? Was ist mit *dir* los?»

Seine Augen senken sich auf mich hinab. Wie immer treffen sie mich mit voller Wucht. Die Flammen tauchen sein Gesicht in harte, unmenschliche Schatten. Hier draußen in der weiten Natur sieht Will roher, irgendwie *wilder* aus. «Fragst du mich das wegen meiner Augen?», murmelt er rau, und nun bin ich es, die zögert.

«Und ... wegen Cans angeblichen Reißzähnen.» Ich warte auf ein Prusten oder Grinsen, das mir meine eigene Verrücktheit vorhält, aber Will zuckt mit keiner Wimper. Seine Ernsthaftigkeit legt sich wie ein schweres Tuch über mich und droht mich zu ersticken.

Lauernd neigt er den Kopf. Die Schatten in seinem Gesicht vermehren sich. «Glaubst du denn, dass ein Mensch Reißzähne bekommen kann?»

«Sag ... sag du es mir.»

«Willst du das wirklich?»

«I-ich weiß nicht.» Meine Angst ist greifbar – und da werden Wills Züge prompt ganz weich.

Er lockert seine Haltung, knackt mit dem Nacken und reibt sich über das Gesicht. Ein tiefes Seufzen begleitet seine Bewegungen. «Can und ich sind nicht normal. Aber das bedeutet nicht, dass du dich vor uns fürchten musst. Es ist mir wichtig, dass dir das klar ist, bevor du mehr erfährst.» Er senkt die Hände. «Ich will dich nicht noch einmal verlieren, Als. Du sollst keine Angst vor mir haben.»

«Ich habe keine Angst vor dir.»

Er lächelt traurig. «Ach, ja? Dein Puls rast wie ein Formel-eins-Wagen.»

Ich erstarre. «Du hörst das?»

«Ich höre und *spüre* es.»

Japsend fasse ich mir an die Brust. «Das ... ist wirklich nicht normal.»

«Das sagte ich doch ...» Sein Lächeln verschwindet, die Trauer bleibt. Niedergeschlagen senkt er den Kopf. Strähnen seines blonden Haars fallen ihm in die Stirn und umspielen sein Gesicht, das mir auf einmal jung und verletzlich vorkommt. Sein Anblick schnürt mir den Hals zu. Instinktiv strecke ich meine Hand nach ihm aus. Ich berühre seine linke Wange.

Da sehe ich, dass die Verletzung verschwunden ist.

Ich keuche, doch ich weiche nicht zurück, denn das würde meine Credibility zerstören. Stattdessen drücke ich meine Handinnenfläche darauf. Mit dem Daumen male ich sanft einen Kreis um seinen Wangenknochen.

Will reißt den Blick zu mir hoch. Wilde Grün- und Blautöne schimmern in seinen Augen, die von tausend Fragen heimgesucht werden.

Ich lächle liebevoll. «Normalsein wird überbewertet. Wer versucht, *normal* zu sein, wird nie erfahren, wie besonders er sein kann», rezitiere ich einen Spruch von Sams Instagram-Seite.

«Warte nicht, bis andere dich feiern – feiere dich selbst.»

Das Funkeln in Wills Augen verkommt zu einem Sternenhimmel. «Als ...»

Ich rücke näher. «Lebe, liebe, lache, Will – *liebe dich selbst*. Das Leben ist kurz, also brich die Regeln, küsse langsam, liebe wahrhaftig, lache unkontrolliert und bereue nichts, was dir ein Lächeln schenkt.»

«Ich soll langsam küssen?»

Mein Herz stolpert. «Ah, das ist ein Zitat von Mark Twain.» Es sei denn, Sam hat mich angelogen. Ich würde es gerne nachschlagen, aber Will legt unvermittelt seine Hand über meine. Hitze durchströmt mich und zieht eine prickelnde Spur durch meinen Körper. Wills Bein presst gegen meines, und sein warmer Atem wandert über mein Gesicht.

«Danke, Allie», raunt er und nimmt mich in den Arm. Ich fühle seine Stärke, obwohl er ganz sanft zu mir ist, und erschauere wohlig, als seine Lippen – zufällig? – meinem Hals entlang streichen. Er atmet schneller als sonst, und seine Hände ...

Mir wird heiß und kalt zugleich.

Sie wandern über meinen Rücken, erfassen jeden Knochen, jede Einbuchung, jeden Wirbel, *jedes nervöse Zucken*. Mein Unterleib zieht sich in einer Mischung aus Verlangen und Ungeduld zusammen. Ich verkralle meine Finger in seinen erhitzten Schulterblättern. Mein Herz könnte mit einem Mal Wände durchbrechen, und Will muss das zweifelsfrei merken. Ob er deswegen so mutig wird? Oder hat das gar nichts mit Mut zu tun? Ist das, was hier geschieht ... natürlich?

Du liebst uns beide. Das war schon immer so.

Die Welt dreht sich schneller, als wir uns irgendwann wieder aus unserer Umarmung lösen.

Allerdings ohne uns wirklich loszulassen.

Wills Gesicht ist dicht vor meinem. Sein Atem zuckt, jede Zelle meines Körpers erwacht zum Leben. «Wir sollten das Feuer ausmachen und uns auch schlafen legen», murmelt er rau.

«Ja.» Ich schlucke hart. «Ja, das sollten wir.»

Wir rühren uns nicht von der Stelle.

Au Backe.

Will holt zischend Luft. Sein Oberkörper dehnt sich gegen meine Brüste aus, und sein Blick bearbeitet mich. Zitternd schiebe ich ihm eine blonde Strähne aus den Augen, die abermals stahlblau geworden sind. Was hat dieser Farbwechsel nur zu bedeuten?

Ihr Anblick erfasst mich wie ein Stromstoß. Ich zucke vor. Unsere Lippen streifen übereinander, was uns beide zeitgleich erschauern lässt. Wills Finger bohren sich in meine schlanke Taille. Einem Instinkt folgend, lasse ich meine eigenen zwischen uns über seinen muskulösen Bauch hinabfahren. Die Berührung entreißt ihm ein Stöhnen, das er mit ebenso viel Lust wie Qual zu unterdrücken versucht.

Zitternd rammt er sich die Zähne in die Unterlippe. «Als», stößt er hervor. «Als, wir können das nicht tun.»

«Wieso nicht?» Ich will erneut seinen Bauch berühren – weil wieso nicht? –, aber er packt mich forsch bei den Handgelenken.

«Weil es *falsch* ist.»

Ich weiß genau, was er meint, aber ich will auch nicht oberflächlich sein. Man sollte einen Mann nicht abschreiben, bloß weil er kein Eightpack hat.

«Es ... es fühlt sich aber nicht falsch an», entgegne ich darum, allerdings klinge ich verunsichert genug, dass es ihm ein tiefes, raues Lachen entlockt.

Er umfasst mein Gesicht. Wieder streichen seine Lippen über meine hinweg – *zu flüchtig*, um ein Kuss zu sein. Ich verbeiße mir ein Stöhnen, und erneut zieht sich alles in mir zusammen. Nervös schließe ich die Augen, dränge mich näher und wappne mich für eine Sensation, der ich definitiv nicht gewachsen bin.

Aber sie kommt nicht.

Will küsst mich auf die Stirn. «Du machst mich wahnsinnig, Als. Aber das hier wird niemals geschehen. Ich bin nicht der Ersatz.» Er lässt mich los, steht auf und folgt Can in die Höhle hinein.

Ich starre ihm nach.

Burn.

27

Meine Schritte widerhallen in der Höhle. Unbefriedigtes Verlangen pumpt durch meinen Körper und treibt mich in den Wahnsinn. Ich kann nicht glauben, wozu ich mich um ein Haar habe hinreißen lassen. Ich dachte, ich sei nach Blueforest gekommen, um meine Bestimmung zu finden. Stattdessen fühle ich mich mehr und mehr wie ein Punkt auf einer To-Do-Liste, den irgendjemand abhaken will. Schnaubend mustere ich den zerfetzten Oxville-Hoodie, der meinen Oberkörper mehr schlecht als recht verbirgt. Mondlicht findet einen Weg durch die Spalten an der Höhlendecke. Es zeichnet meine entblößte Muskulatur wie ein Aktmaler nach. Ich trete aus dem Schein, aber er scheint mir zu folgen. *Argh.*

«Du hast sie nicht geküsst.»

Ich zucke zusammen. Can lehnt hinter mir gegen die Felswand. Er hat seine Knie angewinkelt und die Ellbogen locker daraufgelegt. Sein Blick durchforstet mich, aber zu meiner Überraschung wirkt er weder wütend noch enttäuscht, vielmehr ... *neutral.* Das entspannt und beunruhigt mich zugleich.

Nach einem Moment des Zögerns setze ich mich zu ihm auf den kalten Boden. Die Höhle ist klein. Würde ich den Hals recken, könnte ich nach draußen zum Feuer schauen. Ob Allie noch dasitzt? Am liebsten würde ich nachsehen.

Am liebsten würde ich sie in den Arm nehmen und wiedergutmachen, was ich angerichtet habe.

Ein schaler Geschmack breitet sich in meinem Mund aus. Bevor ich auf dumme Gedanken komme, konzentriere ich mich auf Can. «Wieso bleibst du so ruhig?», frage ich ihn.

«Weil du gesagt hast, ich müsse meine Emotionen unter Kontrolle behalten», erwidert er achselzuckend.

Seine Antwort bringt mich zum Lächeln. «Ich wusste nicht, dass du auf mich hörst.»

«Ich wäre bescheuert, wenn ich es nicht täte. Du bist der Erste, der mich ernst nimmt.» Can nimmt mich ins Visier. Ich mustere seine düsteren Augen und frage mich, ob er weiß, wofür die verschiedenen Farben stehen. «Du hast Allie gesagt, wir seien nicht normal ... was sind wir?»

«Wir sind *wir.*»

«Lass den deepen Scheiß. *Was sind wir?*»

Meine Stirn läuft heiß an. «Das ist es ja: Ich weiß, was *ich* bin – aber bei dir bin ich mir nicht ganz sicher. Du bist einer von *uns*, ja. Aber vielleicht bist du auch mehr. Das muss mit Allie zusammenhängen. Sie hat einen seltsamen Einfluss auf dich, sie ... sie verändert *alles.*»

Can neigt argwöhnisch den Kopf. «Hast du sie deshalb nicht geküsst?»

Ich blähe die Wangen. «Keine Ahnung. Aber irgendetwas sagt mir, dass sie unsere Welt auf den Kopf stellen wird. Andererseits stehen mir solche Weissagungen nicht zu. Ich bin nur ein *Hantah*.»

«Ein was?»

«Ein *Hantah* – ein Jäger.» Wieder zögere ich, weil ich nicht weiß, wie viel ich Can verraten kann, ohne mich selbst in Gefahr zu bringen. Er hat über Wochen mit den Uhuman unter einem Dach gelebt. Wer weiß, wo seine Loyalität nun liegt?

Mit einem tiefen Atemzug zwinge ich mich zur Ruhe. «Meine *Art* lebt in Rudeln, in welchen alle eine spezifische Aufgabe erfüllen. Ich bin ein *Hantah*. Als solcher bin ich auf der Suche nach unseresgleichen. Wir werden nicht geschaffen, sondern geboren, aber nicht bei allen setzt der Wandel ein. Tut er es, bin ich da, um zu helfen. Ohne Kontrolle sind wir unberechenbar und eine Gefahr für die Menschheit. Ich reise ursprünglich nach Oxville, weil ich deine Geschichte kannte, Can – jene *vor* deiner Zeit an der Universität. Dein Jähzorn und die Dinge, die du bislang getan hast, sprechen dafür, dass du einer von uns bist. Auch deine Zähne sind ein deutlicher Hinweis dafür, dass du dich mitten in der Verwandlung befindest. Ich bin hier, weil es meine Pflicht ist, dir zu helfen. Aber ...»

«... dann kam Allie, und jetzt weißt du nicht, was *wirklich* mit mir los ist», beendet Can meine Ausführungen und zieht eine Grimasse, als ich beunruhigt nicke.

«Hast du das Pi auf ihrer Stirn gesehen?», fahre ich fort. «Es taucht erst auf, seit ihre Erinnerung an dich reaktiviert worden ist. Das Pi ist tatsächlich das Zeichen unseres Volkes. Aber so etwas habe ich noch nie gesehen. Es verwirrt mich. Heute Morgen habe ich sie gar kurz für eine von *uns* gehalten. Sie hat mir von ihrem Speckstein erzählt, der sich über Nacht verändert hat. Du musst wissen, dass so etwas nur geschieht, wenn sich jemand von *unserer Art* lange genug in der Nähe des Steins aufhält.»

Can errötet. «Oh, das mit dem Stein ist mein Fehler. Allerdings war das kein Zauber oder so.»

Ich hebe überrascht den Kopf. «Was?»

Verlegen reibt er sich den Hals. «Na ja, du weißt doch, dass ich nicht von Allie loskomme. Darum schlich ich mich in den vergangenen Wochen einige Male davon, um sie in Blueforest aufzuspüren. Natürlich besuchte ich sie nur in der Nacht, schließlich wollte ich nicht von ihr bemerkt werden. Und versteh' mich nicht falsch, sie ist süß und so. Aber es war scheißlangweilig. Darum begann ich irgendwann, den Stein unter ihrem Bett zu schleifen und ein paar von den Rosinen zu essen, die auf ihrem Nachttisch liegen.»

Ich blinzle langsam. «Du bist in Allies Zimmer eingebrochen und hast sie im Schlaf beobachtet?»

«Stehend und aus der gegenüberliegenden Ecke», bestätigt er ergriffen.

«Oh, wow», entfährt es mir. «Ich wusste nicht, dass du ein Gentleman der alten Schule bist.»

Can lächelt flüchtig. «Aber was haben der Speckstein und Allies Pi damit zu tun, was *wir* sind?»

«Ich bin mir nicht ganz sicher», gebe ich beunruhigt zu. «Allerdings habe ich ein paar Theorien.»

«Die wären?»

Eine fiebrige Hitze legt sich über meine Stirn. Ich atme angespannt ein. «Sagt dir die Legende des Infectum Braccas etwas?»

«Nein.»

«Dann», geräuschvoll stoße ich die Luft wieder aus, «haben wir einiges nachzuholen.»

28

Meine Abenteuerlust ist vergangen. Gegen zwölf aktiviere ich den Standort auf meinem Handy und rufe Dad an, damit er mich abholt.

Dad ist ganz überrascht, dass ich im Wolf's Creeks Naturschutzgebiet bin und nicht auf der Arbeit bei *Peter's Pans*. Den Job bin ich jetzt wohl los.

Ich behaupte, dass ich mit Will und einem *Freund* campen gehen wollte, jetzt aber keine Lust mehr habe. Dad versteht das. Er hasst Camping, seit Mom ihn für einen im Wohnwagen lebenden und in Zelten auftretenden Zirkusdirektor verlassen hat. Er verspricht, sich umgehend auf den Weg zu machen. Wenige Stunden später taucht das Licht seiner Stirnlampe zwischen den Bäumen auf.

Ich gehe in die Höhle, um Can und Will über mein Verschwinden zu informieren. Die beiden sitzen näher nebeneinander, als ich es ihnen jemals wieder sein werde. Auf meine Ankündigung hin erwarte ich dennoch Widerspruch.

Allerdings kassiere ich nur Schweigen.

Can bohrt seinen Blick in die gegenüberliegende Felswand. Will schaut auf den Boden und kaut sich die Lippe wund. Erst als ich mich zum Gehen abwende, murmelt er leise: «Du solltest nicht gehen.» Es ist ein schwacher Protest angesichts der starken Gefühle, die mein Innerstes zerschellen. Wie ein Strohhalm, der sich gegen einen Tornado auflehnt. Es reicht nicht.

Ich gehe.

AM NÄCHSTEN MORGEN erwache ich mit verquollenen Augen und einem großen Loch im Bauch. Da sind kein Kribbeln und keine Schmetterlinge mehr – höchstens noch ein paar Motten.

Eklige kleine Motten, die mich daran erinnern, was am Lagerfeuer vorgefallen ist.

Und wenige Stunden zuvor mitten im Wald.

Du liebst uns beide. Das war schon immer so.

Unter der Decke ziehe ich meine Knie fest an den Bauch und frage mich von neuem, *wer ich bin.* Die da aus dem Wald will ich nämlich nicht sein; *die* wird nicht geliebt, sondern verstoßen.

Meine Kehle schnürt sich zu. Einem Instinkt folgend, greife ich nach meinem Handy. Es zeigt keine neuen Nachrichten an, aber das überrascht mich nicht. Ich wähle eine Nummer und halte mir das Gerät ans Ohr. Es klickt. Ich öffne den Mund.

«Hi, hier ist Sam ... nicht! Ich bin gerade beschäftigt, aber hinterlass' mir doch eine Nachricht, dann rufe ich zurück. Sei mutig und verstelle dich nie – es sei denn, du schreibst eine*

Rezension zu meinem neuen Gedichtband. Dann sei lieber so, dass ich fünf Sterne von dir kriege.» Ein entwaffnendes Lachen erklingt, gefolgt vom Piepton. Ich lege schniefend auf.

«Du kannst auch mit mir reden», sagt Ly.

Mit einem gellenden Schrei schieße ich in die Höhe.

Ly sitzt auf der gepolsterten Fensterbank. Sie hat lässig die Beine übereinandergeschlagen und liest «Shadows Over Bloomfield Hills».

Gerade eben erreicht sie das letzte Drittel.

Lauernd lässt ihre eisblauen Augen über den Buchrand hinweg auf mich zukriechen. «Hey, A.»

Das Blut gefriert mir in den Adern. «Wer hat dich hereingelassen?»

«Dein Dad. Er macht sich höllische Sorgen um dich. Es kommt nicht alle Tage vor, dass man seine Tochter mitten in der Nacht in einem unheimlichen Wald abholen muss. Was hast du dort gemacht?»

«Das geht dich nichts an.»

Sie klappt das Buch zu und steht auf. Ich weiche zurück und stoße mit dem Rücken gegen das Kopfteil meines Betts. «D-du hast mich vergiftet!», stottere ich außer mir.

«Ja – um dich zu beschützen.» Sie kommt näher. Ich springe aus dem Bett und will zur Tür rennen. Ly kriegt mich beim Unterarm zu greifen und zerrt mich vom Ausgang weg. Unsanft falle ich auf die Matratze zurück. Ich stoße ein bemitleidenswertes Wimmern aus, weil das bei Dad immer zieht, wenn ich ein Ungeziefer in meinem Zimmer finde.

Aber Ly ist nicht Dad.

Händefuchtelnd baut sie sich vor mir auf. «Jetzt reiß dich mal zusammen, A!»

«Ich soll mich zusammenreißen?», kreische ich aufgebracht zurück. «Du hast mich mit Schokolade hintergangen!»

«Und mit 7-up», präzisiert sie. Als ob das noch etwas zur Sache täte. Ich atme panisch und flach.

Ly stößt ein genervtes Schnauben aus. Sie setzt sich zu mir auf das Bett. Ich verkrampfe mich. Die Spitzen ihres braunen Bobs sind neuerdings nicht mehr hell, sondern *blutrot*. Sie trägt mehr Leder als sonst; hochhackige Boots, hautenge Hosen und ein braunes Korsett. Ihr Outfit erinnert mich an eine Kriegerin auf dem Weg in die Schlacht. Vorausgesetzt, man muss dort nicht atmen.

«Ich weiß, dass du in Cans Poolhaus warst», sagt sie.

«Ich *weiß* es auch», erwidere ich heiser. «Anscheinend hattest du noch keine Zeit, mir diese Erinnerung zu klauen.»

«Ich hatte keine Wahl!», ruft sie aus.

«Man hat immer eine Wahl», entgegne ich zitternd.

Gestresst massiert sie sich die Schläfen. «Dein Dad hat mich angerufen und gebeten, nach dir zu sehen. Er hat mir erzählt, dass *sie* immer noch im Wald sind.» Ihre blauen Augen bohren sich eindringlich in meine; Eis trifft auf Wärme. «Was ist passiert, A?»

Das ist es ja – *gar nichts.* Ich knirsche mit den Zähnen.

«Bitte, sprich mit mir.» Sie will ihre Hand auf meine legen.

Ich reiße mich los und verschränke die Arme. «Wenn jemand reden sollte, dann bist es du. Wieso hast du mich vergiftet?»

Ly schürzt unzufrieden ihren vollen Mund. Ich sehe, wie es hinter ihrer Stirn rotiert. Ihr brauner Bob wackelt, als sie unwirsch den Kopf schüttelt. «Ich weiß nicht, wie viele Wahrheiten du heute noch erträgst. Aber ich gehöre nicht zu den Bösen.»

«Can und Will schon?»

Sie nickt.

«Also kennst du Can.»

«Vom Hörensagen, ja.»

«Will?»

«Auch vom Hörensagen. Bei unserem ersten Treffen im Dojo wusste ich bereits, wer er ist.»

Beunruhigt sauge ich die Unterlippe ein. Ein Moment verstreicht. «Erzähl mir alles.»

«Erst wenn du mir sagst, was zwischen euch vorgefallen ist. Wieso bist du nicht bei Can und Will im Wald geblieben? Haben sie dir wehgetan oder sich sonst irgendwie seltsam benommen?»

Ha, und wie. Dieses Verhalten kenne ich definitiv nicht aus meinen Büchern.

Das Loch in meinem Bauch reißt auf. Ich halte eine Hand darauf und schweige.

Ly brummt vor Ungeduld. «Das ist kein Buch, A. Du musst Gespräche nicht künstlich in die Länge ziehen, um auf mehr Zeilen zu kommen. Ich weiß, dass du Will magst und mit Can zusammen warst – oder bist. Aber ist dir wirklich nie aufgefallen, dass mit den beiden etwas nicht stimmt?»

«Ihre Augen verändern sich manchmal», murmle ich tonlos.

«Wie verändern sie sich?»

«Wills sind normalerweise grün. Aber manchmal werden sie blau oder schwarz. Mindestens dreimal haben sie neongrün geleuchtet. Die von Can habe ich einmal schwarz werden sehen.»

«Hat dir das Angst gemacht?»

«Ich habe mich ehrlich gesagt nicht darauf geachtet.» Mein Kopf wird heiß bei der Feststellung, worauf ich bei den beiden normalerweise schaue. Aber was soll ich sagen? Sie haben nun einmal echt schöne Handgelenke. Ich hebe den Blick. «Hast du meine Erinnerung blockiert, weil du eifersüchtig bist?»

Ly blinzelt. «Auf wen?»

«Na, auf mich. Weil Can und Will mich mögen.»

Meine Freundin starrt mich an. Im nächsten Moment prustet sie los. Hastig hält sie sich die

Hand vor den Mund, um mich nicht anzuspucken. «Nein, A. Sie sind nicht mein Typ. Ich stehe auf Männer, nicht auf ...»

«Auf was?», bohre ich.

Sie unterbricht sich selbst und neigt den Kopf. «Allie, wie gut kennst du die Geschichte von Blueforest?»

«Die Stadt wurde vom Siedler Nicholas Blue an der Grenze zum Dead Forest errichtet.»

«Wie gut kennst du die *andere* Geschichte?»

Ich stocke. «Die ... von den Elfen?»

«Fae», korrigiert sie.

«Spitze Ohren sind spitze Ohren», erwidere ich zögernd und wackle mit den Schultern. «Mein Dad hat mir das Märchen von ‹Nicky im Land der Elfen› erzählt, als ich noch ein kleines Mädchen war.»

«Also gestern?»

«Ich lach mich scheckig.»

Ly grinst frech – und einfach so schimmert unsere alte Freundschaft durch.

Ich entspanne mich ein wenig. «Im Märchen traf Nicholas Blue beim Dead Forest auf ein Dorf voller mystischer Wesen. Sie sahen menschlich aus, allerdings waren sie viel schöner, stärker und nahezu unsterblich. Keines der Wesen wirkte älter als dreißig, was faltentechnisch echt ein Glück war. Und», ich hebe den Finger, «ihre Ohrmuscheln waren nicht rund, sondern spitz. In Daddys Version stammten die Elfen ...»

«Fae.»

«*Fae.*» Ich widerstehe einem Augenrollen. «Sie stammten von einem Planeten namens Strobo 9. Ihr Raumschiff stürzte vor über dreitausend Jahren auf die Erde. Sie gaben sich als Außerirdische zu erkennen, aber die Menschen waren ihnen schlechtgesinnt, weil sie so *anders als alle anderen* waren. 1947 hätten sie darum gerettet werden sollen. Aber der Fae-Pilot des Rettungs-Ufos crashte volltrunken in der Nähe von Roswell. Angeblich konnten die Fae erst 1988 nach Strobo 9 aufbrechen. Bis dahin waren jedoch kaum noch welche übrig. Die Menschen waren zu eifersüchtig auf ihr perfektes Aussehen. Sie töteten viele Fae.»

«Bist du dir sicher, dass *alle* die Erde verließen oder getötet wurden?»

Ich lächle. «Es ist nur ein Märchen, Ly.»

«Bist du dir sicher?», beharrt sie.

«Ja.»

«*Bist du dir sicher?*»

Ich stöhne. «Du klingst schon wie mein Dad! Er behauptet felsenfest, vor dreißig Jahren ein paar Elfen begegnet zu sein. Er wurde Wissenschaftler, weil er ihnen helfen wollte, den Rest ihres Volkes wiederzufinden. Das Raumschiff von 1988 hat Strobo 9 angeblich nie erreicht.»

«Hat dein Dad noch Kontakt zu diesen Fae?»

«Wahrscheinlich nicht.» Ich puste die Wangen auf. «Er arbeitet seit bald fünfzehn Jahren für die UESITNSOAA. Aber er schaut immer noch jeden Abend hoffnungsvoll zu den Sternen. Seinetwegen habe ich immer Rosinen bei mir. Die mögen Fae angeblich total.»

«Es gibt nur *einen Fae*, der Rosinen mag», entgegnet Ly. Ich öffne perplex den Mund, aber sie kommt mir zuvor: «Im Märchen von Nicholas und den Elfen werden die Fae als harmloses außerirdisches Urvolk dargestellt. Es gibt aber Legenden, die ein anderes Bild zeichnen. Ihnen zufolge waren die Fae machthungrige, eitle Schönlinge, die die Menschheit unterjochen wollten. Sie erschufen eine Armee aus *Gestaltenwandlern*, die unsere Welt für sie erobern sollten. Diese Wandler waren den Menschen letztlich aber ähnlicher als den Fae. Darum haben sie sich in der finalen Schlacht gegen ihre Erschaffer gestellt. Die Fae flüchteten daraufhin von unserem Planeten. Allerdings hält sich das Gerücht, dass die Gestaltenwandler weiterhin unter uns weilen.»

Ich schweige und frage mich, ob ich mich nach Lys Alkoholpegel erkundigen soll.

Dann denke ich an Wills *neongrüne* Augen und Cans Reißzahnerzählung.

Meine Augen werden groß. «Du denkst, dass Will und Can Gestaltenwandler sind», dämmert mir. Ly nickt. Ich keuche. «Aber was hast du dann gegen Will? Wenn er», *und Can*; meine Nerven liegen blank, «ein Gestaltenwandler ist, gehört er zu den Guten. Die Wandler stellten sich gegen die Fae.»

«Gestaltenwandler sind Tiere – und Tiere sind manipulierbar», entgegnet Ly streng. «Sie werden sich immer auf die Seite derer schlagen, die sie füttern. Weißt du, wovon sich ein Wandler ernährt?»

«Von ... von Ohrläppchen?» Es ist ein wilder Tipp, aber ich komme nicht umhin.

«Von *Macht*», antwortet Ly. «Wenn ein Fae stirbt, geht seine Kraft nicht verloren, sondern wird unter seiner Art verteilt. Je weniger Fae es gibt, desto mächtiger sind sie. Jetzt stell dir vor, es gäbe nur noch *einen* Fae. Kein Gestaltenwandler könnte seiner Macht jemals widerstehen. Der Fae müsste nur einmal mit der Wimper zucken, und die Erde würde von diesen Tieren plattgemacht werden.»

«Könnte der letzte Fae das nicht selber tun?»

Ly seufzt. «Natürlich. Aber wie gesagt: Fae sind eitel. Sie machen sich die Hände nicht schmutzig, solange sie jemanden für die Drecksarbeit vorschicken können.»

«Also sind sie wie der Pate.»

«Korrekt.»

Mein Hirn rattert und rumpelt. Minuten verstreichen, in denen ich versuche, meine Gedanken zu ordnen. Aber sie sind wie ein einfarbiges Puzzle mit tausend Teilen. «Hast du meine Erinnerung blockiert, um mich vor Can zu schützen?», frage ich schließlich.

«Can ist uns schon länger aufgefallen», räumt sie ein.

«Wer ist *uns*?»

«Die Uhuman.» Sie reißt die Hände hoch, als ich zischend die Luft anhalte. «Bitte hör mir zu, bevor du uns verurteilst. Uhuman sind Menschen, die von den Fae wissen. Nicht mehr und nicht weniger. Wir wollen verhindern, dass es zu einer erneuten Invasion kommt. Darum spüren wir die Gestaltenwandler auf. Wir tun ihnen aber nichts an, solange die Fae nicht zurückkehren.»

«Was ist, wenn sie zurückkehren?»

«Dann werden wir die Wandler töten, bevor sie der Menschheit schaden können.»

Ich verkrampfe mich. «Ist das noch ein Märchen?»

«Klar, A. Wenn du das willst.» Sie lächelt finster. «Wenn nicht, solltest du akzeptieren, dass Can ein Nachfahre ebendieser Gestaltenwandler sein könnte und du dich dringend von ihm fernhalten musst. Dasselbe gilt für Will. Sie mögen menschlich aussehen, aber das sind sie nicht. Das *Monster* liegt ihnen im Blut. Wie schnell dieses ausbricht, solltest du aus eigener Erfahrung wissen.»

Mein halbes Ohrläppchen fängt Feuer. Zitternd fasse ich danach. «Also hat Can mich gebissen, weil er seine *animalische Seite* nicht kontrollieren kann?»

«Ich befürchte ja.»

Hui, starker Tobak. Das muss ich erst einmal sacken lassen. «Wie lange dauert es, bis er sich im Griff hat?», will ich eine Viertelsekunde später wissen.

Ly reißt den Mund auf. «Du kannst ihn nicht ernsthaft wiedersehen wollen!»

«Wieso nicht? Deine Uhuman haben behauptet, dass sie ihm helfen können.»

«Doch nur, um ihn gefangen zu halten! Es gibt keine Heilung für diese Monster. Nur den Tod!»

«Das geht doch nicht!», rufe ich und zucke zusammen, als Ly mich unvermittelt bei den Handgelenken packt.

«Das ist kein Spiel mehr, A. Ich verstehe, dass diese Jungs dir wichtig sind. Aber das ändert nichts an dem *Bösen*, das in ihnen schlummert. Ob mit oder ohne Fae: Sie haben sich nicht unter Kontrolle. Du darfst sie nicht wiedersehen. Versprich mir, dass du auf dich aufpasst. Was glaubst du, wieso ich so dringend mit dir trainieren wollte und deine Erinnerung blockiert habe? Du bist meine erste richtige Freundin seit langem. Ich will dich nicht verlieren, okay?» Ihre Augen werden wässerig.

«Oh, Ly», flüstere ich und nehme sie in den Arm.

Sie drückt mich fest. «Wandler sind sehr besitzergreifend. Du musst dafür sorgen, dass sie von sich aus nichts mehr mit dir zu tun haben wollen.»

Ich bette mein Kinn auf ihrer Schulter und schaue zum Fenster. Es ist ein Sturm aufgekommen.

Genau wie in meinem Innern.

Mein Herz schrumpft in sich zusammen. «Ich befürchte, das habe ich bereits getan.»

29

WILL

Am liebsten hätte ich den Waldscheiß zusammen mit Allie abgebrochen. Aber ich bin nicht wie andere: Ich tue nichts Gutes, um darüber zu sprechen; ich tue Gutes, damit *niemand* spricht. Darum bin ich mit Can im Wald geblieben.

Es ist bald zehn. Wir sind seit fünf Stunden unterwegs. Die Sonne scheint, aber ihr Licht findet kaum einen Weg durch die dichten Baumkronen zu uns auf den Grund. Es ist düster. Kann sein, dass das auch an meiner Stimmung liegt.

«Also, dieses *Hantah*-Ding ...», beginnt Can, während wir uns unablässig durch das Dickicht kämpfen. «War von Anfang an klar, dass du diesen Job kriegst?»

«Jein.» Ich bin seltsam froh, dass er die Stille durchbricht. «Der *Hantah* liegt mir im Blut, aber ich hätte auch jede andere Aufgabe in unserem Rudel übernehmen können. Sobald wir uns entscheiden, gibt es jedoch kein Zurück.» Ich fahre mit der Hand über die Tätowierung auf meinem unteren Rücken. «Dieses Symbol erschien auf meiner Haut, als ich mich den Aufgaben der *Hantah* verpflichtete. Die Pfote steht für mein

Rudel und der Sternenschweif für alle, die sich im Wandel befinden – alle, die ich finden muss.»

«Also bin ich ein Stern über deinem Hintern?»

«Sozusagen.»

Can hält inne. «Was werde ich sein, wenn mein Wandel vollzogen ist?»

Ein Jucken überzieht meine Haut – und aus dem Nichts wird mir etwas klar: *Ihr* wisst immer noch nicht, was wir sind, oder? Ist das noch spannend oder schon nervig?

Falls ihr irgendwelche Theorien habt, und mich *trotzdem* immer noch kennenlernen wollt, dann hinterlasst mir doch ein paar Herzen und Kommentare auf Instagram @will.cuddle. Wie immer werde ich auf den Profilen einiger Kommentierenden ebenfalls ein bisschen Liebe dalassen.

--- *Werbung Ende* ---

Gedankenverloren kratze ich mich an der Brust. Sie ist immer noch entblößt, genau wie Cans; wir tun alles für Likes. «Ich weiß nicht, für welche Aufgabe du bestimmt bist. Wie gesagt, deine Existenz ergibt mehr Fragen denn Antworten. Ich bin mir weiterhin sicher, dass du zu uns gehörst, aber bislang passt du in keine unserer Kategorien.»

«Vielleicht bin ich ein Unbestimmter», mutmaßt Can.

«Falsches Buch, Bro», seufze ich.

Can will etwas erwidern – *PFT! PFT!*

Mehrere kleine Pfeile treffen uns in den Oberkörper. Ihr Gift schießt sofort in mich hinein. Mein Blut erhitzt sich, und das aufkommende Brennen lähmt mich bis in die äußersten Winkel meines Körpers. Ich kann mich nicht länger auf den Beinen halten. Stöhnend klappe ich zusammen.

«Was zum ...», röchelt Can, ehe er ebenfalls zusammenbricht und unsanft auf mir landet. Sein Gewicht drückt mich in den Boden. Ich will mich befreien, aber ich kann mich nicht mehr bewegen. Meine Sicht verschwimmt, meine Energie schwindet. Die Welt wird schwarz.

AUFGEREGTE STIMMEN. GETUSCHEL. Ich blinzle benommen.

«Will ... *Will.*»

Meine Lider zucken. Die Aufregung um mich herum wird größer.

«Er kommt zu sich!»

«Es ist Will!»

«Will Green!»

«Sie sind gezeichnet!»

«Infectum Braccas!»

«Rette sich, wer kann!»

Infectum Braccas.

Mein Herz macht einen donnernden Schlag. Mit einem erstickten Atemzug reiße ich die Augen auf und schieße in die Höhe.

Als Erstes fallen mir das viele Grün und die riesigen Bäume auf. Ich scheine immer noch im

Wald zu sein – aber nicht allein und definitiv nicht mehr in der rauen Wildnis. Eine große Menschentraube steht um mich. Hinter ihnen erblicke ich Lehmhäuser mit Strohdächern, und zwischen uns ... Ich schlucke. Da sind Gitterstäbe.

Ich befinde mich in einem Käfig.

Es dauert zwei Sekunden, bis ich kapiere, was dieses Setting soll und welche höhere Schicksalskraft mich hierhergeführt hat. Dann denke ich *Shit* und fasse mir stöhnend an den Kopf.

Auf so ein Zwischenspiel hätte ich verdammt nochmal verzichten können. Aber was wäre eine Story ohne den Besuch einer bislang unbekannten und seltsamen Spezies?

Ganz unbekannt ist mir diese Spezies allerdings nicht – ich befinde mich in meinem Heimatdorf. Aber bezüglich seltsam: Wo ist Can?

Ich sehe mich um und entdecke ihn neben mir auf dem Boden liegen. Er ist immer noch bewusstlos. Einige *Females* und *Males* stehen vor dem Käfig und studieren ihn mit einem Interesse, das andere Herumlungernde eifersüchtig die Köpfe recken lässt.

«Will.» Jemand packt mich durch die Gitterstäbe an der Schulter. Mit einem jähzornigen Knurren fahre ich herum und gerate ins Stocken, als ich den blitzenden Augen einer schlanken Frau mit hüftlangem Zopf begegne. Sie sieht keinen Tag älter als vierzig aus. Ihre Augen sind so grün wie meine, was kein Wunder ist.

Ich habe sie von ihr geerbt.

«*Mom.*» Hastig schlucke ich mein Knurren hinunter.

Eine erboste Falte schleicht sich zwischen Moms Augen. Sie trägt ein langes Leinenkleid und ein blaues Band über der Brust, das Sportklassen zur Gruppeneinteilung verwenden und wir zum Ausweisen unserer *Hilahs* – unserer Heilerinnen und Heiler. *Hilahs* halten eine der wichtigsten Rollen in unserem Dorf inne. Saige Xanthe Windbane Green ist allerdings nicht nur eine Heilerin. Sie ist auch die Ahnin unseres Alphas. Damit gehöre ich wiederum quasi zum Rudel-Adel. Nennt mich Prinz William.

«Ein paar Jahre unter Menschen – und schon verlierst du all deine Manieren und deine Kontrolle!», schnauzt sie mich an, und mein Herz nimmt den nächsten Satz. Ertappt schlage ich eine Hand vor den Mund. Dahinter spüre ich meine Eckzähne, die deutlich größer und schärfer geworden sind.

«Wer hat uns im Wald angegriffen? Wieso sind wir eingesperrt?», frage ich gedrungen, denn die Zähne erschweren mir das Reden.

Moms Augen lodern weiter. «Es war nicht meine Idee, euch einzusperren. Aber Huey, Dewey und Louie haben dich und deinen Begleiter in der Nähe unseres Dorfs entdeckt und euretwegen Alarm geschlagen. Du kennst die Regeln bei Alarm. Wir mussten euch gefangen nehmen.»

«Huey, Dewey und Louie kennen mich. Wieso schlagen sie Alarm?»

«Weil du dich verändert hast.»

Aufgebracht verwerfe ich die Hände. «Mom! Wie oft muss ich dir noch sagen, dass es meine Sache ist, wie lang ich meine Haare trage?»

«Es geht nicht um deine Haare. Schau auf deinen Handrücken!»

Ich hebe meine rechte Hand. «Da ist nichts.»

«Links.»

Meine Augen rollen. «Da ist auch – *oh.*» Auf meinem Handrücken leuchtet ein großes Pi.

Der Anblick hypnotisiert mich.

In meiner Brust beginnt es zu lodern – und je länger ich das Pi betrachte, desto länger und spitzer werden meine Zähne. In meinem Rücken knackt etwas.

«Will!», ruft Mom erschrocken.

Ich unterdrücke ein Stöhnen und zwinge mich wegzuschauen. Mein Herz rast, das Pi brennt weiter. Es *ruft* mich förmlich zu sich. Ich widerstehe einem zweiten Blick, doch das fordert mir alles ab. Einige Schaulustige sehen meinen inneren Kampf und weichen verunsichert zurück.

Mom schürzt beunruhigt die Lippen. Sie zeigt auf Can. «Der da hat dasselbe Mal auf seiner Hand. Wir haben euch betäubt und eingesperrt, weil wir nicht wissen, was mit euch los ist und woher dieses Zeichen kommt.»

«Es ist das Zeichen unseres Volkes», sage ich.

«Ja. Aber auch das Zeichen der Fae. Und des Weltenzerstörers – des Infectum Braccas.»

Der Name löst kollektives Schaudern aus. Die Umstehenden schütteln sich, als wäre der Winter über sie hereingebrochen.

Argwohn beschleicht mich. «Und wie lange wollt ihr uns gefangen halten? Ich muss pinkeln.»

«*Murmotts* pinkeln nicht», seufzt Mom. Ich zucke verdrießlich mit den Achseln. Ein Versuch war es wert.

In dem Moment erwacht Can.

Wieder reagieren die Umstehenden, diesmal mit einem bewundernden Raunen. Eine *Female*, die unserem Käfig besonders nahe ist, beißt sich auf die Unterlippe.

Can richtet sich ächzend auf. Mit beiden Händen fährt er sich über das Gesicht. «Fuck, ich hatte den verrücktesten Traum …» Er blickt auf und zuckt zusammen. «Whoa.»

«Schau nicht auf deine Hand», warne ich ihn.

Er schaut auf seine Hand.

«Can!» Ich will ihm den Arm wegschlagen, aber da dreht er bereits durch. Seine Augen werden tiefschwarz und beginnen wie erhitzte Kohlestücke zu glühen.

Er springt auf und stürmt zum Gitter. Die Dorfbewohner schreien. Can greift nach den Gitterstäben und *drückt sie auseinander* – die Dorfbewohner schreien noch etwas mehr. Als er aus dem Käfig ausbricht, rennen sie in alle Richtungen davon. Ein paar mutige *Females* und *Males* stellen sich ihm in den Weg, aber Can befindet sich bereits mitten im Wandel. Er brüllt vor Aggression und Schmerz und schlägt wie verrückt um sich. Ein *Male* wird getroffen und meterweit weggeschleudert. Das Blut gefriert mir in den Adern.

Mom schießt zu mir herum. «Ist das sein erster Blaumond?»

«Ich befürchte ja.» Schweiß rinnt über meinen Rücken; zeitgleich kicken meine *Hantah*-Instinkte ein. Ich fackle nicht länger und stürme auf Can und die sich verteidigenden *Males* und *Females* zu. Aber Can ist schnell und wahnsinnig *stark*. Mir wird sofort klar, dass es keinen Weg geben wird, um ihn zu stoppen – keinen außer … Eine dunkle Gestalt schießt an mir vorbei und baut sich vor Can auf.

Can brüllt.

«Zurück zu den Schatten! Du kannst nicht vorbei!», donnert die Gestalt, und ihre laute Stimme fegt den Dorfplatz wie ein Wirbelsturm leer.

Can erstarrt, als er den Neuankömmling in einigen Metern Entfernung entdeckt. Langsam lässt er den *Male*, den er mit einer Hand würgt, los. Dieser plumpst keuchend auf den Boden.

«Ist ... ist das ein Zitat aus ‹Herr der Ringe›?», fragt Can verunsichert.

«Toll, nicht wahr?» Die Gestalt gluckst und tritt aus den Schatten. Wer noch auf dem Dorfplatz steht, gibt ein ehrfürchtiges «*Oh*» von sich. Auch meine Kinnlade rutscht ein bisschen tiefer.

«Nun, mein Sohn», sagt die Gestalt mit einer Stimme, älter als die Welt. «Wie wäre es, wenn du dich wieder entspannst, damit wir ein langes und bedeutungsgeladenes Gespräch über deine Herkunft, dein Wesen und deine Bestimmung führen können, das ebenso viele Fragen lösen wie aufwerfen wird?»

Meine Kinnlade rutscht *noch* tiefer. «Ist ... ist das der Zeitpunkt, der darüber entscheiden wird, ob dieser Roman dreihundert oder siebenhundert Seiten lang wird? Der mit den langen Trainings- und Theorieeinheiten?», frage ich und ziehe den Kopf ein, als die Gestalt mir ihr greises Gesicht zuwendet. Ein langer grauer Bart weht im Wind.

Der alte Mann lächelt. «Dies ist wahrlich der Zeitpunkt für Fragen – aber nicht für solche», antwortet er sanft. «Erst solltest auch *du* dich entspannen, mein geliebter Ur-Ur-Ur-Ur-Ur-Ur-Ur-Ur-Ur-Ur-Ur-Ur-Ur-Ur-Ur-Ur-Ur-Ur-Ur-Ur-Ur-Ur-Ur-Ur-Ur-Ur-Ur-Ur-Ur-Ur-Ur-Ur-Ur-Ur-Ur-Ur-Ur-Ur-Ur-Ur-Ur-Ur-Urenkel. Denn das Pi auf eurer Hand kann ebenso viel Gutes wie Schlechtes bedeuten.»

Nervös trample ich auf. «Was ... ist die gute Bedeutung?»

«Unser Volk findet zu seiner alten Stärke zurück.»

«Und die Schlechte?»

Die hellblauen Augen des Alten verdunkeln sich. «Die Welt wird untergehen.»

30

Ihr habt's gehört: Gafthiel Erasmus Helmut
Windbane, Hüter des Lighttails Rudels, Bezwin-
ger des kalten Monsters mit der Möhrennase
und Herrscher über Licht und Zeit ist mein Ur-
Ur-Ur-Ur-Ur-Ur-Ur-Ur-Ur-Ur-Ur-Ur-Ur-Ur-
Ur-Ur-Ur-Ur-Ur-Ur-Ur-Ur-Ur-Ur-Ur-Ur-
Ur-Ur-Ur-Ur-Ur-Ur-Ur-Ur-Ur-Ur-Ur-Ur-
Großvater. Genau genommen ist er mein *Stief-*
Ur-Ur-Ur-Ur-Ur-Ur-Ur-Ur-Ur-Ur-Ur-Ur-Ur-
Ur-Ur-Ur-Ur-Ur-Ur-Ur-Ur-Ur-Ur-Ur-Ur-
Ur-Ur-Ur-Ur-Ur-Ur-Ur-Ur-Ur-Ur-Ur-Ur-
Großvater, denn er hat einen meiner Vorfahren
vor einigen Jahrhunderten adoptiert.

Unsereins wird älter als herkömmliche Menschen – aber niemand hat die Erde jemals länger
bewandert als Gafthiel Windbane. Er gehörte zu
den Auserwählten, die die Erde für die Fae hätten erobern sollen. Er stand in der ersten Reihe
der *Battle of the Vain* – allerdings nicht auf Seiten der Fae, sondern bei den Menschen. Gafthiel
behauptet bis heute, dass sich ihm auch viele
Fae angeschlossen hätten. Nicht alle seien böse;
viele hätten auf der Erde bloß Urlaub machen
wollen.

Leider erzählt Gafthiel ansonsten nur wenig aus seinem Leben. Vielleicht hofft er auf ein Spin-off, man weiß es nicht. Jedenfalls muss es an seiner Überzeugung, dass nicht alle Fae böse sind, liegen, dass er Can und mir nun so seelenruhig gegenübersitzt.

Obwohl von Fae erschaffen, fürchten sich die meisten von uns vor den mystischen Wesen aus dem All. Es heißt, ihr Einfluss sei so stark, dass wir in ihrer Nähe zu willenlosen Marionetten verkämen. Bei Blaumond, dem zweiten Vollmond im selben Monat, ist ihr Effekt angeblich besonders heftig. Unsere animalische Seite ist zu dieser Zeit am stärksten ausgeprägt und überrollt manchmal selbst die Erfahrensten von uns. Ich will mir nicht ausmalen, was für *Monster* ein Blaumond in Kombination mit einem herrschsüchtigen Fae aus uns machen könnte. Dummerweise bricht in ebendiesen Tagen ein solcher Blaumond an. Zufälle gibt's, lol.

Mein Blick zuckt zum Pi auf meinem Handrücken. Es lässt sich nicht abwaschen und gibt ununterbrochen ein bläulich-weißes Licht ab. Besteht meine nächste Freundin auf Sex im Dunkeln, habe ich ein Problem. Immerhin kann ich in der Nacht nicht mehr verloren gehen.

Je länger ich das Zeichen anschaue, desto heftiger lodert es auch wieder in meiner Brust. Ich kann das Gefühl kaum unter Kontrolle halten und muss all meine Beherrschung aufwenden, um mich von dem Symbol abzuwenden und stattdessen zu Gafthiel zu schauen.

Der Mann mit dem langen, grauen Haar, dem ebenso langen, grauen Bart und dem grünen Hawaiihemd beobachtet Can und mich über ein knisterndes Feuer hinweg. Wir sitzen in seinem Zelt, das in der Mitte offen ist, weil Rauchabzug und so. Überall hängen Klangspiele. Ihr sanftes Bimmeln zehrt an meinen Nerven.

Es dauert ewig, bis mein Stief-Ur-Ur-Ur-Ur-Ur-Ur-Ur-Ur-Ur-Ur-Ur-Ur-Ur-Ur-Ur-Ur-Ur-Ur-Ur-Ur-Ur-Ur-Ur-Ur-Ur-Ur-Ur-Ur-Ur-Ur-Ur-Ur-Ur-Ur-Ur-Ur-Großvater endlich das Wort erhebt. «Ihr wurdet gezeichnet», verkündet er.

Can runzelt die Stirn. «Wie Rose von Jack in ‹Titanic›?»

«Nein, wie jemand, der zu Größerem bestimmt ist.» Der Alte zeigt auf unsere Hände. «Dieses Pi bedeutet, dass *er* nahe ist.»

«Der Infectum Braccas», murmle ich, und Gafthiel nickt.

«Gerüchten zufolge ist er der Letzte seiner Art und besitzt somit die Macht *aller* verstorbenen Fae. Er könnte unsere Welt mit einem Augenzwinkern auslöschen – oder ebendiese Aufgabe an uns Gestaltenwandler übertragen. Mit dem Pi ruft er euch zu sich. Er hat euch zu den ersten Vorkämpfern seiner neuen Armee auserwählt. Wann immer ihr das Zeichen betrachtet, solltet ihr den nahezu unkontrollierbaren Drang verspüren, den Weltenzerstörer aufzusuchen und euch an seine Seite zu stellen. Ihr wollt ihn beschützen und euch unterwerfen – und ihr *rast* vor Wut, sollte euch etwas oder jemand davon abhalten wollen. Zumindest besagt das die Legende.» Der Alte klopft auf ein Buch, das neben ihm auf dem Boden liegt. Erst denke ich, es handle sich um das sagenumwitterte Buch unseres Volks. Allerdings ist es nur Band dreißig von «Black Dagger».

Gafthiel beugt sich vor. Rauchschwaden umspielen sein wettergegerbtes Gesicht. «Seit wann tragt ihr das Symbol des Infectum Braccas auf euch?»

Ich blähe die Wangen. «Seit, ah, *jetzt.*»

«Seit ein paar Tagen», erwidert Can.

Ich fahre zu ihm herum. «Was? Wieso ist das niemandem aufgefallen?»

«Weil Vorkämpfer des Infectum Braccas Meister der Verhüllung sind», wirft Gafthiel lächelnd ein. «Sie entwickeln außergewöhnliche Körpermerkmale, um von den wirklich relevanten Dingen abzulenken.»

«Hm», mache ich und schiele auf Cans Oberkörper. Obwohl wir wie zwei halbvolle Mehlsäcke auf dem Boden sitzen, wirft sein Bauch keine einzige Falte. Wenn überhaupt wirkt seine ausgeprägte Muskulatur härter denn je.

Ich schaue an mir selbst herab und frage mich, mit welchem Körpermerkmal ich von dem Pi auf meiner Hand ablenke.

«Der Bann des Weltenzerstörers kann gebrochen werden, indem man allen Vorkämpfern die Hand mit dem Pi abschlägt», fährt Gafthiel fort. «Das gehört eigentlich zum Allgemeinwissen. Es überrascht mich daher, dass unser Rudel das nicht längst getan hat.»

«Vielleicht ist es ein Logikfehler. So einen hatten wir, glaube ich, noch nicht», mutmaße ich und verlagere fiebrig das Gewicht. «Was machen wir nun, Gafthiel? Das Symbol befindet sich auf meiner linken Hand. Ich bin Linkshänder; ich kann sie mir nicht einfach so abschlagen.»

«Nun, können kann jeder, mein Sohn.»

«Ich bin nicht dein Sohn, sondern dein Stief-Ur-Ur-Ur-Ur-Ur-Ur-Ur-Ur-Ur-Ur-Ur-Ur-Ur-Ur-Ur-Ur-Ur-Ur-Ur-Ur-Ur-Ur-Ur-Ur-Ur-Ur-Ur-Ur-Ur-Ur-Ur-Ur-Ur-Ur-Ur-Ur-Ur-Ur-Urenkel», korrigiere ich und ziehe genervt die Nase hoch. «Und nicht jeder *kann*. Ohne linke Hand *könnte* ich zum Beispiel keine guten Nackenmassagen mehr geben. Meine Nackenmassagen sind top.»

«Streber», brummt Can.

Gafthiel schmunzelt. «Ihr müsst euch gar nichts abschlagen, meine Söh- ... *Männer*. Noch wissen wir nicht, weshalb der Infectum Braccas zurückkehrt. Es ist denkbar, dass er mit guten Absichten kommt.»

«Und wenn nicht?», fragt Can.

«Dann haben wir ein Problem.»

«Wow.» Ich lasse ernüchtert die Schultern fallen.

«Den Weltenzerstörer können wir nicht aufhalten. Aber eines können wir tun: Unser Rudel beschützen. Die Uhuman dürfen nichts erfahren.»

«Uhuman.» Can knurrt und verkrampft sich. Sein Bauch scheint *noch* härter zu werden. Yep, das fällt mir auf.

«Die Uhuman suchen seit Jahrhunderten nach Anzeichen, dass die Fae zurückkehren. Finden sie welche, werden sie jeden Einzelnen von uns töten», sagt Gafthiel düster. «Natürlich könnte man argumentieren, dass die Welt ohne unsere Art sicherer wäre. Aber es ist wie bei den Vampiren: Jeder weiß, dass sie gefährlich sind; selbst die Nettesten haben Menschen getötet. Aber Vampire lenken genau wie ihr zwei mit körperlichen Merkmalen von ihrer dunklen Seite ab. Wie heißt es so schön? – Ist die *Jawline* hart genug, ist das Mädchen nicht mehr klug.»

«Nur die Mädchen?», hake ich genderbewusst nach, und Gafthiel hebt den Zeigefinger.

«Natürlich nicht. Das Zitat stammt aus der Zeit vor der Jahrhundertwende, als Menschen noch dumm und zurückgeblieben waren.»

«Nun denn.» Ich wackle mit den Schultern, wobei mein Blick abermals auf das Pi auf meiner Hand fällt.

Und wieder fängt mein Körper Feuer.

Ich ramme mir die Zähne in die Unterlippe. Mein Kopf zuckt, mein Nacken brennt. Widerwillig schaue ich zu Gafthiel. «Dann frage ich dich noch einmal, *Gafthi*: Was sollen wir jetzt tun?»

«Ihr bereitet euch auf den großen Kampf vor.»

Ich stocke. «Den ... Kampf?»

«Ja, den Kampf gegen das brennende Verlangen, euch *dem letzten Fae* zu unterwerfen», führt der Alte aus. «Ihr seid die ersten Gezeichneten, seine Vorkämpfer, die *erste Legion*. Das bedeutet, dass ich euch ab sofort persönlich unterrichten werde. Niemand weiß, wie viel Zeit dies in Anspruch nehmen wird oder ob ihr der Aufgabe gewachsen sein werdet. Schlimmstenfalls werdet ihr sterben. Bestenfalls kann ich euch anschließend nach dem Infectum Braccas entsenden. Könnt ihr ihm sodann widerstehen, stehen unsere Chancen gut, dass wir die Menschheit abermals vor den Fae beschützen können.»

«Und wenn wir versagen?», will ich wissen.

«Dann wird die Menschheit ausgerottet und der Klimawandel gestoppt.»

«Das darf niemals auf Social Media bekanntwerden», murmelt Can und tauscht einen beunruhigten Blick mit mir.

31

WILL

Wir trainieren bis zum Umfallen. Gafthiel lehrt uns alles, was er weiß. Can lernt, sich zu *verwandeln* und seine animalische Seite unter Kontrolle zu bringen. Es sind harte Zeiten, doch sie stählen uns. Can und ich sind eisern gewillt, uns für die Menschheit einzusetzen und dem Ruf des Infectum Braccas *nicht* zu verfallen.

Wir werden die Erde nicht zerstören.

Wir werden sie retten.

DREIßIG MINUTEN SPÄTER sind wir bereit und werden von Gafthiel auf die nächste große Reise geschickt – allerdings nicht, bevor wir vom Rudel befördert werden.

Sie ernennen uns zu *Faitah* – Kämpfern – und überreichen uns die entsprechende Uniform: Ein weißes T-Shirt mit violettem Ufo. Dasselbe Symbol erscheint auf Cans und meinem rechten Schulterblatt. Wir sind die ersten *Faitah* seit langem. Kein Wunder, war Cans Wesen für mich so schwer zu deuten.

Ich keuche, als ich das neue Tattoo im Spiegel erblicke. «Ich dachte, ich sei ein *Hantah*. Wie

kann ich zeitgleich auch ein *Faitah* sein?»,
stammle ich.

«Weil manche von uns sind zu *mehr* bestimmt
sind», erwidert Gafthiel unergründlich und
klopft mir auf die Schulter. «Und nun hinfort mit
euch. Rettet die Welt!»

Ich nicke und konzentriere mich auf das Pi.
Fremde Instinkte überrollen mich. Mein Gebrüll
lässt die Welt erzittern. Can und ich stürmen los.

Der animalische Teil in mir weiß genau, wo
ich den Infectum Braccas finde. Mein menschli-
cher Verstand hinkt nach; trotzdem wird mir
alsbald klar, wohin der Weg uns führen wird. Die
Erkenntnis schockiert mich, denn so eine über-
raschende Wende hat garantiert noch niemand
erlebt.

Aber ich kann mich nicht wehren. Ich *will*
zum Weltenzerstörer.

Ich will nach Blueforest.

Ich will zu *Allie Andrews*.

32

ALLIE

Ly bleibt den ganzen Morgen bei mir. Bis zum Mittag habe ich mehr über die Uhuman und die bösen Fae erfahren, als mir lieb ist. Unklar bleibt, wer oder was die *Gestaltenwandler* sind. Ich habe versucht, ihre Geheimnisse auf Google zu ergründen, aber meine Theorien sind irrer als das Werk eines betrunkenen Romantasy-Autors. Es ist das eine, solche Dinge in Büchern zu lesen – aber sie am eigenen Leib zu erfahren?

Meine Welt hat sich von einer Sekunde auf die andere verändert, und niemand ist noch, was er oder sie vorgegeben hat. Ly ist eine krasse Uhuman, Can und Will unheimliche Gestaltenwandler. Und ich, *wer bin ich?* Die Antwort darauf stößt mich in einen tiefen, dunklen Schlund.

Alle sind auf einmal *mehr*, nur ich bleibe unscheinbar und gewöhnlich. Ich bin die Petersilie auf dem Tellerrand, die man in die Küche zurückschickt, das Grasbüschel in der Endzone – irgendwie nötig und trotzdem von niemandem beachtet.

Ly versucht alles, um mich aufzumuntern. Sie schenkt mir sogar ihr Korsett und schlägt vor, dass ich meinen Frust im Swampy Dojo rauslasse. Aber ich bin *so anders* als sie. Ich will niemanden schlagen – ich will *lieben.*

Nur was nutzt die Liebe, wenn sie als Einbahnstraße im Teufelskreis herumführt?

Überforderung und Trauer überrollen mich. Die Gefühlsflut höhlt mich von innen her aus – und schafft Platz für Neues. Ich verändere mich.

Ly muss irgendwann nach Hause, doch sie verspricht, am nächsten Morgen mit frischen Brötchen zurückzukehren. Ich warte, bis der Motor ihres Audis anspringt. Danach ziehe ich ihr Korsett an. Ich kombiniere es mit einer schwarzen Kunstlederhose und Stiefeln mit Zwölf-Zentimeter-Absatz, die zufälligerweise in meinem Schrank rumliegen. Passend dazu entferne ich den blauen Lack von meinen Nägeln und male sie *tiefschwarz* an. Auch meine Augen fahre ich mit viel Kajal nach und betone meine goldgesprenkelte Iris mit herzlosen Aschetönen. Wegen des vielen Schwarz, wirken meine Haare röter denn je. Ich flechte sie mir kämpferisch aus dem Gesicht. Aus einer Laune heraus male ich außerdem einen schmalen waagrechten Strich von meinem linken Ohr über den Nasenrücken bis zu meinem rechten Ohr. Als ich das nächste Mal in den Spiegel schaue, erkenne ich mich kaum wieder. Alles an mir hat sich verändert, alles ist härter und kälter geworden.

Ich bin immer noch ein Mensch – aber ein ganz neuer.

33

ALLIE

Um zehn lege ich mich schlafen. Ich trage immer noch mein neues Outfit und das Makeup vom Nachmittag. Nach ein paar melancholischen Bett-Selfies lege ich das Handy weg und will das Licht löschen.

Da knarrt etwas.

«Als.»

Ich wirble zum Fenster herum – und erstarre. Will kauert auf der gepolsterten Sitzbank. Na, so etwas!

Er trägt ein weißes T-Shirt mit Ufo-Print und tiefsitzende Jeans. Die Schuhe hat er wohlerzogen abgestreift und neben sich auf den Boden gestellt. Seine Haare wirken länger und chaotischer als in meiner Erinnerung. Sie fallen ihm bis zu den unergründlichen grünen Augen, die mich richtiggehend auseinandernehmen. Letzteres gelingt ihm. Kleine Teile splittern von meinem Herzen ab und schweben in seine Richtung.

Es ist keine vierundzwanzig Stunden her, seit wir uns das letzte Mal gesehen haben. Trotzdem fühlt es sich wie eine Ewigkeit an. Das liegt an der Art, mit der wir uns begegnen. Will und ich

sind nicht mehr dieselben wie *damals* am Lagerfeuer. Wir haben uns verändert, unsere Un-
schuld abgelegt. Wills Züge werden neuerdings
von einer erbarmungslosen Härte bestimmt.
Sein sonst so freundliches Gesicht wirkt fremd
und irgendwie älter (aber natürlich immer noch
supersexy). Ich weiß nicht, welche Veränderung
er an mir wahrnimmt, allerdings scheint er sie
nicht gutzuheißen. Er wirkt verärgert. Das wiederum beschert mir einen unangenehmen
Druck in der Magengegend. Ich weiß mittlerweile, dass man Will Green besser nicht wütend
macht.

Als er von der Fensterbank rutscht, glaube
ich keine Luft mehr zu kriegen. Sicherheitshalber löse ich die oberste Schlaufe meines Korsetts. Wäre blöd, jetzt in Ohnmacht zu fallen.

«Wieso steigst du durch mein Fenster?», frage
ich argwöhnisch.

Wills Augen lodern ungestüm. Geringschätzig
mustert er mein Outfit. «Ein Uhuman bewacht
euer Haus. Gehörst du neuerdings zu *denen*?
Hast du vergessen, was sie Can angetan haben?
Oder wie du von ihren Eulen verfolgt worden
bist?»

«Ich gehöre niemandem», zische ich, doch
meine zitternde Stimme entlarvt, wie wenig ich
mir selbst glaube. Ich weiß *sehr wohl*, dass ich
jemandem gehöre – und das vollkommen be-

wusst, gewollt und mit meiner kompletten weiblichen Zustimmung. Meine Zunge wird bleiern.

«Wo ... ist Can?»

«Draußen.»

«Geht es ihm gut?»

«Er hat sich im Griff, falls du das meinst.»

Beklommen blicke ich zu meinen Füßen, die sich unter der Bettdecke abzeichnen. Meine Kehle schnürt sich zu. «Wieso ist Can nicht mit hochgekommen?»

«Weil jemand Wache stehen muss für den Fall, dass der Besuch hier schiefläuft», antwortet Will und holt schwerfällig Luft. «Außerdem befürchtet Can, dass du ihn nicht sehen möchtest.»

«Ich möchte ihn *immer* sehen», erwidere ich kaum hörbar.

«Ich weiß», murmelt er zurück – und zu meiner Überraschung klingt er nicht traurig, sondern nachsichtig. Oh, Will ...

Ich hebe meinen Blick zu seinem. Das sanfte Schimmern in seinen Augen erinnert mich an *früher*, als wir noch Freunde waren. Wieso stehen wir plötzlich an verfeindeten Fronten? Was ist nur aus uns geworden?

Es kommt mir vor, als wäre der Bruch zwischen uns völlig aus dem Nichts gekommen; als versuche jemand, Spannung heraufzubeschwören, wo keine ist. Dabei habe ich nie etwas anderes gewollt, als mich von Will Green im Arm halten und beschützen zu lassen. Selbst jetzt möchte ich seine Wärme spüren, ebenso seine bedingungslose Stärke. Ich will, dass wir uns vertragen, zusammen Kaffee trinken und all die Beste-Freunde-Dinge tun, die ich seit Sams Verschwinden mit niemandem mehr machen kann. Aber kann es zwischen uns jemals wieder so werden? Nach allem, was geschehen ist?

Was ist eigentlich geschehen?

Ein Kloß baut sich in meinem Hals auf. Ich schlucke dagegen an. «Werde ich wirklich von einem Uhuman bewacht?»

«Ja – von einem Zwei-Meter-Typen mit Stiernacken und Knasttätowierungen», antwortet Will. «Ich habe ihn im Gebüsch bei eurem Vorplatz entdeckt.»

«Woher weißt du, dass er zu den Uhuman gehört?»

«Er trägt eine Eulenmaske.»

«Wie bist du an ihm vorbeigekommen?»

«Ich habe ihm einen Kaffeegutschein des *Soft Bites* geschenkt. Er ist sofort aufgebrochen. Dieses Zeitfenster habe ich ausgenutzt.»

«Du hast an alles gedacht», raune ich ehrfürchtig und frage mich, ob ich jetzt Angst haben sollte. In meinem kleinen Zimmer wirkt Will jedenfalls noch größer, als er es ohnehin schon ist. Wenn er nicht lächelt, ist er verdammt einschüchternd. Natürlich ist mir bewusst, dass ich mittlerweile genauso cool und taff bin wie er. Ich bin nicht mehr die unsichere Allie *von früher*. Aber hätte ich eine Chance gegen ihn? Will ist in dieser harten, wilden Welt großgeworden. Er kennt sich aus, wurde geschult und weiß, wie man kämpft ... Ich wiederum habe ein paar Wochen Kampftraining bei Ly gehabt und meine Garderobe aufgefrischt. Es ist unmöglich vorherzusehen, wer von uns in einem Duell gewinnen würde – der mit der vielen Erfahrung oder die mit der schönen Frisur. Andererseits kann ich mir nicht vorstellen, dass Will mir ernsthaft wehtun könnte. Dafür ist er viel zu attraktiv.

Ich entspanne mich ein wenig. Will sieht es und atmet ebenfalls durch. Er wagt einen Schritt in die Tiefe. «Was haben dir die Uhuman erzählt?»

«Dass ihr gefährlich seid.»

«Und?» Er runzelt die Stirn.

Hitze kriecht mir in die Wangen. «Ly sagt, dass ihr Gestaltenwandler seid und die Welt zerstören werdet, sollten die Elfen jemals zurückkehren.»

«Die meisten Fae sind tot.»

«Ihr habt euch trotzdem nicht unter Kontrolle. Das *Monster* in euch ist stärker.»

«Das Monster», wiederholt er tonlos. Mit einem genervten Brummen setzt er sich auf die gegenüberliegende Bettseite. Die Matratze wackelt. Meine Plüschtiere zucken, als wären sie lebendig. Ich verkrampfe mich und halte mich an der Bettdecke fest.

Will durchforstet mich. «Habe ich dir jemals das Gefühl gegeben, dass ich mich nicht unter Kontrolle habe?»

Meine Schläfen pulsieren. «Na ja, also ... du hast mich im Wald angeschrien.»

«Du hast mich auch schon angeschrien. Macht dich das zu einem gefährlichen Menschen?»

«Wieso bist du hier, Will?», flüstere ich.

«Ein Fae hat mich zu sich gerufen – *der* Fae. Ich habe dir von ihm erzählt. Erinnerst du dich?»

Mein Herz beginnt zu rasen. «Ich weiß nicht. Bist ... du in unserem ACOTAR-Gruppenchat?»

O Gott, ist er *TamlinsBoy_98*?

«Ich bin in keinem Chat, Als. Ich rede vom Infectum Braccas. Dem Weltenzerstörer.»

«Die nasse Hose», dämmert mir. Er nickt und hebt seine linke Hand. Auf seinem Handrücken prangt ein leuchtendes Pi. Holla! Das ist definitiv kein Abziehtattoo.

«Can und ich sind vom Infectum Braccas gezeichnet worden. Das Pi ruft uns zu ihm.» Durch seine Augen huscht ein wildes Flackern. «Als, das Pi ruft uns zu *dir*.»

Ich kriege kalte Füße; mein Körper vereist. Es dauert mehrere Sekunden, bis ich Sinn aus Wills Worten ziehen kann. Wobei *Sinn* die Übertreibung des Monats ist.

Ich wage nicht auszusprechen, was ich plötzlich denke. Stattdessen stottere ich dramatisch: «W-was hat das zu bedeuten?», denn ich weiß, dass Will darauf eine ebenso dramatische Antwort geben kann.

Und das tut er.

Meine Welt explodiert, noch bevor er den Mund öffnet, und sie zersplittert in Milliarden Einzelteile, als er heiser sagt: «*Du* bist der Infectum Braccas.»

34

ALLIE

Wie erstarrt sitze ich da. «Das ist unmöglich. Ich bin doch nur ein normales Mädchen!»

«Ein normales Mädchen mit der Kraft, die stärkste Armee unseres Planeten einzuberufen», korrigiert Will und presst knirschend die Zähne aufeinander. Seine Kiefermuskeln treten hervor. «Ich weiß, es klingt verrückt. Aber Can und ich tragen dieses Symbol auf uns, seit wir mit dir im Wald gewesen sind. Und jetzt hat es uns hierhergelockt. Ich verspüre den absolut irren Drang, dich zu beschützen und alles zu tun, was du willst.»

«Würdest du Männchen machen, wenn ich dich darum bitte?»

«Ist das ein Scherz?»

«Nur halb.» Nervös wische ich mir eine rötliche Strähne meines dunkelblonden, störrischen und dennoch perfekt sitzenden Haares aus der Stirn. «Tut mir leid, Will, aber ich bin unmöglich der Infectum Braccas. Ich bin viel zu gewöhnlich, um so besonders zu sein!»

«Und dennoch bist du *anders als alle anderen*», entgegnet er, und in meiner Brust macht es *Ba-dam*.

Überfordert mustere ich meine Fingernägel, die bis vor wenigen Stunden noch blau waren. Ein Schauern überrumpelt mich. Will rutscht auf meine Bettseite und greift nach meiner Hand. *Diese warme Hand.* Ich schlucke.

«Der Infectum Braccas ist ein Fae, aber du bist ein Mensch», sagt er leise. «Es ist denkbar, dass du nicht direkt er bist, sondern vielmehr sein Gefäß – sein *Versteck*. Das würde erklären, weshalb wir uns von dir angezogen fühlen, obwohl du keine Fae bist.»

«Oh», mache ich. «Ich dachte, das läge an meinem Charakter»

«Welcher Charakter, Als?»

Ich ziehe eine Schnute, die ihn unvermittelt zum Lächeln bringt. Zärtlich schiebt er eine Haarsträhne hinter mein Ohr. Seine Finger streichen meiner Haut entlang. Die Berührung bringt etwas in mir zum Prickeln, allerdings fühlt es sich nicht mehr so verboten an wie *damals* am Lagerfeuer. Vielmehr kann ich mir plötzlich vorstellen, wieder nur mit Will befreundet zu sein. Er ist wie ein Kuschelsong, den eine Boygroup oben ohne vorträgt – gut, rein, treu und dennoch mit einem ordentlichen Schuss Erotik. Ich hingegen trage neuerdings so viel Leder, dass ich mehr zu krassen Rockern wie Nickelback passe. Will Green und ich sind nicht länger füreinander gemacht, selbst wenn ein Teil von mir sich das immer wünschen wird.

Die Gewissheit darüber löst alle Unsicherheiten zwischen uns in Luft auf. Ich sehe Will so klar vor mir wie schon lange nicht mehr. Er ist mein allerbester Freund.

Suck it, Sam.

«Du bist uns wichtig, Als – als Mensch *und* als Infectum Braccas», betont er, was meine Kuschelsong-Analyse bestätigt. In meinem Innern singen schon die Backstreet Boys. «As Long As You Love Me», «I'll Never Break Your Heart», *you name it.* Aber dann steht er plötzlich auf und stellt sich an das Bettende. «Und weil du uns wichtig bist, sollst du endlich die ganze Wahrheit über uns erfahren. Ly hat dir einiges erzählt, aber *einiges* ist nicht *alles.* Du darfst ihr nicht vertrauen. Uhuman tun alles, um die Welt vor den Fae zu beschützen. Wenn sie hören, dass du möglicherweise den Infectum Braccas in dir trägst, werden sie dich sofort töten. Aber das werden wir nicht zulassen, hörst du? Wir können dich beschützen.» Er stützt sich mit den Händen auf dem Bettende ab. Seine Unterarmmuskulatur tritt hervor. Das Pi auf seinem Handrücken glüht mir entgegen. Ihn so zu sehen, löst dann doch wieder etwas mehr als platonische Gefühle in mir aus. Ich schlucke leer. «Ich will dir beweisen, dass du an unserer Seite sicher bist», erklärt Will. «Aber dafür musst du sehen, *wer ich wirklich bin.* Du musst verstehen, dass du mir vertrauen kannst – egal, in welcher Form ich vor dir stehe.»

Meine Atmung versiegt. Hitze erfasst meinen Körper und fließt stromstoßartig durch meine Blutbahnen. OMG. *Das* ist *der* Moment. Gleich erfahre ich, was Will ist und welches sexy Monster unter seiner freundlichen Menschenfassade lauert. Gleich erfahre ich, welche *Gefahr* von ihm ausgeht und wie glücklich ich mich schätzen kann, weil er mir dennoch nichts antun wird. In meiner Vorstellung verwandelt er sich bereits in einen Vampir, einen Werwolf, einen Dämon ...

«Allie, ich bin ein Murmott», sagt Will.

Meine innere Sauna drückt auf STOPP. Ich blinzle. «Ein was?»

«Ein Murmott – das hier.» Das Grün seiner Augen löst sich wie Aquarell im Wasser auf. Ich verkrampfe mich, aber es ist wie beim Reality TV; ich schaue *trotzdem* hin. Will macht einen Schritt zurück und schließt angespannt die Augen. Sein breiter Brustkorb wölbt sich unter einem tiefen Atemzug. Dann knackt sein Nacken, im nächsten Moment sein Rücken. Ich schreie auf, während Will ein schmerzerfülltes Stöhnen von sich gibt. Er fällt vor mir auf die Knie und dann – *PLOPP* – ist er plötzlich nicht mehr da.

Ich bin wie vom Donner gerührt.

Sekunden verstreichen.

«Will?», flüstere ich verunsichert in die Stille hinein.

Etwas scharrt. *Schnüffelt.*

Das Blut gerinnt in meinen Adern. «Will!»

Drei weitere Sekunden verstreichen, ohne dass sich etwas tut. Widerwillig krieche ich zum Bettende. Ich fasse nach der Holzleiste und schiele zitternd darüber hinweg auf den Boden.

Was ich sehe, beschleunigt meinen Puls auf hundertachtzig. Die Augen fallen mir beinahe aus den Höhlen.

Vor meinem Bett steht ein ... *Nagetier*?

Nein, kein Nager. Aber irgendwie doch. Es ist eine Mischung aus Murmeltier und Otter, ein ... ein ... *Murmott*.

Ich glaub, ich steh' im Wald.

Das Tier besitzt ein feucht glänzendes, braunes Fell. Es ist größer als eine Hauskatze, aber kleiner als ein Wombat, und seine Schnurrbarthaare sind echt verdammt ... lang.

Als es mich erblickt, steigt es sofort auf die Hinterbeine. Es streckt seinen länglichen Körper nach dem Bett aus. Zehn spitze Krallen schießen aus breiten Vorderpfoten und vergraben sich knirschend in das Bettende. *Direkt neben meinen Händen.* «Allie. Als!», redet das Tier auf mich ein – und da kann ich nicht mehr an mich halten. Ich kreische wie von Sinnen und weiche zurück, als der Nager einen riesigen Satz macht und auf meiner Bettdecke landet. Ich stürze davon und schmeiße alle Kopfkissen und Plüschtiere, die mir in die Finger kommen, nach dem Viech. Aber es weicht jeder meiner Attacken aus. Ein Kissen zerteilt es sogar mitten in der Luft mit seinen scharfen Krallen. Federn wirbeln durch die Luft. Ich kreische wie eine Sirene weiter. «Als, verdammt!», flucht der Nager außer sich.

Die Tür springt auf.

«Allie – was ist los?» Dad stürmt in das Schlafzimmer.

«*D-d-d-d-d*-da!» Hysterisch zeige ich auf das Bett.

Aber der Murmeltier-Otter ist nicht mehr da.

Meine Plüschtiere und Kissen liegen verstreut im Raum. Lose Federn schweben herum. Meine Nerven verflüssigen sich. Ich schlottere wie von Sinnen.

Dad stößt ein tiefes Seufzen aus. Langsam bückt er sich nach meinem Lieblingsteddy und legt ihn behutsam auf das Bett zurück. «Hast du wieder einmal eine Spinne gesehen? Ich sagte dir doch, dass du sie mit einem Glas einfangen und mich rufen sollst. Es gibt keinen Grund, so laut zu schreien. Spinnen sind nur Tiere, Allie-Bear.» Er hebt den Zeigefinger.

Ich packe ihn bei der Hand. Meine schwarzen Nägel verkrallen sich in seiner Haut. «*N-n-n*-nein, *d-d-d*-da *w-w-w*-war ...»

Dad zieht mich in den Arm. «Beruhige dich, Prinzessin. Hier draußen gibt es nichts, wovor du dich fürchten musst – nur Spinnen und einen alten Spinner. Also mich.» Er gluckst und küsst mich ins Haar. «Mach dich bettfertig, ja? Ich suche dein Zimmer ab.»

«O-okay», japse ich und lasse mich aus dem Raum scheuchen.

Ich verschwinde im Badezimmer, ohne mein tolles neues Outfit abzulegen. Die Tür lasse ich einen Spalt breit offen. Mein Herz rast, ich zittere immer noch wie am Spieß.

Dad schlurft geräuschvoll in meinem Zimmer herum. Er öffnet Schranktüren und lässt sich ächzend auf die Knie plumpsen – vermutlich, um unter mein Bett zu schauen. Kurz darauf kommt er zum Badezimmer und klopft gegen die Tür.

«Die Luft ist rein, Allie-Bear! Aber deinen Speckstein solltest du dringend unter das Bett zurücklegen. Wo hast du ihn?»

Ich schlucke gegen meine Angst an. Zaghaft öffne ich die Tür, um Dads gutmütigem Gesicht zu begegnen. «Ich habe ihn in meine Umhängetasche gesteckt.»

Er schüttelt schmunzelnd den Kopf. «Leg ihn zurück unter das Bett, okay? Ich muss jetzt zum Murmur Swamp, heute scheint der Blaumond besonders intensiv.» Er zwinkert schelmisch. Dann gibt er mir einen Kuss auf die Stirn und verschwindet. Die Treppendielen knarren. Einen Atemzug später ist es still im Haus.

Mein Herz hämmert weiterhin in der Brust. Fieberhaft sehe ich mich im Badezimmer nach einem Gegenstand um, mit dem ich mich im Notfall verteidigen kann. Ich finde keinen, darum nehme ich meine Zahnbürste an mich. Besser als nichts. Auf leisen Sohlen schleiche ich in mein Schlafzimmer zurück.

Ein süßlicher Duft hängt in der Luft. Das Fenster ist geschlossen. Die Kissen und Plüschtiere befinden sich wieder auf meinem Bett.

Meine Umhängetasche hängt am Türknauf. Ich nehme den Speckstein hervor und lege ihn unter das Bettgestell. Der Raum darunter ist sonst leer. Meine Nerven beruhigen sich ein wenig. Dennoch verstreichen mindestens fünfzig Wimpernschläge, bevor ich wieder aufstehe und auf wackeligen Beinen zum Fenster schleiche. Der Zwei-Meter-Uhuman müsste längst vom *Soft Bites* zurück sein. Wieso hat er mein Schreien nicht gehört und ist mir zu Hilfe geeilt?

Ich denke an Can, der da draußen sein Unwesen treibt, und kriege kalte Füße. Angsterfüllt öffne ich das Fenster und spähe hinaus. Meine Sehschärfe ist ungewöhnlich gut. Ich entdecke den bulligen Uhuman problemlos im Gebüsch. Er sitzt auf dem Boden und trinkt seinen Take-away-Kaffee. Mit dem Kopf wippt er zu Musik, die ihn aus Headphones berieselt. Ich höre ihn leise singen.

«*What is love, baby don't hurt me, don't hurt me ...*»

Grauen überkommt mich. Will hat *wirklich* an alles gedacht.

Zitternd schließe ich das Fenster und tappe zu meinem Bett zurück.

Weitere Wimpernschläge folgen.

Ich lege die Zahnbürste auf den Nachttisch und mich selbst ins Bett. Sorgfältig drapiere ich meine Kissen und lasse mich zwischen die Plüschtiere fallen. Lange Zeit starre ich an die Decke.

Dann höre ich ein Rascheln.

Meine Haare sträuben sich. Alarmiert werfe ich den Kopf nach links und rechts, aber es ist nichts Verdächtiges zu sehen. Nach einer Weile lösche ich das Licht und stelle den Sternenprojektor an. Der Anblick des kleinen Bären besänftigt mich. Ich werde schläfrig, meine Lider schwer.

Doch gerade, als ich die Augen schließe, dringt ein leises Piepsen an mein Ohr. «Psst, Als.»

Wie von der Tarantel gestochen schieße ich in die Höhe zurück. Mein Blick fällt auf meine Plüschtiere – und da entdecke ich *ihn*. Er sitzt zwischen Evoli und Pikachu.

«Nicht schreien!» Der Murmott wedelt aufgeregt mit den Vorderpfötchen. Die Geste wirkt verstörend menschlich. Ich schnappe nach Luft und wappne mich für den nächsten Schreikrampf. Der Murmott stopft mir reaktionsschnell Evolis Hintern in den Mund. «Nicht schreien, sagte ich! Ich bin es – *Will*!»

Entsetzen prickelt auf meiner Haut.

Die Schultern des Murmotts erbeben unter einem gestressten Seufzen. Er betätigt den Lichtschalter und wuselt dicht an mich heran. Grelles Licht ergießt sich auf sein glänzend

braunes Fell. Eindringlich hebt er seinen otter-
ähnlichen Kopf zu meinem an. Seine Schnurrbarthaare kitzeln auf meinem nackten Arm. Der
Murmott besitzt kleine, dicht anliegende Öhr-
chen und besorgniserregend scharfe Reißzähne.
Ich ziehe den Kopf ein, als er *noch* näherkommt,
damit ich in seine neongrünen Augen blicken
kann. Und dann ... *sehe* ich ihn plötzlich.

Will.

Evoli fällt mir aus dem Mund.

«Dein Vater hat ein Rosinendestillat ver-
sprüht. Das erschwert mir die Rückverwand-
lung. Ich hätte dich vorwarnen sollen, Als. Es tut
mir leid. Bitte – *bitte*, hab keine Angst vor mir»,
fleht er verzweifelt, und nun erkenne ich auch
seine Stimme. Es ist tatsächlich Wills.

Wills mit ganz viel Helium.

Gänsehaut überzieht meine Arme, und mein
Rücken versteift sich. Eingeschüchtert presse
ich mich gegen das Kopfbrett zurück. Der Nager,
nein, der Murmott – *nein, Will* – neigt den Kopf
und wirkt abgrundtief bedauernd. Ich versuche,
seinen Anblick mit dem menschlichen Will in
Einklang zu bringen, stelle mir smaragdgrüne
Augen vor, zerzaustes, blondes Haar, ein freundliches Lächeln und unendlich tiefe Grübchen ...

«Ah, Shit.» Der Murmott piepst und windet
sich. Er sieht aus, als hätte er Schmerzen.

Ich zucke zusammen. «W-was ist los?»

«Ich verwandle mich zurück. Wie – Als, was
tust du mit mir!»

«Gar nichts!», kreische ich.

«*Argh!*» Der Murmott springt vom Bett. Sein Körper bläht sich auf, Knochen knacken. Ich weiche so erschrocken zurück, dass ich beinahe vom Bett falle. Dann erklingt ein Geräusch, als würde jemand auf eine Quietschente drücken. Und plötzlich steht Will wieder da – der *echte* Will.

Nackt.

Ich starre ihn an. Meine Augen werden groß.

Und dann höre ich auf zu starren, weil mir bewusst wird, *worauf* ich schaue.

Ach du meine Güte.

Ich erschauere und weiß nicht, was von alldem mich gerade am meisten verwirrt. Denn noch während ich *dorthin* schaue, scheine ich *die ganze Welt* zu vergessen.

Donnerwetter, ich habe soeben etwas gefunden, worin Will Can aussticht.

Eine verlegene Röte schießt Wills Hals hinauf. Hastig nimmt er ein Kissen – ein großes – von meinem Bett und bedeckt sich damit. Gleichzeitig schleicht er rücklings zu meinem Schrank, aus welchem er, ebenfalls rücklings, seine Jeans, sein T-Shirt, Socken und ein Paar schwarze Boxershorts hervorzieht. Er gibt sich wirklich Mühe, mir nicht seine entblößte Hinterseite zu zeigen.

«Ich, ah, musste meine Kleidung vor deinem Dad verstecken.» Demütig beginnt er, sich einhändig anzuziehen, während er mit dem Kissen weiterhin seinen Unterleib verdeckt. Ich könnte nett sein und mich abwenden, aber ich schaffe es nicht einmal ansatzweise. Ich bin wie hypnotisiert von ihm. Fällt das noch unter *female gaze* oder ist das schon unverschämt?

Wills Kopf ist röter denn je. «Eigentlich wollte ich dir nur beweisen, dass ich mich auch *als Tier* unter Kontrolle habe. Aber der Schuss ging echt nach hinten los.»

Ich starre immer noch *dorthin*.

Heiliger Strohsack.

Will zappelt nervös. «Als – bitte sag etwas. Sag mir, dass alles in Ordnung ist zwischen uns.»

Mein Blick zuckt zu seinem Gesicht zurück. «Ja – *ja*, es geht mir gut», hasple ich; gleichzeitig schlucke ich schwer. Meine Gedanken wirbeln. «Du bist also ein ... Murmott.»

«Korrekt.» Verlegen zupft er an seinem T-Shirt herum. Nach einem Moment des Zögerns setzt er sich zu mir aufs Bett. Sein Körper verströmt eine angenehme Wärme, und seine Nähe besänftigt mich ebenso wie das vertrauenswürdige Schimmern in seinen Augen. Kaum zu fassen, dass dieser Mann vor wenigen Minuten noch ein mutiertes Ottertier war.

Kaum zu fassen, dass er einen solchen Piephahn hat.

«Unsere Spezies wurde von den außerirdischen Fae erschaffen, um die Erde zu erobern. Aber unsere Ahnen verweigerten den Kampf und setzten sich für die Menschen ein. Wir tun niemandem etwas an», verspricht er.

«Can hat mir das Ohr abgebissen», erinnere ich ihn.

Er murrt. «Okay, wir tun niemandem etwas, wenn wir uns unter Kontrolle haben. Das dauert meistens eine Weile und wird uns durch den Blaumond erschwert. Aber wir trainieren. Auch Can hat trainiert.» Er legt seine Hand vertrauenswürdig nahe neben meine auf die Bettdecke. «Bei eurem ersten Treffen hat er sich bereits mitten im Wandel zum Murmott befunden. Er hat dich nicht mit Absicht gebissen. Im Gegenteil: Er hat versucht, dich zu seiner *Mate* zu erklären. So nennen wir Auserwählte, die einzig wahre Liebe. *Die einen.* Murmotts können sich wie Menschen mehrmals in ihrem Leben verlieben. Aber *Mates* sind für die Ewigkeit bestimmt. Es ist allerdings nicht so, dass man sich aussuchen kann, für wen man diese Gefühle entwickelt. Das Schicksal übernimmt diese Aufgabe für uns. Und wenn es so weit ist, knabbern *Males* oder *Females* am Ohr ihrer Auserwählten, um ihre Zuneigung zum Ausdruck zu bringen. Can wurde in diesem Moment leider von seinen animalischen Instinkten überrollt. Aber er wollte dir nichts Böses, Als. Er wollte sich bloß als dein *Mate* zu erkennen geben.»

Ich glaube, ich atme nicht mehr. «Hätte ... hätte ich denn Nein sagen können?»

«Natürlich. Darum ist Can auch sofort auf Abstand gegangen. Sein Unbewusstsein hat ihm signalisiert, dass du ihn nicht *maten* möchtest. Ohne die Distanz zwischen euch könnte er allerdings nie von dir loskommen. Verstehst du jetzt, wieso er damals verschwunden ist? Oder warum ich dich am Lagerfeuer nicht küssen konnte? Du hast nie mir gehört, Als. Es ist Can – es war schon immer er.» Ein wehmütiges Lächeln huscht über seine Züge.

«Will ...» Ich berühre ihn an der Wange. Einen Moment lang schauen wir uns einfach an.

Er ist so schön.

Ich vergrabe mein Gesicht an seinem Nacken, als er mich in den Arm nimmt. Sein warmer Wald-Sonnen-Erde-Wasser-Duft umhüllt mich. «Can wartet draußen. Du solltest mit ihm reden», raunt er.

Ich dränge mich fester an ihn. «Was machen wir mit dem Infectum Braccas?»

«Wir müssen herausfinden, ob er wirklich in dir steckt und was die Uhuman über ihn wissen. Bislang hat er nur zwei von uns *gezeichnet.* Anscheinend will er sein Versteck noch nicht verlassen. Sobald er es tut, werden wir eine Lösung finden. Das tun wir immer. Mach dir keine Sorgen, okay?»

«Okay», sage ich, obwohl ich mich sehr wohl sorge. Die Vorstellung, dass ein *fremdes Wesen* in mir schlummert, ist absolut furchteinflößend. Wie schwanger in uncool.

Aber Will ist da und hält mich fest, und wann immer ich ein kleines bisschen *dorthin* schiele, vergesse ich das Pi auf seiner Hand und all meine Ängste und verspüre nur noch Wärme. Das Gefühl hält an, selbst als er mich loslässt.

«Willst du Can nun sehen?», fragt er.

Die Wärme in mir verkommt zu prickelnder Hitze. Reflexartig presse ich meine Oberschenkel zusammen und senke die Lider. Meine langen Wimpern streichen über meine hohen Wangenknochen. «Ja, Will», flüstere ich ergriffen. «Ja, ich *will*.»

35

ALLIE

Will verschwindet und lässt mich mit einem Herzen zurück, das längst für einen anderen schlägt. Mein Kopf fühlt sich dennoch pampig an. Ich kann nicht fassen, was ich in den letzten Stunden gehört, gesehen und *erlebt* habe. Da glaubt man, das Leben bestehe nur aus sexy Collegeboys, Kaffee, Müsli-Milch-Diskussionen und weltenveränderndem Studentensex – dann tauchen Aliens, Monster und eine ledertragende Eulensekte auf. Ich sehe schon die Schlagzeilen: «Viel zu übertrieben!»; «Zu wenig Can»; «Wo bleibt der Sex?»

Die Zimmertür knarrt. Eine tiefe Stimme reißt mich aus meinen Gedanken.

«*Goofy.*»

Ich reiße den Kopf hoch und halte die Luft an. Zumindest weiß ich jetzt, wo der Sex geblieben ist. Augenblicklich bin ich froh, dass ich meine Plüschtiere unter das Bett verbannt habe.

Finn «Can» Harlow steht beim Eingang. Seine Hand liegt verkrampft um den Türknauf. Dieser ächzt unter seinem festen Griff, denn er ist *so stark*. Er trägt dasselbe T-Shirt wie Will, dazu eine schwarze Hose. Das Oberteil spannt sich über eine Brust, die dafür gemacht ist, sich an unschuldig erhitzte Mädchenwangen zu schmiegen. Ich habe völlig vergessen, wie groß und muskulös dieser Mann ist – und wie einzigartig seine Spitznamen für mich sind. Seine Mimik wirkt abweisend und hart, aber sein grünes Auge *lodert* und das blaue *brennt*. Dunkle Haarsträhnen, die ihm in die Stirn fallen, betonen das Farbenspiel. Can strahlt eine Unnahbarkeit aus, die mich geradezu herausfordert, sie zu überwinden.

Denn auch dieser Löwe ist nur ein Welpe auf der Suche nach Liebe.

Flüchtig erinnere ich mich an den tätowierten Bad Boy, den ich auf dem Campus kennengelernt habe. Obwohl ich ihn damals *zähmte*, ist das Gefährliche nie ganz aus seinem Wesen verschwunden. Ich entdecke es auch jetzt in ihm. Mein Bauch wird von flatternden Schmetterlingen ausgefüllt. Can wiederum steht regungslos da. Wartet er darauf, dass *ich* den ersten Schritt mache?

Mir entfährt ein überraschtes Zischen. Oha. Eine solche Passivität bin ich nicht gewohnt. Normalerweise übernimmt Can *immer* die Führung, weil er ein totales Alphamännchen ist.

Aber ein echter Mann gibt das Zepter auch mal ab.

Die Vergangenheit hat sich wie ein Türsteher zwischen uns aufgebaut. Can hütet sich davor, sie einfach so zu umgehen und mich noch einmal zu überrumpeln. Anscheinend hat er aus seinen Fehlern gelernt. Somit überlässt er es mir, wohin die Reise gehen soll.

Wenn ich ihn so anschaue, bin ich für Süden.

«Ich war mir nicht sicher, ob du mich wiedersehen willst.» Seine tiefe Stimme klingt kehlig und rau. Ich stehe sofort unter Strom. Es fällt mir schwer, mich nicht sofort in seine starken Arme zu stürzen.

Bebend schlucke ich gegen mein eigenes Verlangen an. «Will sagt, du seist mein *Mate.*»

«Ich bin erst dein *Mate*, wenn du das willst», erwidert er und stockt. Sein blaues Auge schimmert. «Allie, es tut mir so leid. Was zwischen uns geschehen ist, es ist ... es *war* so viel größer als ich – als wir beide. Ich wusste nicht, weshalb ich mich so sehr nach dir verzehrte und wieso ich mich nicht unter Kontrolle bringen konnte. Aber jetzt ...»

«Jetzt hast du dich unter Kontrolle. Nicht wahr?»

Ein sündiges Lächeln blitzt auf. «Na ja. Ich habe mich so weit unter Kontrolle, dass es immer noch Spaß macht.»

Mein Kopf läuft heiß an, und aus seinem Lächeln wird ein schamloses Grinsen. Er lässt den Knauf los und gibt der Tür einen Schubs ins Schloss. Sein Blick gleitet über mich hinweg. Er verharrt länger als nötig auf meinem Dekolletee, das durch das Korsett ziemlich ansehnlich geformt wird. Reflexartig drücke ich den Rücken durch. Can atmet geräuschvoll ein. Was für ein Glück, dass Männer wie er so leicht zu beeindrucken sind.

Seine Pupillen weiten sich. «Verflucht, Goofy. Ich habe dich so vermisst.»

«I-ich habe dich auch vermisst», antworte ich bebend.

«Ist das so?» Neckender Spott durchtränkt seinen Tonfall.

Ein irrer Gefühlsrausch schießt über meine Wirbelsäule hinab zwischen meine Beine. Mir ist schon klar, dass ich Can nicht zum ersten Mal gegenüberstehe. Aber er ist so groß und perfekt, dass es mich ständig aufs Neue einschüchtert. Und hey, er hat mir das halbe Ohrläppchen abgebissen. Zum Glück kann ich in den entscheidenden Momenten darüber hinwegsehen.

Mir vergeht das Denken ohnehin, als er dicht vor mir zum Stehen kommt. Sein warmer, erdiger, männlicher Waldduft hüllt mich ein, und ich inhaliere ihn, als wäre ich krank und er ein Eukalyptusbad. Tatsächlich fühle ich mich ein wenig fiebrig, wenn er so nah bei mir ist. Finn Harlow hat es schon immer verstanden, meine Körpertemperatur auf ein nahezu ungesundes Maß hochzuschrauben. Seine vor Verlangen lodernden Augen feuern mich zusätzlich an. Wer so angeschaut wird, braucht keinen Mut mehr.

Ich hake meinen Finger in die Gürtelschlaufe seiner Hose ein und ziehe ihn zu mir. Can umfängt mich mit seinen Armen. Unsere Körper treffen aufeinander, seiner hart, meiner weich; das muss man unbedingt betonen. Ich recke den Hals, um meine Lippen auf seinen Mund zu legen.

Einen Moment lang stehen wir einfach da und lassen die Nähe auf uns wirken. Natürlich merke ich, wie hart Can an meinem Bauch wird. Trotzdem nehmen wir uns alle Zeit der Welt.

Langsam, nahezu *huldigend* beginnt er, die Schnürungen meines Korsetts zu lösen. Mit der freien Hand wandert er meinen Hals hinab und bringt alles in mir zum Summen. Unsere Lippen bewegen sich weiterhin unschuldig und sanft gegeneinander, allerdings muss ich mir ein Stöhnen verbeißen, weil ich ihn immer bewusster an mir wahrnehme.

Endlich erreicht er die letzte Schlaufe. Das Korsett fällt auf den Boden. Ein kalter Hauch streicht über meine Haut. Can durchläuft ein Schauern, denn unter dem Korsett bin ich nackt, hihi. Er presst mich fest an sich und seinen Mund in die Kurve meines Halses. Seine Zunge zuckt über meine Haut. Dabei stöhnt er so leidenschaftlich, als hätte er nie etwas Besseres gekostet. Ich keuche und schließe die Augen.

Sein Mund beschreibt einen hungrigen Weg zu meinem Ohr. «Wie viele Seiten müssen wir diesmal füllen?», fragt er heiser.

Seine Zähne erreichen mein heiles Ohrläppchen. Eine prickelnde Alarmglocke geht in meinem Kopf los. Bebend sauge ich die Unterlippe ein. «Ich ... ich glaube, da ist noch etwas Platz.»

«Okay.» Er löst sich von mir, was mir die Möglichkeit gibt, meine Hände unter sein T-Shirt zu schieben. Und Donnerwetter, dafür ist es allerhöchste Eisenbahn. Das Gefühl seiner harten, geschmeidigen Muskulatur unter meinen Fingern lässt meine Beine schlingern. Ironischerweise wird mir in dem Moment bewusst, wie wenig wir seit unserem Wiedersehen miteinander gesprochen haben. Aber wie könnte ich etwas sagen, wenn er mir ständig die Sprache verschlägt? Wer so eine tiefe Bindung besitzt wie wir, bedarf ohnehin keiner Worte mehr. Das zwischen uns ist längst über das Körperliche hinausgegangen. Mit großer Sicherheit ist es sogar mehr als Liebe.

Finn Harlow ist mein *Mate*.

Die Erkenntnis durchzuckt mich wie ein Blitz. Auf einmal kommen mir die Tränen. Meine Augen müssen wunderschön glänzen, denn Can umfasst mein Gesicht und fängt eine einzelne Träne mit seiner Daumenkuppe auf. Es ist so romantisch, dass ich sogleich die nächste Träne vergieße. Auch diese fängt er auf, diesmal ganz sanft mit seinen Lippen. Ich erzittere wohlig. Can beugt sich zurück, um mein Gesicht auf eine Art zu studieren, die mir das Gefühl gibt, das einzige Mädchen im Raum zu sein. Streng genommen bin ich das, es sei denn, man zählt meine Sailor-Moon-Funkos mit. Seine Liebe schwappt auf mich über und bringt alles in mir zum Kribbeln.

«Du bist wunderschön», raunt er ergriffen.

Tausend elektrische Impulse erfassen mich, erst recht, als ich in sein funkelndes blaues Auge blicke. Sanft hebe ich eine Hand an seine Wange. Er hat sich nicht rasiert, was sich irgendwie aufregend anfühlt. Wir sind so viel erwachsener als an der Uni, *so anders*. «Wills Augen ändern manchmal die Farbe. Aber deine nur ganz selten», flüstere ich.

Can senkt den Kopf, um sanfte Küsse auf meine Stirn, meine Schläfen und meine Lider, die ich zum Glück rechtzeitig schließe, regnen zu lassen. «Ich weiß noch nicht alles über die Murmotts, aber unsere Augen sind angeblich mit unseren Empfindungen verknüpft. Grün steht für Energie, Stärke und Leidenschaft, schwarz oder *stechendgrün* für Aggression.»

«Und blau?»

Seine linke Iris schillert wie das Meer in der Mittagssonne. «Rate mal.» Er drängt seine Lenden gegen mich. Ich keuche, als er direkt an meinem Körper härter wird. Ein unverschämtes Lächeln stiehlt sich auf seine Lippen. «Jetzt kennst du mein allergrößtes Geheimnis. Ich bin *immer* erregt, Allie Andrews. Besonders, wenn es um dich geht.» Er beugt sich vor. Sein heißer Atem streicht über mein heiles Ohr. «Selbst wenn du nicht bei mir bist, stelle ich mir pausenlos vor, was ich alles mit dir anstellen könnte.»

Ach du dickes Ei! «W-was willst du denn anstellen?»

«So etwas.» Er beißt mich in den Hals und reibt seine Härte an meinem Bauch. Dieser Schlawiner! Angesichts seiner liebevollen Taten und Worte kommen mir schon wieder die Tränen.

«Oh, Can», stoße ich hervor und verkralle meine Finger in seiner Haut. «Ich gehöre dir, nur dir. Ich ... liebe dich.»

«Allie.» Seine Augen funkeln. Wieder küsst er mich auf die Stirn. Seine Lippen brennen gegen meine Haut. «Ich liebe dich auch. Mehr als alles andere auf der Welt. Du ... du bist meine *Mate*, Allie Andrews.»

«Und du bist mein *Mate*, Finn Harlow.»

Can erschauert. «Allie.»

«Can.»

«Allie.»

«Can.»

«Allie.»

«Can.»

Seine Lippen finden meine, und diesmal werden wir von unserer Leidenschaft überrollt. Mich erfasst eine nahezu überwältigende Sehnsucht nach ihm, obwohl er direkt vor mir steht. Doch auf einmal kann ich nicht mehr genug von ihm kriegen, ihm nicht mehr nahe genug sein.

Fast schon verzweifelt drücke ich mich ihm entgegen. Can schiebt eine Hand in die Haare an meinem Nacken und zieht mich auf die Zehenspitzen. Ich öffne den Mund und gebe ein leises Stöhnen von mir, als er seine Zunge in mich hineinschiebt. Unser Kuss wird immer inniger und wilder. Bald verschlingen wir uns wie ausgehungerte Verdurstende. Es gibt nur noch uns, und niemand wird uns jemals wieder trennen können. Ort und Zeit verschmelzen ineinander.

Finn Harlow ist mein *Mate*.

Seine Hände gleiten an mir hoch bis zur Unterseite meiner Brüste, aber nicht darüber hinaus. Stattdessen wandern sie über meine Hüfte zurück zu meinem Po. Mühelos hebt Can mich hoch. Ich schlinge instinktiv meine langen Beine um seine Mitte, während meine Arme um seinen Hals liegen. Can ist so erregt, dass mir schwindlig wird. Ohne unseren Kuss zu unterbrechen, trägt er mich die zwei Schritte zum Bett und lässt mich sanft – beinahe *zu* sanft – auf die Matratze gleiten. Ich rutsche höher, um ihm Platz zu verschaffen. Can folgt mir mit seinem Körper und kniet sich zwischen meine Beine. Einen Moment lang betrachtet er mich so ergeben, als könne er nicht glauben, hier und jetzt bei mir zu sein. Er schluckt hart und befeuchtet sich die Lippen, was meinen eigenen Blick auf seinen Mund lenkt. Hitze schießt über mein Rückgrat bei dem Gedanken, wo ich diesen überall noch spüren könnte. Ich schlucke nun ebenfalls und bin beinahe erschreckt darüber, wie bereit ich schon bin, obwohl Can mich kaum angefasst hat. Das ist wirklich mega praktisch.

Ich ziehe seinen Kopf zu mir herunter und drücke meine Lippen auf seine. Can entweicht ein sinnliches Seufzen, bei dem es schon beinahe um mich geschehen ist. Ungeduldig suche und finde ich seine Zunge. Gleichzeitig ziehe ich ihn näher denn je. Ich will ihn spüren, und ich will, dass Can das weiß. Nichts erinnert mehr an das schüchterne Mädchen von der Oxville University, das er einst kennengelernt hat. Denn diesmal weiß *ich*, was ich will.

Schöne, neue Welt.

Ich hebe meine Hüfte und lasse sie kreisen. Can stöhnt unverblümt. Wir beginnen, uns gegeneinander zu bewegen, erst langsam, dann immer ungehaltener – und wann immer seine Härte auf meine pulsierende Mitte trifft, sehe ich Sterne und vergesse alles um uns herum. Bald sind nur noch unser schneller Atem, unsere ungeduldigen Küsse und die sanften Schaukelgeräusche des Betts zu hören.

«Fuck, Allie, ich …» Gierig fährt Can mit der Zunge über meine Unterlippe. Dann bedeckt er meinen Hals mit heißen, feuchten Küssen. «Ich brauche dich.»

«Ich brauche dich auch», keuche ich zurück, weil das hätte sonst garantiert keiner gemerkt. Can stöhnt erneut und saugt meine Haut zwischen die Zähne. Es brennt kurz, und ich frage mich, ob wir nicht zu alt für Knutschflecke sind. Aber bevor ich etwas sagen kann, hört er auf und leckt über die wunde Stelle, was weitere Stromstöße durch meinen Körper sendet. Sein Atem streift meine Haut. Dann beginnt er endlich, mich aus meiner Hose zu schälen.

Ein Gefühl von Dringlichkeit erfasst mich. Ich setze mich auf, um ihm zur Hand zu gehen. Ungeduldig zerre ich am Saum seines T-Shirts. Zwischen innigen Küssen, die immer wieder von unseren hungrigen Lauten unterbrochen werden, gelingt es uns, unsere Kleider loszuwerden. Dreißig rasende Herzschläge später tragen wir nur noch unsere Unterwäsche.

Eigentlich wäre das der perfekte Moment, um Cans überirdischen Körper zu bewundern, aber er drückt mich so stürmisch auf das Bett zurück, dass ich mich anstelle von meinen Augen auf meine Hände verlassen muss.

Und das tue ich.

Ich fahre mit den Fingern durch sein volles Haar, als er sich über meine Brüste beugt und mir mit seiner Zunge die Sinne raubt. Lustvoll bäume ich mich ihm entgegen. «O Gott. *Mehr*», stöhne ich – und vielleicht stimmt, was Will über die Wirkung des Infectum Braccas auf die Murmotts gesagt hat, denn Can gehorcht mir aufs Wort.

In einer einzigen, sehr gekonnten Bewegung zieht er mir mein Spitzenunterhöschen aus und lässt seine Hand zwischen uns hinabgleiten. Er findet meine empfindlichste Stelle und bringt mich dazu, seinen Namen wie ein Gedicht zu singen.

Kän, du bist mein Män.

Ich greife nach dem Bund seiner Boxershorts und versuche, sie nach unten zu schieben. Can versteht mich wortlos, weil *Mate* und so, und zieht sich aus. Dann kniet er nackt über mir.

Die Zeit steht still.

Wir atmen schwer, betrinken uns an unserem Anblick. Ich lasse meine Augen voller Bewunderung über seine rohen Züge, die breite Brust, den endlos harten Bauch und sein ebenso hartes Glied wandern. Seine Größe lässt mich leer schlucken – und auch ein kleines bisschen an Will denken. Aber wer will schon oberflächlich sein und ungerechtfertigte Sex-Mythen befeuern? Ich ganz sicher nicht.

Beeindruckt strecke ich meine Finger nach seinem Eightpack aus und kann kaum glauben, dass das alles mir gehört. Aber das tut es.

Denn Finn Harlow ist mein *Mate*. Wahnsinn, ich kann von diesem Wort kaum genug kriegen. *Mate, Mate, Mate.*

Mate.

M-A-T-E.

Ich lasse meine Hand an ihm herabwandern. Can zuckt und hält zischend die Luft an. Beinahe erschrocken hebe ich den Kopf und frage mich, ob ich zu weit gehe. Aber in seinen Augen brennt die Liebe.

(*Mate*)

Okay, und er ist voll rammelig. So geht es auch Alex Tyrodon, der satte *zweihundertfünfundsechzig* Seiten auf Rambazamba mit Ivory warten muss. Für einen Roman dieser Art ist das ganz schön lange. Da muss für die Protagonisten schon etwas rausspringen. Für mein Leben auch, entscheide ich und ergebe mich dem ungeduldigen Ziehen zwischen meinen Beinen.

Ich umfasse Cans Härte und fahre langsam daran hoch und runter. Can durchläuft ein heftiges Zittern. Stöhnend schließt er die Augen, und mir wird klar, dass ich jetzt aufpassen muss, damit das kein Schnellschuss wird. Denn neuerdings habe *ich* die Fäden in der Hand. *Ich bin so anders geworden.*

Ich komme ebenfalls auf die Knie und presse meine pochende Scham wagemutig gegen Cans Bein. Can stöhnt erneut, weil für Synonyme keine Zeit mehr bleibt. Seine Erektion zuckt gegen meinen Oberschenkel. Er umfängt mich mit seinen Armen und drückt mich so fest an sich, dass mir die Atmung stockt. Er beginnt, *mich* an sich zu reiben. Sein Mund jagt meinen, unsere Zähne stoßen ungestüm gegeneinander. Die Küsse und der Druck auf die empfindlichen Nerven zwischen meinen Beinen schießen mich in neue Sphären. Sterne kommen in Sicht, als Can zusätzlich eine Hand zwischen uns schiebt.

«Hast ... hast du ein Kondom?», fragt er atemlos.

Abrupt halte ich inne. Die Reibung versiegt, meine Scham pulsiert. «Ah ...», ich blinzle unschuldig, «nein, wofür? Ich nehme immer noch die Pille.»

Can starrt mich entgeistert an. «Allie, wir können uns nicht noch einmal so ein Theater wie beim letzten Mal leisten. Du kannst nicht riskieren, mitten im Finale zum Frauenarzt gehen zu müssen!»

«Oh», mache ich und denke nach. Angesichts unserer Position – Can sitzend und ich irgendwie wie eine Kletterpflanze an ihm dranhängend – mutet das vermutlich seltsam an. Aber dank dem Nachdenken wird mir etwas bewusst.

Und auf einmal muss ich lächeln.

Liebevoll nehme ich sein Gesicht in die Hände und schaue ihm in die verunsichert funkelnden Augen. «Du weißt, weshalb wir beim letzten Mal keine Kondome benutzen konnten», erkläre ich sanft. «Außerdem war ich damals ...»

«Vor knapp einem Monat», wirft er ein.

«Ich war jung und naiv und wusste nichts von der Liebe. Aber jetzt ist alles anders.» Ich hauche ihm einen Kuss auf den Mund. «Diesmal kann uns nichts dergleichen geschehen, verstehst du? Allein schon wegen des Settings und der Rahmenhandlung. Du bist mein *Mate*, Can.»

«*Mate*», wiederholt er hart schluckend.

Ich beuge mich vor, um ihn innig und ausdauernd zu küssen. «Ich will dich *spüren*, Can.»

«Oh, Goofy.» Can gibt einen gequälten, sinnlichen Laut von sich. Seine Zögerlichkeit verpufft und macht Platz für etwas Dunkles, Hungriges, *Verlangendes*. Die Veränderung in ihm entzündet meine Haut, und das Pulsieren zwischen meinen Beinen schwillt zu einer Sintflut an.

Er lässt seine Hand erneut über meiner empfindlichsten Stelle kreisen und entreißt mir damit einen leisen Schrei. Sofort intensiviert er seine Bewegungen. Ich lasse mich hemmungslos darauf ein, und tief in mir drin baut sich ein Druck auf, der mich komplett zu verschlingen droht.

«Can ...», bringe ich hervor, ohne einen Ausdruck für die Dinge zu finden, die er in mir auslöst und von denen ich *mehr* will. Aber Can versteht mich schon wieder wortlos. Wie gesagt, wir haben echtes Glück.

Ohne Vorwarnung schiebt er einen – nein, zwei! – Finger in mich hinein. Der Druck in meinem Innern wird unerträglich. Ich werfe den Kopf in den Nacken, winde mich auf ihm, *reite seine Hand*, kriege nicht genug. «Lass dich fallen, Babe», knurrt Can, und damit ist es endgültig um mich geschehen. Diesen kreativen Kosenamen hat er noch nie für mich verwendet. Ich fühle mich so speziell, dass meine Gefühle mich zusammen mit einem explosiven Höhepunkt davonreißen.

Ich schreie Cans Namen und bin so überwältigt, dass ich kaum mitbekomme, wie er uns sofort so positioniert, dass er mit dem nächsten Herzschlag tief in mich eindringen kann.

Meine Welt explodiert von neuem.

Can ist hart und groß, und er dehnt mich auf eine Weise, bei der ich nicht mehr klar denken kann. «So feucht und eng», keucht er, weil er das bislang noch nicht gesagt hat. Mit beiden Händen zeichnet er zitternd meine Silhouette nach. Er erreicht meinen Po, knetet ihn, und ich spüre seine Erregung in mir noch mehr anschwellen. Ja, so was! Dennoch wartet er geduldig, bis die zuckenden Lustwellen meines letzten Höhepunkts in meinem Körper abebben.

Liebevoll küsst er mich. Ich öffne meine Lippen. Seine Zunge findet meine, und wir stöhnen gleichzeitig, als das Verlangen von neuem seine Krallen in uns versenkt.

Unsere Küsse werden impulsiver. Can wiegt mich in seinem Schoss. Ich lasse mich protestlos auf das Spiel ein, wenngleich es einen Moment dauert, bis ich kapiere, wie wir überhaupt ineinander verschlungen dasitzen.

Ich sitze *auf* ihm.

Ich zucke zusammen.

Huch, bin ich etwa *oben*?

«Beweg dich, Allie», befiehlt Can heiser, und meine Gedankenblase platzt. Erneut lasse ich mich von seiner Zunge erobern und beginne,

mich im Takt eines nicht hörbaren Songs zu bewegen, der richtig gut abgehen muss. Cans
Küsse werden härter. Er umschlingt mich fester
und bringt unsere Bewegungen in Einklang.

Und schon wieder baut sich dieses verzeh-
rende Prickeln in mir auf.

«Fuck, Allie», stöhnt Can wild und anima-
lisch. Schweißperlen treten auf seine Stirn. Er
lässt seinen Oberkörper auf das Bett zurückfallen, und ich werde ganz trunken vor Lust bei seinem Anblick. Ich spüre die Macht, die mir diese
Position gibt, *sehe*, wie er darauf reagiert. Ich
beuge mich zu ihm hinunter, um unsere Lippen
für einen hungrigen Kuss zu vereinen. Allerdings
bleibt uns kaum noch der Atem dazu, weil unsere Hüftbewegungen immer ungehaltener werden. Unsere Choreografie rast dem Song in
meinem Kopf davon.

Can rammt seine Finger in meine Hüfte – und
jetzt übernimmt er doch die Führung. Ich bäume
mich auf. Unser Rhythmus wird schneller, unser
Stöhnen lauter, zum Glück sind die Plüschtiere
nicht da. Can stöhnt meinen Namen immer und
immer wieder, während ich meinem nächsten
Höhepunkt entgegenreite. Das Bettgestell wackelt.

«Scheiße, ja!» Can stößt seine Hüfte immer ge-
zielter nach oben und trifft plötzlich diese eine
Stelle in mir, die alles verändert, vermutlich sogar die Erdrotation und das Leben unter Wasser.

«Ja, o Gott, *ja!*», schreie ich. Die Lust überrollt mich. Ich verkralle meine Hände in seiner Brust. Mein Körper erhitzt sich. Ich bilde mir ein, wie eine Stichflamme zu lodern. Alles in mir beginnt zu brennen – und ich zerschelle in einem Meer aus Sternen, als ich von den explosivsten Gefühlen geflutet werde, die ich jemals verspürt habe.

«Dieses ... *Licht!*», bricht es aus Can heraus, ehe er sich zwei weitere Male tief in mir versenkt und ebenfalls kommt.

Na sowas – das ging ja mal überraschend dramafrei!

36

WILL

In Allies Zimmer scheinen einen Moment lang
alle Lichter anzugehen. Dann versiegt die Hellig-
keit zusammen mit den Geräuschen.

Ich halte auf dem Vorplatz Wache und schiele
auf meine Armbanduhr.

Zehn Minuten?

Lol. Anfänger.

37

«Wie geht es dir?», fragt Can, als wüsste er es nicht längst.

Lächelnd fahre ich seine bebende Muskulatur nach. «Noch nie besser. Das war unbeschreiblich.»

Ich liege mit ihm im Bett und habe mich dicht an ihn herangekuschelt. Mein Kopf liegt auf seiner nackten Brust, sein Arm um meine Schultern. Can hat die Decke über uns hochgezogen. Darunter sind wir nackt. Meine Haut kribbelt bei dem bloßen Gedanken daran. Früher hätte ich mich so etwas nie getraut – aber früher war ich *anders*. Und früher war Can nicht mein *Mate*. Wir kommen nie mehr voneinander los. Aber das wollen wir auch nicht.

Ich hebe den Kopf, um meine Lippen auf seine zu legen. Er greift in meinen Nacken und vertieft unseren Kuss. Ich schiebe mein Bein über seinen Körper hoch.

Can reißt sich los. «Wir müssen über das sprechen, was geschehen ist.»

«Ich bin nicht sauer, weil du mit anderen geschlafen hast. Nicht mehr.» Ich küsse seinen Hals und dränge mich wieder fester an ihn.

Can keucht vor Lust. Seine Finger bohren sich zwischen die Sehnenstränge an meinem Nacken. «Das ... meine ich nicht. Du hast geleuchtet.»

«Überrascht dich das?» Ich küsse ihn berauscht, und wieder verlieren wir uns ineinander. Aus Cans Kehle dringt ein erotisches Knurren, das alles in mir entflammt. Seine freie Hand gleitet über meinen Po zu meinem Oberschenkel. Verlangend schiebt er mein Bein weiter über seinen Körper. Ich erschauere wohlig, als er sich hart und bereit gegen meinen Innenschenkel presst. Doch gerade, als ich ihn dazu bringen will, sich auf mich zu rollen, reißt er sich erneut von mir los.

«Nein, Allie, hör mir zu! Du hast geleuchtet, *richtig* geleuchtet», stößt er hervor – und diesmal unterbreche auch ich mein Tun.

Skepsis flutet mich. «Was meinst du?»

Er atmet schwer. Wir liegen so innig ineinander verschlungen da, dass nur wenig fehlt, um fortzusetzen, wofür Figuren wie Finn Harlow hauptsächlich geschaffen werden. Unsere Körper pulsieren und brennen gegeneinander. Gott, ich bin so bereit und Can erst recht. Trotzdem richtet er sich nun auf. Scheinbar ist kein Platz mehr für eine zweite Runde. Anders kann ich mir dieses Verhalten wirklich nicht erklären!

Die Decke rutscht von uns und entblößt seinen Waschbrettbauch, was mir einen neuen Stich der Lust verpasst. Es hilft nichts, dass er ebenfalls zitternd gegen sein Verlangen kämpft. Ihm entfährt ein gestöhnter Fluch. «Verdammt, Allie. Kannst du dich wenigstens zwei Sekunden lang bedecken? Ich versuche, ein ernsthaftes Gespräch mit dir zu führen.»

Ich möchte protestieren, aber da drückt er mir bereits die Bettdecke gegen den Oberkörper. Ich hülle mich ein, wodurch im Gegenzug sein Unterleib entblößt wird. Er beeilt sich, seine Boxershorts anzuziehen, aber angesichts seiner Größe ist das echt vergebene Müh'. Kurz wundere ich mich, wie das bei Will aussähe, und wende mich mit brennenden Wangen ab. Wir müssen wirklich *allerbeste Freunde* sein, dass ich neuerdings ständig so von ihm denke.

Demütig schlinge ich die Decke fester um meine Schultern und lehne gegen das Kopfbrett zurück. Can imitiert meine Position, allerdings mit gebührendem Sicherheitsabstand. Sein Atem kommt immer noch stoßweise. «Du hast geleuchtet», wiederholt er angespannt.

Liebeshungrig stoße ich meine Finger ins Bettlaken. «Vor Glück?»

«Nein. Eher wie eine Nachttischlampe.»

Ich verenge die Augen. Okay, da habe ich etwas mehr erwartet.

Can knetet ruhelos seinen eigenen Oberarm durch. «Das ist kein Scherz, Goofy: Deine Haut ist *in Flammen* gestanden. Als würde die Sonne aus dir herausscheinen. Außerdem ist wieder dieses Pi auf deiner Stirn erschienen – dasselbe, wie ich trage.» Er hebt seine linke Hand. «Ist dir das nicht aufgefallen?»

Ich starre auf das Leuchtmal und spüre, wie mein Puls schneller wird. «Ich habe schon wieder so ein Pi auf der Stirn? Wie *damals* am Lagerfeuer?»

Fahrig wischt er sich die Haare aus dem Gesicht. «Ja. Angeblich trägst du es auf dir, seit deine Erinnerung an mich zurückgekehrt ist. Oder so.»

«Ist das romantisch oder unheimlich?» Ich durchforste seine wilden Augen, von welchen prompt eines auflodert – natürlich das blaue.

«Ich weiß es nicht, Allie.»

«Denkst du, das Licht stammt vom Infectum Braccas? Bist du letzten Endes nur deshalb hier? Liebst du gar nicht mich, sondern dieses *Ding* in mir?»

Erschrocken reißt er die Augen auf. «Was? Nein!» Er überbrückt die Distanz zwischen uns und nimmt mich in den Arm. Seine Lippen streifen meine Schläfe. Mein Unterleib kribbelt. «Ich bin bei dir, weil du meine *Mate* bist.»

Oh, stimmt. Das hätte ich beinahe vergessen.

«Ich liebe *dich*, Allie Andrews – und nicht irgendeinen Fae in dir», schwört er innig. «Das war schon immer so, das liegt in meiner DNA. Meine Welt war voller Dunkelheit und Hass, bevor ich dich kennengelernt habe. Ich habe nie gelacht, nie *gefühlt*. Erst durch dich hat sich all das verändert. Ich hätte nie gedacht, dass mir ein Mädchen, blank und blass wie ein unbeschriebener Briefbogen im Wind, einst derart unter die Haut gehen könnte – aber genau das hast du geschafft. Mit jedem Lächeln, jeder Berührung, jeder einzelnen Faser deines wunderschönen Körpers. Ohne dich hat sich mein Leben wie eine sechshundert Jahre andauernde Knechtschaft ohne Zukunft oder Glück angefühlt. Mit dir ist es der Himmel auf Erden, und die Sterne glänzen nur für uns. Du bist die Einzige, die mich versteht und mich der Bitternis meines eigenen rohen, lieblosen Daseins entreißen konnte. Bitte, zweifle nicht an meiner Liebe. Zweifle nicht an *mir*. Du bist nicht irgendjemand für mich, sondern *die eine*. Du bist *alles*.» Er greift nach meinem Kinn und hebt meine Lippen an seinen Mund.

«Can», wimmere ich und werde zeitgleich von Lust und Trauer überrollt. Das mag verwirrend sein, aber angeblich ist *grief sex* wirklich ein Ding.

Cans Zunge streicht verführerisch über meinen Mund. Mit dem nächsten Atemzug reißt er mir die Decke vom Leib. Er drängt seinen Unterleib zwischen meine Beine, die ich wie ferngesteuert um ihn schlinge. Ich spüre sein hartes Glied an meiner Scham. Er reibt sich an mir, ohne in mich einzudringen. Unser Stöhnen widerhallt von den Wänden. Ich drücke den Rücken durch und schließe die Augen.

Da verkrampft sich Can erneut. «Shit, Allie!»

«Huh?» Ich öffne die Augen – und vereise.

Meine Haut *glitzert* und *leuchtet* golden.

Mit einem entsetzten Schrei stoße ich Can von mir und springe aus dem Bett. Ich leuchte *und leuchte und leuchte* weiter. Panisch wirble ich zum Spiegel herum – und mein Grauen verfünffacht sich.

Ich habe tatsächlich eine zweite Delle auf meinem Apfelpo gekriegt.

Aber das ist nicht alles: Auf meiner Stirn leuchtet ein hellfluoreszierendes, blaues Pi.

38

«Noch einmal von vorn: Ihr hattet Sex, und seither leuchtet Allie.»

«Hm, ja.» Can massiert sich fahrig die Stelle zwischen den Augen. Ich sitze neben ihm auf dem Bett und, ah, *leuchte*.

Will steht mit verschränkten Armen vor dem Bettende. Er studiert uns wie ein Zoologe seine Tiere. Can hat sich mittlerweile seine Hose angezogen, ich bin in meinen Pikachu-Onesie geschlüpft. Ich fühle mich trotzdem nackter denn je. Betreten drücke ich den kaputten Reißverschluss über meiner nackten Brust zusammen, die wie alles andere an mir einen goldglitzernden Schein von sich gibt.

Can schnaubt aufgebracht vor sich hin. Er wirkt seltsam zornig, seit wir Will von draußen hereingeholt haben. Wills bloße Anwesenheit scheint ihn seit neuestem zur Weißglut zu treiben. Offenbar will er mich mit nichts und niemandem mehr teilen, freundschaftlich oder nicht. Wie romantisch und überhaupt nicht toxisch!

278

«Vielleicht sollten wir sie in dein Dorf bringen. Gafthiel weiß bestimmt Rat», presst er zwischen zusammengebissenen Zähnen hervor.

«Wer ist Gafthiel?», will ich wissen.

«Ein Murmott», antwortet er.

«*Der* Murmott», präzisiert Will und reibt sich gestresst über den Hals. Sein Adamsapfel zuckt. «Ich weiß nicht, ob wir es bis dorthin schaffen. Mein Dorf liegt mitten im Wolf's Creeks, und dieses Haus wird von den Uhuman bewacht. Ich habe keine Kaffeegutscheine mehr, um sie abzulenken.»

«Dann kämpfen wir.» Cans Augen sprühen Funken.

«Ly ist eine Uhuman – und meine Freundin. Vielleicht weiß sie, wie man den Infectum Braccas besiegt», werfe ich ein. «Wenn nicht, könnte sie uns zumindest helfen, an der Wache da draußen vorbeizukommen.»

Can fährt zu mir herum. «Keine Uhuman! Mit diesen Idioten will ich nie mehr zusammenarbeiten.»

Will stimmt grimmig zu. «Ich weiß, dass Ly dir wichtig ist. Aber sie ist eine Uhuman ... Was ist die oberste Aufgabe eines Uhuman?»

Ich will antworten, aber Can kommt mir zuvor: «Die Erde vor den Fae beschützen.»

Missgünstig schiele ich ihn von der Seite an. So ein Streber.

Wills Gesichtszüge verfinstern sich. «Richtig, Can. Du, liebe Als, glühst gerade wie ein Glühwürmchen auf Speed und trägst das Zeichen der Murmotts und des Infectum Braccas auf dir. Mit großer Wahrscheinlichkeit trägst du den Weltenzerstörer sogar *in* dir. *Du* bist folglich, wovor die Uhuman die Erde beschützen wollen. Glaubst du wirklich, dass Ly dein Leben über das der Weltbevölkerung stellen würde?»

«Du etwa nicht?» Herausfordernd ziehe ich die Brauen hoch. Dass Will nicht sofort antwortet, verpasst mir einen gehörigen Dämpfer.

«Ich würde das ganze Universum für dich aufopfern, Goofy», zischt Can heißblütig. Ich schiele in seine Richtung und lasse mich von seiner gefährlichen Aura hypnotisieren. Wenigstens einer, der zu mir steht. «Allerdings stimme ich Will zu. Du kannst unmöglich mit diesem Glühwürmchen-Körper bei den Uhuman aufschlagen.»

Okay, mein Urteil war verfrüht.

Mit einem genervten Laut steige ich aus dem Bett und baue mich vor den beiden auf. Der Frontzipper wackelt über meine Brüste. Die Jungs atmen zischend ein, weil ich neuerdings so sexy bin. Ich bedecke mich hastig wieder, denn diese Schlacht will ich für einmal nicht mit meinem Körper, sondern mit meinem Kopf gewinnen. Sam bezeichnet mich nicht umsonst als klein, aber oho.

Trotzig schiebe ich das Kinn hoch. «Steckt euch eure Beschützerinstinkte in den Arsch! Ich bin schon lange nicht mehr die Allie, die ihr vor vier Wochen kennengelernt habt und die ihr verteidigen müsst. Ich kann auf mich selbst aufpassen!» Die Jungs glotzen mich an, und meine Wangen pulsieren vor Stolz. Genauso wird auch Ivory angestarrt, als sie Alex und Ian die Leviten liest, nachdem die beiden ihr verbieten wollen, mutterseelenallein in Deverells schwarzen Palast zu gehen.

(Wegen der Schattennarben auf ihrem Rücken kann sie halt als Einzige dessen Grenzzauber überwinden. Sie ist so speziell!)

Ich schiebe das Kinn noch etwas höher, muss den Kopf allerdings wieder senken, weil ich die Jungs so nicht mehr richtig anschauen kann. «Ich weiß und akzeptiere mittlerweile, dass ich *anders als alle anderen* bin und etwas in mir trage, das die Welt womöglich zerstören kann. Gerade deshalb ist es mir wichtig, mit den Uhuman zu reden. Sie sind die Beschützer dieser Welt. Vielleicht wissen sie, wie man den Infectum Braccas besiegt.»

«Die Uhuman haben weder damals noch heute je gegen die Fae gekämpft. Sie sind einfach Mitläufer der Zeitgeschichte, die zu viele Comic-Cons besucht haben», entgegnet Will augenrollend. «Sie werden keine Lösung suchen, sondern dich einfach töten.»

«Wir könnten behaupten, dass mein Tod den Infectum Braccas entfesselt.»

«Sie werden dich töten, bevor du zum Reden kommst.»

Ich schnaube.

Can nagt nachdenklich an seiner Unterlippe. Zwei Herzschläge später erhebt er sich und nimmt mich in den Arm. Meine Wange landet an seiner Brust. Wärme durchflutet mich. Can atmet so tief ein, als wollte er mich mit Haut und Haaren inhalieren. Seine Hände wandern über meinen Rücken, erst gemächlich, dann verwegen. Ich schließe die Augen, als er mir einen sanften Kuss in die Halsbeuge gibt. Und noch einen. Hoppla, und noch einen.

Die Luft zwischen uns knistert. Unsere Umarmung wird enger, mein Onesie verrutscht. Ich keuche vor Lust, komme allerdings hastig wieder zu mir, als Will ein dezentes Räuspern von sich gibt. Ich schiele an Cans Deltamuskel vorbei zu meinem *allerbesten* Freund, dessen Blick mich sofort gefangen hält. Unweigerlich muss ich an die Szene zwischen Ivory, Alex *und* Ian denken, bei der ich während des Lesens richtig heiße Ohren gekriegt habe. Kurz frage ich mich, ob so etwas auch zwischen mir, Can und Will geschehen könnte. Aber nein. Wir haben schon einige Grenzen gesprengt; diese überlassen wir JLA.

Can drückt mich ein wenig von sich weg, allerdings stupst mich seine Erektion weiterhin an. Es überrascht mich, dass er dabei so ernst bleiben kann. Aber Can ist ein Mann mit vielen Talenten. Mein Herz schlägt gleich noch fester für ihn.

«Hör mal, Goofy. Ich weiß, dass du das Richtige tun möchtest», redet er zärtlich auf mich ein. «Aber würden wir immer das Richtige tun, dann hätte ich dich nicht zurückbekommen. Ich hätte *meine Mate* nicht gefunden, verstehst du?» Der Begriff entflammt mein Herz. Can umfasst mein Gesicht und schaut mir so tief in die Augen, dass ich mich in seinen verliere. «Vielleicht ist das Richtige also nicht immer richtig, sondern falsch. Und vielleicht ist es richtig, manchmal das Falsche zu tun. Ich kenne Ly nicht, aber du musst auf Will hören. Das Risiko ist zu groß, dass sie dich tötet.»

Whoa, deep shit! Ich umgreife seine Unterarme. «Dann soll sie mich töten! Die Welt darf meinetwegen nicht untergehen.»

«Ich scheiß auf diese Welt!», schießt er zurück und packt mich fester. «*Du* bist meine Welt, Allie Andrews. Und ich will verdammt sein, wenn ich nicht für das einstehe, was mir wichtig ist!»

Will verlagert das Gewicht. «Was Can sagen möchte: Du kannst Ly nicht vertrauen, und wir müssen einen anderen Weg aus diesem Haus und zu Gafthiel finden. Natürlich sollte es stets unser oberstes Ziel sein, die Menschheit zu retten. Aber gerät im Zuge dessen die einzig wahre große Liebe in Gefahr, kann man schon mal auf den Altruismus scheißen und alles torpedieren.»

«Lieben vor Siegen», brummt Can und lässt seine Lippen verführerisch meiner Wange entlang gleiten.

Ich habe Mühe, mich zu konzentrieren. «Okay. Aber wie kommen wir nun aus diesem Haus?»

«Darüber muss ich erst nachdenken», antwortet Will.

«Kannst du das außerhalb dieses Raumes tun?», fragt Can, der immer noch meine Haut auskundschaftet.

Will seufzt. «Nichts lieber als das. Habt ihr ein Gästezimmer?»

«Geh doch in den Keller», brummt Can.

«Passt schon. Für die halbe Minute, die du Allie Lust bescherst, kann ich mir die Ohren zuhalten.»

«*Oh*-kay.» Ich drücke Can von mir weg und stemme die Hände in die Taille. Diesmal passe ich auf, dass mein Onesie nichts entblößt. «Wir schlafen eine Nacht über alles und entscheiden morgen, wie es weitergeht.»

«Ich weiß nicht, ob du heute Nacht viel schlafen wirst, Goofy», raunt Can kehlig. Mein Kopf flammt auf. Wills Lachen durchbricht allerdings die erotische Stimmung – und ich beeile mich, etwas zu sagen, bevor er einen weiteren dummen Spruch loslässt.

«Ihr habt bis morgen Zeit, euch einen Plan auszudenken, um zu Gafthiel zu gelangen. Habt ihr keinen, werde ich Ly einweihen – diesen Entscheid müsst ihr akzeptieren», zische ich, als sie protestierend ihre Münder aufreißen.

Will klappt seinen als Erster wieder zu. «In Ordnung.»

«*Nicht* in Ordnung», knurrt Can und schlingt seine Arme dominant um mich. «Ich werde *jeden* töten, der dich töten will. Weder du noch der Welpe werden mich davon abhalten können.»

«*Oh.*» Will schmunzelt plötzlich. «Jetzt verstehe ich, was los ist. Ihr habt euch endlich offiziell *gemated*, oder? Einige *Males* und *Females* neigen in den ersten Tagen dazu, etwas besitzergreifend zu sein und ihr Revier markieren zu wollen. Außerdem sind sie spitz wie Omas Gardinen. Aber keine Bange: Ihr seid weder die Ersten noch hält dieser Zustand ewig an. Gönn dir ein Entspannungsbad, Can! Morgen sieht die Welt wieder anders aus.»

«Wie wär's, wenn du dir ein Bad gönnst und ich dich darin ertränke?»

«Ein Bad klingt gut», komme ich dazwischen, während ich Can besänftigend am Arm berühre. «Wir haben kein Gästezimmer, aber eine große Couch im Wohnzimmer. Ich kann dir eine Decke geben. Wenn mein Dad vom Murmur Swamp zurückkehrt, musst du dich allerdings vor ihm verstecken.»

Will lächelt. «Das ist kein Ding – danke, Als. Eine Decke brauche ich nicht.»

«Stimmt. Dir ist nie kalt», erinnere ich mich und muss weigerlich zurücklächeln.

«Dir wird kalt sein, sobald ich dir die Haut abziehe!»

«Das Bad ist schon so gut wie eingelassen», versichere ich und wende mich für einen beruhigenden Kuss an Can. Can verschlingt mich sofort wieder, als hätte er mich noch nie gekostet. Ich kann mich kaum zusammenreißen. Als er mich in die Unterlippe beißt und seine Zunge nachschiebt, stöhne ich in seinen Mund und schiebe mein Bein an seiner Seite hoch. Würde sich ein anderes Paar so benehmen, wäre das natürlich total unhöflich und oberpeinlich. Aber hier geht es nicht um *irgendein* Paar, sondern um Can und mich. Wir sind zwei vom Schicksal gebundene *Mates*, Ambassadeure der Liebe. Welcher Außenstehende möchte zwei solchen schon nicht beim Knutschen zusehen? Das ist null unangenehm oder so. Wenn die Liebe zuschlägt, darf man sich nicht ducken – sage ich, nicht Sam.

So gesehen tun Can und ich etwas für das Gemeinwohl, sobald wir uns unseren leidenschaftlichen *Mate*-Gefühlen hingeben: Wir führen allen vor Augen, dass die Liebe noch existiert. Wir sind so selbstlos.

Gern geschehen, Will.

Mit einer Willenskraft, die ich nicht von mir kenne, löse ich mich letztlich wieder von Can.

Wills Reaktion fällt allerdings anders aus als erwartet. «Ich glaube, ich habe Allie soeben schnarchen gehört», grinst er schamlos.

Can schmeißt meine Nachttischlampe nach ihm. Will fängt sie in der Luft auf und stellt sie auf den Boden. Leise lachend verschwindet er im Erdgeschoß.

39

In dieser Nacht läuft überraschend wenig zwischen Can und mir. Das liegt allerdings nicht daran, dass ich Can langweilig finde oder ich mich bei dem Gedanken an Will im selben Haus unwohl fühle. Mein Leben ist bloß zu spannend für ausgedehnte Sexszenen geworden.

Am nächsten Morgen kann ich es mir dennoch nicht nehmen lassen, ausgiebig mit Can im Bett zu kuscheln. Er ist ein Traum, der sich die Perfektion zum Diener gemacht hat. Während die Sonne vor unserem Fenster aufgeht und ihre goldenen Finger sanft nach uns ausstreckt, erglühe ich immer stärker, ohne dass es mich noch ängstigt. Ich wünschte, ich könnte die Zeit anhalten, aber leider schreitet sie unbarmherzig voran. Als der Geruch von frischem Kaffee unter der Tür hindurchkriecht, wird mir klar, dass ich mich nicht für immer in Cans Armen verkriechen kann.

Ich bin jetzt *anders*. Es ist meine Pflicht, über mich hinauszuwachsen. Und die Welt zu retten.

Wir stehen auf und verschwinden im Badezimmer. Das Wasser rieselt über unsere Köpfe, während wir Dinge tun, die mir sämtliche Worte rauben und meine Liebe zu Can noch weiter anwachsen lassen. Seine Hände umspielen mich zusammen mit den rauschenden Tropfen, die das Glühen von meiner Haut spülen. Als wir eine gefühlte Ewigkeit später aus der Dusche kommen, leuchte ich nicht mehr. Meine Haut ist wieder normal, menschlich.

Trotzdem ist *alles anders*.

Can und ich geben uns einem weiteren leidenschaftlichen Kuss hin, der uns um ein Haar ins Schlafzimmer zurücklockt. Aber nein, es muss jetzt wirklich weitergehen. Ich nehme ihn bei der Hand und ziehe ihn hinter mir zur Treppe ins Erdgeschoß. Etwas zu spät fällt mir ein, dass ich nicht mehr auf einem Studentencampus lebe, sondern unter einem Dach mit meinem Dad.

Und ich erinnere mich an Will, den ich vollkommen auf der Wohnzimmercouch vergessen habe, und der vermutlich längst ...

«Guten Morgen, Als!», ruft Will, als wir in die Küche kommen. «Kaffee oder Tee? Isst du deine Pancakes auch mit Ahornsirup? Hat Can sich die Hörner mittlerweile abgestoßen?»

«Die Hörner abgestoßen?» Dad wendet sich mit hochschnellenden Augenbrauen zu uns herum. Er steht neben Will in der Küche und macht Pancakes. Will bereitet derweil einen Flat White zu. Er malt ein Sternchen in den Schaum und zeigt es Dad.

Dad gluckst. Dann schaut er zurück zu Can und mir.

Ich lasse Cans Hand fallen und spüre meine Beine nicht mehr. Alarmiert funkle ich Will an. Dieser hebt besänftigend die Hand mit dem Milchkännchen. «Nur die Ruhe, Als. Andy und ich sind cool.»

«Dein Vater heißt *Andy* Andrews?», raunt Can an mein Ohr.

«Andy *Al* Andrews, ja.» Ich ziehe die Schultern bis zu den Ohren hoch und schiebe mir eine Strähne aus dem brennenden Gesicht. Ich trage wieder einen hohen Pferdeschwanz, der meine rötlich gewordenen Haare ebenso betont wie meine Augen, die mir neuerdings seltsam grünlich-bläulich vorkommen. Den kaputten Onesie habe ich gegen hellblaue Jeansshorts und Cans weißes Ufo-T-Shirt getauscht. Das hat zur Folge, dass Can nur seine schwarze Hose trägt. Für seinen halbnackten Auftritt vor meinem Dad scheint er sich allerdings zu schämen.

Er geht auf Dad zu und reicht ihm seine starke Hand. «Guten Tag, Mr Andrews. Mein Name ist Finn Harlow. Ich bin Allies Freund.»

Dad neigt den Kopf. «Der Freund, der ihr das Ohr abgebissen hat?»

«Ah ...» Can will die Hand zurückziehen; Dad lässt ihn nicht los.

Gelassen flippt er die Pancakes auf die andere Seite. Es brutzelt. Can ist fast zwei Köpfe größer und könnte meinen Vater vermutlich zwischen zwei Fingern zerquetschen. Stattdessen schwankt er und macht sich klein. Will steht daneben und verbeißt sich ein Lachen.

Dad dreht das Gesicht zu Can. Ein belustigtes Grinsen huscht über seinen Mund. «Jetzt hast du richtig Schiss vor mir, nicht wahr?» Lachend lässt er Cans Hand los und klopft ihm auf die Schulter. «Mach dir keine Gedanken, Kleiner. Dein Kumpel hat mir alles erklärt – *Mates*, Ohrknabbereien, Kontrollverlust und -gewinn, Blaumonde, Fae, Murmotts; das volle Programm. Natürlich heiße ich nicht gut, was du Allie angetan hast. Aber du warst nicht du selbst. Am Ende des Tages seid ihr wie Sam Uley und seine Emily aus ‹Twilight›.»

«Nebencharaktere?», zische ich empört. Will reicht mir einen Orangensaft – wahrscheinlich, um mich zu besänftigen. Ich nehme einen großen Schluck.

Dad lächelt entwaffnend. «Natürlich nicht, Allie-Bear. In meinem Leben wirst du immer die Hauptrolle spielen.» Er widmet sich erneut den Pancakes. «Leider habe ich die letzte Episode deines Lebens verpasst. Magst du mir erzählen, seit wann dein Speckstein glatt ist und wieso du befürchtest, den mächtigsten Fae des Universums in dir zu tragen?»

Ich pruste. Der Orangensaft schießt zwischen meinen Lippen heraus und trifft Will im Gesicht.

Von der anderen Seite stößt Can ihn in den Rücken. «Du hast es Allies Vater erzählt?», schäumt er fassungslos.

Dad wirft Will ein Handtuch zu und zieht Can besänftigend beim Arm zurück. «Tief in die Füße atmen, Junge. Ich habe Will gestern Abend auf unserer Couch aufgefunden. Er hat sich eine Doku über den weiblichen Zyklus angeschaut und muss eingeschlafen sein.»

«Dabei wollte ich mich wirklich weiterbilden.» Will errötet, allerdings bin ich mir sicher, dass ein *so guter Mann* wie er ohnehin schon alles über Frauen weiß.

Dad nickt nachsichtig. «Ich habe mich zu Will gesetzt, weil ich Dokumentationen ebenfalls mag. Okay, und vielleicht wollte ich herausfinden, was dieser Junge auf meiner Couch zu suchen hat. Ich bin Wissenschaftler, da liegt mir die Neugierde im Blut.»

«Wir haben danach ein sehr spannendes Gespräch geführt», bekräftigt Will. Er wischt sich die letzten Orangensaftreste aus dem Gesicht und setzt sich mit der dampfenden Kaffeetasse an den Tisch. «Dein Dad weiß einiges über die Fae zu erzählen, Als – und über dich.»

Mein Herz macht einen Satz. «Der Holzstamm sah wirklich aus wie ein Hai. Ich hätte mir sonst nie in die Hose gemacht.»

«Was?»

Ich schlucke und verstumme. Widerwillig setze ich mich zu ihm. Er schiebt mir seinen Kaffee unter die Nase, ohne selbst davon getrunken zu haben. Ich umklammere die Tasse, als könnte sie mir Halt geben. Das Sternchen im Milchschaum wackelt wie mein Bett gestern Abend. O Gott. Ob Dad uns gehört hat? Die Wahrscheinlichkeit ist gering. Trotzdem beschließe ich, nichts zu trinken, bevor ich die Antwort nicht kenne. Ich kann Will nicht noch einmal vollspucken, sonst denkt er noch, ich sei ein Lama.

Can stellt sich hinter mich und legt seine Hand auf meine Schulter. Ich taste danach und verkeile unsere Finger ineinander. Die sanfte Berührung löst ein lustvolles Ziehen zwischen meinen Beinen aus. Can muss es ähnlich gehen, denn er setzt sich sofort hin und wackelt herum, als säße seine Hose zu eng. Ein Klassiker.

Nervös hebe ich den Blick zu Dad. «Was hast du Will erzählt?»

Dad stapelt die Pancakes auf einem Teller. «Das sage ich euch gern – aber nicht auf leeren Magen.»

«Mach es nicht unnötig spannend!», nörgle ich.

«Wieso? Das tust du doch auch.»

Zähneknirschend sinke ich in den Stuhl hinein. Anscheinend hat Sam recht, und der Apfel fällt nicht weit vom Stamm.

Dad gibt ein fieses Kichern von sich. Er greift nach dem Pancakes-Teller und dreht sich

schwungvoll zu uns herum. «Also gut, ich – ...»
Der Teller fällt ihm aus der Hand und zerschellt
auf dem Boden. Seine Gesichtszüge entgleisen.
Verdattert schaut er zum Kücheneingang. Ich
folge seinem Blick und fühle das blanke Grauen
in mir hochkochen.

Ly steht da. Sie hat eine Tüte mit frischen
Brötchen dabei.

Und eine Pistole, deren Lauf sie auf Cans Kopf
richtet.

40

ALLIE

Ich springe auf. Mein Stuhl kippt um. «Nicht schießen!», kreische ich und stelle mich händefuchtelnd vor Can.

«Allie!» Can baut sich seinerseits beschützend vor mir auf. Ich lasse mir das nicht bieten und drücke mich abermals an ihm vorbei. Er drängt mich knurrend hinter sich. Ich krieche unter seinen Beinen durch zurück in Lys Schusslinie. Wir wiederholen das Spiel so lange, bis ich plötzlich mit der Stirn gegen Lys Pistole laufe. Wir erstarren, ich schlucke. Hinter uns stößt Will ein ernüchtertes Seufzen aus.

Schweißtropfen rinnen über Lys Stirn. «Allie, was ist hier los? Wieso sind diese Monster bei euch?» Sie zittert und richtet die Pistole weiterhin auf mich. Scheibenkleister.

Ich hebe die Hände auf Kopfhöhe, wie sie es in den Filmen immer tun. «Can und Will sind keine Monster», sage ich langsam.

Ly stößt ein Knurren aus. «Das ist so typisch für dich, A! Immer schließt du vom Körperfettanteil auf den Charakter.»

«In diesem Fall zu recht», mischt sich Dad ein.

Lys Aufmerksamkeit kippt in seine Richtung. Sie scheint ihn erst jetzt zu bemerken. Rote Flecken tauchen auf ihren Wangen auf. «Andy, bitte verschwinde. Diese Jungs sind nicht das, wofür sie sich ausgeben. Du musst mir vertrauen.»

«Wir sind alle mehr als unsere Außenprojektion», erwidert Dad locker. Er steigt über den zerschellten Teller hinweg und stellt sich neben Can und mir auf. «Du hast uns mit deinem rabiaten Auftritt um ziemlich leckere Pancakes gebracht, Ly. Darf ich als Gegenleistung deine Brötchen *konfiszieren*?»

Lys Mund verkommt zu einem zuckenden Strich. Eine Unendlichkeit verstreicht. Widerwillig reicht sie Dad die Brötchentüte.

«Sehr gut, Ly. Und jetzt gibst du mir diese Pistole.»

«Ah, nein.»

«Ah, doch. Das ist mein Haus, und in diesem werden keine Waffen geduldet.»

Sie verkrampft sich. «Du verstehst nicht, womit du es zu tun hast.»

Dad neigt den Kopf. «Uhuman, Murmotts und Fae?» Seine Augen blitzen. «Glaub mir, ich verstehe es sehr wohl.»

Ly schaut ihn verdattert an – und diese Sekunde der Unaufmerksamkeit nutzt Can, um sie zu entwaffnen. Wow, er ist so schnell! Meine Sinne stehen sofort unter Strom. Can bemerkt meine Reaktion und begegnet mir mit einem so durchtriebenen Grinsen, dass es zwischen meinen Beinen zu prickeln beginnt. Was würde ich dafür geben, jetzt mit ihm allein zu sein, diesen gemeißelten Oberkörper mit meinen Händen und meinem Mund zu erkunden, ihm diese schwarze Hose auszuziehen und ...

Lys stöhnt entnervt. «O Gott, Allie. Bitte sag mir, dass du dich nicht mit Can *gemated* hast!»

«Willkommen in der Hölle», meldet sich Will vom Tisch her. Ich werfe einen giftigen Blick über meine Schulter.

Dad lässt sich von Can die Pistole überreichen. «Wie wär's, wenn wir uns alle hinsetzen und beruhigen? Allmählich befürchte ich, dass wir es mit einem klassischen Fall von SDSA zu tun haben.»

«Syntheseabhängiges Strang-Annealing?» Ly runzelt die Stirn.

Dad lacht. «Nein, das andere SDSA.»

«Ah – Spannung durch Schweigen aufrechterhalten!» ruft Ly und nickt. «Ja, so etwas kommt öfters vor, wenn Twens in übernatürliche Geschehnisse verwickelt werden. Dann dramatisieren sie Dinge, die kein Drama benötigen.»

«... sondern Kommunikation», beendet Will ihren Satz, und die beiden teilen einen langen Blick. Ich stehe dazwischen und fühle mich ein bisschen fehl am Platz. Can nimmt mich bei der Hand. Behutsam führt er mich zum Tisch. Zum Glück ist dieser groß genug, dass wir alle Platz finden.

Ly linst geknickt zu Boden. «Sorry wegen der Pancakes, Andy. Die wären bestimmt super lecker gewesen.»

Dad legt die Brötchen in einen Korb und stellt sie in die Mitte. «Mach dir keinen Kopf, Ly. Lass uns lieber diese SDSA beseitigen.» Er setzt sich hin und schaut sie an. «Du bist also eine Uhuman?»

Can schnaubt. Ly spießt ihn mit einem kurzen, harten Blick auf. «Ja. Meine Mom ist die derzeitige Anführerin. Sie hat Can im Poolhaus bewacht.»

«Sheriff Haner war aber nicht im Poolhaus», werfe ich ein, und meine Freundin verkrampft sich.

«Sheriff Haner ist auch nicht meine Mom, sondern Moms beste Freundin.»

Mein Rückgrat brennt. «Wieso hast du mich angelogen?»

«Weil ich bei Sheriff Haner aufgewachsen bin. Mom leitet die Nordamerikasektion der Uhuman. Sie ist ständig auf Achse, weil immer irgendjemand irgendwo ein Ufo sieht, und ...» Sie zuckt zusammen. «Wieso erzähle ich euch das? Ihr seid mein Feind!» Sie will aufspringen, aber Dad legt reaktionsschnell eine Hand auf ihren Arm.

«Entspann dich, Ly. Wir sind alles Freunde. Will schaut sogar Menstruationsdokumentationen, um jede und jeden von uns zu verstehen.»

«Ach ja?» Ihr kurzer Bob wackelt um scharfkantige Wangenknochen, als sie den Erwähnten ins Visier nimmt. Will erwidert ihr Starren nahezu ausdruckslos. Aber der Blick aus seinen grünen Augen gleicht einer Umarmung durch die Luft. Ly hält hörbar die Luft an.

«Wieso habt ihr Can im Poolhaus festgehalten?», fragt er – und es muss an seinem Blick *und garantiert nicht an einem schlechten Plot* liegen, dass sie aus dem Nichts redselig wird.

«Weil er ein wildes Tier ist und Allie angegriffen hat. Wir wollten verhindern, dass er weitere unschuldige Menschen attackiert. Es ging uns nie darum, ihm wehzutun. Aber dann tauchte immer wieder dieses Pi auf seinem Handrücken auf ...» Sie rammt sich die Nägel in die Handballen. «Mom bat mich, im Archiv der Uhuman nach der Bedeutung dieses Pis zu forschen. Ich fand heraus, dass sein Erscheinen die Rückkehr eines Fae ankündigt. Aber das wisst ihr vermutlich längst.» Finster schaut sie uns einen nach dem anderen an. «Gezeichnete Murmotts sind die gefährlichsten Wesen überhaupt, denn sie *pochen* darauf, sich dem stärksten Fae zu unterwerfen. Ich habe Mom von meiner Entdeckung erzählt. Can hatte Glück, dass er da schon geflüchtet war. Andernfalls hätten wir ihn auf der Stelle töten müssen.»

«Ihr hättet es versuchen können», kontert Can und klammert sich knurrend an der Tischplatte fest. Das Holz splittert unter seinen Händen. «Nennt mir einen Grund, warum wir diese verdammte Uhuman nicht hier und jetzt erledigen!»

«Sie ist meine beste Freundin», komme ich energisch dazwischen.

«Was ist eigentlich mit Vani?», murmelt Will kaum hörbar.

Ly lächelt mir flüchtig zu. Ich erwidere es grimmig, bevor ich mich mit steinerner Miene unseren naiven Männern zuwende. «Ich bin froh, dass wir alle hier sind, auch wenn ich diese Pancakes gern gegessen hätte.» Einmal Schleckmaul, immer Schleckmaul. «Uhuman fürchten sich vor den Fae und den Murmotts. Aber sie übersehen etwas Wichtiges: Die Murmotts haben ebenfalls Angst. Niemand will die Marionette eines anderen sein. Was uns bevorsteht, ist also kein Kampf zwischen Uhuman und Murmotts, sondern einer zwischen der Welt und den Fae – der Welt und dem Infectum Braccas.»

«Infectum Braccas?» Ly verengt die Augen. «Ist das nicht der Begriff für den letzten Fae?»

«Den Letzten und Mächtigsten.» Ich erschauere angesichts meiner eigenen Worte. Instinktiv lege ich eine Hand auf meinen Bauch. Can beobachtet die Bewegung sorgenvoll. Gut möglich, dass er sich fragt, ob ich ihn bezüglich der Pille angelogen habe. Ich ignoriere seine Skepsis. Wir haben weiß Gott keine Zeit mehr für Dramen dieser Art.

Ich erhebe mich und stütze mich mit je drei Fingern auf dem Tisch ab. «Wollen wir den Weltenzerstörer besiegen, müssen wir zusammenarbeiten. Wir dürfen nicht länger an verfeindeten Fronten stehen! Ein einzelnes Blatt spendet keinen Schatten, und ein Team ist mehr als die Summe seiner Mitglieder.» Ich bin froh, dass niemand nachfragt, was das bedeutet, denn diese Sprüche stammen von Sam.

Lys Augen werden dennoch wässerig. «Oh, A!», stößt sie mit brüchiger Stimme hervor. «Du hast mich soeben mit deiner Selbstlosigkeit und Weisheit bekehrt!»

«Huh, okay.» Ich hebe verwundert eine Braue, da es klingt, als würde sie scherzen. Dann erinnere ich mich an Hexe Ana Menómenos aus «Shadows Over Bloomfield Hills». Sie ist Ivorys beste Freundin. Die beiden haben sich jedoch fürchterlich gestritten, weil sich Ana einem bösen Coven anschließen wollte. Am Ende stellt sie sich allerdings auf Ivorys Seite zurück. Kein Plottwist ist mächtiger als jener der bekehrten Bösen, daher sollte man ihn so oft wie möglich wiederholen. Meine kluge Ly weiß das anscheinend.

Zitternd ringt sie um Luft. «Ich sehe jetzt, was du meinst. Can und Will können nicht böse sein, dafür sind sie viel zu wohlproportioniert. Oh, Allie, du hast ja so recht! Wieso habe ich all das nicht früher erkannt und mich für den richtigen

Weg entschieden? Wieso stellen sich ledertragende Menschen wie ich immer erst dann auf die Seite der Guten, wenn es fast schon zu spät ist?»

Ich verkrampfe mich. «Was meinst du mit fast schon zu spät?»

Ihr schönes Gesicht verzerrt sich. «Weil ich noch etwas anderes herausgefunden habe: Das Pi kann sich unter Murmotts wie eine Krankheit ausbreiten. Es raubt ihnen den klaren Verstand und verpflichtet sie der Suche nach dem stärksten Fae – dem Infectum Braccas. Unsere Eulendrohnen haben ein ganzes Rudel an der Grenze zum Dead Forest gesichtet. Alle Mitglieder tragen ein Pi auf dem Handrücken.» Ihre eisblauen Augen durchbohren mich. «Und sie kommen zu diesem Haus, Allie – zu *dir*. Wir wissen, dass du den Weltenzerstörer in dir trägst. Darum bin ich hier. Ich wollte dich warnen. Denn die Uhuman haben sich ebenfalls auf den Weg gemacht.»

Mir wird schwindlig. «Wegen ... Wills Kaffeegutscheinen?»

«Nein.» Sie schüttelt ihren Bob, dessen gefärbte Spitzen plötzlich wie blutige Klingen nach mir gieren. «Sie kommen, um dich zu töten.»

41

ALLIE

Mein Körper wird ausgehöhlt und mit grenzenloser Panik vollgestopft. Can greift nach meiner Hand, aber diesmal nehme ich seine Nähe kaum wahr. Das beweist, wie sehr ich neben mir stehe.

«Okay.» Dad streicht sich mit der Daumenkuppe über den Nasenrücken. Seine Brille wackelt. «Ist das nicht etwas dramatisch? Allie tut doch keinem etwas.»

Falten treten auf Lys Stirn. «Ah, sie ruft die Murmotts nach Blueforest und könnte jeden Moment die ganze Welt zerstören!»

«Nicht sie, sondern der Infectum Braccas», korrigiert Dad. «Genau hier begeht ihr euren großen SDSA-Fehler ...»

Vor dem Haus poltert es. Wir schrecken simultan hoch.

Will springt zum Fenster und schaut auf den Vorplatz hinaus. Sein Gesicht läuft kalkweiß an. «Sie sind da.»

Mein Herz legt tausend Schläge pro Sekunde zu, denn ich bin mir sicher, dass er nicht meine «UhuCrate»-Subscription-Box mit der Landkarte des Dunklen Reiches, der Ivory-Buchkerze und dem Team-Alex-Hoodie meint.

Ly stellt sich neben ihn. Ihre schwarze Lederjacke spannt sich über ihren Rücken. «Sie wissen nicht, dass ich auf eurer Seite bin. Nehmt den Hinterausgang. Ich lenke sie ab.»

«Aber Ly!», keuche ich, doch sie lässt mich nicht ausreden.

Wie eine Furie wirbelt sie herum. «Ich werde meine Fehler von früher nicht wiederholen. Du bist meine Freundin, und du hast recht: Wollen wir den Infectum Braccas töten, müssen wir zusammenarbeiten. Aber das wird nicht passieren, wenn du jetzt den Uhuman gegenübertrittst.» Dad räuspert sich, aber Lys aufgeregte Stimme verkommt zu einer Sintflut: «Sie haben den Befehl, bei Sichtkontakt zu schießen. Man wird dir nicht zuhören. Niemandem von euch.» Sie schaut Will, Can und Dad nacheinander an.

Dads Räuspern verwandelt sich in ein Seufzen. «Okay-dokay, Kids. Wir haben keinen Hinterausgang, aber ein Fenster im Keller. Lasst uns gehen – und danach reden wir.»

Das Blut gefriert mir in den Adern. Ich schaue zu Ly. Diese steckt soeben ihre Pistole ein und macht sich auf den Weg zur Haustür.

«*Ly.*» Meine erstickte Stimme lässt sie innehalten.

Sie begegnet meinem Blick. Ihr eigener wirkt gebrochen. «Es tut mir so leid, dass ich dir nicht eher vertraut habe, A», flüstert sie niedergeschlagen. Ich umarme sie und drücke sie trotz ihrer Lederjacke fest an mich.

«Fehler machen uns zu Menschen», wiederhole ich, was Sam immer zu mir sagt. «Pass auf dich auf und komm nach, sobald es geht. Okay?»

«Wie finde ich euch?»

«Mit deinem Herzen», antworte ich, weil ich keine Ahnung habe. Ly nickt und schnieft an meiner Schulter. Dann lassen wir uns los, um uns noch einmal episch in die Augen zu sehen. Ly schüttelt unwirsch ihre kurzen Haare auf. Mit dem nächsten Atemzug lässt sie ihre blauen Augen zu einem erbarmungslos kalten Eismeer verkommen. Sie geht an mir vorbei. Uff, was für eine coole Socke! Mein Herz feiert sie. Schwöre, wäre ich nicht bereits mit Can *gemated* ...

«Komm, Allie.» Can taucht wie aufs Stichwort auf. Er greift nach meinem Arm und zieht mich mit sich. Ich stoße ein wehmütiges Seufzen aus.

Also doch kein «Nevernight»-Twist.

Wir packen unsere Schuhe und verschwinden im Kellergewölbe. Dad rüstet uns mit alten, grünen Regenjacken aus. Deren Anblick lässt meine Angst ins Unermessliche anschwellen.

Mit diesem Outfit werden wir nie gewinnen.

Nacheinander klettern Can, Will, Dad und ich aus dem Kellerfenster und rennen einem Leben entgegen, das sich über uns wie die Morgenröte vor einem neuen Tag erhebt.

WIR RENNEN RICHTUNG Dead Forest davon. Dichte Wolken überziehen den Himmel. Ein garstiger Wind zerrt an mir, als wollte er mich in eine ganz bestimmte Richtung drängen. Er löst Strähnen aus meinem hohen Pferdeschwanz und peitscht sie mir ins Gesicht zurück. Von diesem weiß ich, dass es trotz der hohen Luftfeuchtigkeit immer noch perfekt geschminkt ist. Außerdem friere ich nicht.

Das tut man nie, wenn ein Kampf ansteht.

Dass unsere Rennerei auf einen solchen hinausläuft, spüre ich tief in meinen Knochen. Wie ein Feuer breitet sich die dunkle Vorahnung in mir aus. Sie *versengt* mein Herz und schärft meinen Verstand. Auch meine Mitstreiter gehen ab wie Zäpfchen. Niemand zeigt Anzeichen davon, dringend aufs Klo zu müssen, hungrig, durstig oder sonst irgendwie unpässlich zu sein. Denn wenn ein Kampf ansteht, gibt es keine niederen Bedürfnisse mehr. Es gibt nur noch uns und die epische Gefahr, die uns zu Legenden macht.

Die Vorstellung erschreckt mich; gleichzeitig löst sie eine sonderbare Befriedigung in mir aus. Meine Schritte beschleunigen sich zu den imaginären Trommelschlägen eines dramatischen Liedes. Die Wolken scheinen sich zu lichten und das Sonnenlicht durchzulassen.

«Allie!», japst Can – da wird mir klar, dass nicht die Sonne scheint.

Ich scheine.

Meine Haut leuchtet wie eine Sternschnuppe in der Nacht. Zum Glück durchbrechen wir in dem Moment die Grenze zum Dead Forest. Die Bäume verbergen mein Schimmern nach außen, allerdings erhelle ich unsere Umgebung weiterhin wie der glühende Stern, der ich neuerdings bin. Ich blende meine Mitstreiter. Darum erkenne nur ich die sich anbahnende Gefahr: Zwei Eulen.

Oh nein!

Sie sitzen auf Ästen und drehen ihre kleinen Köpfe lauernd in unsere Richtung. Ihre Augen glühen unnatürlich rot. Sie spreizen ihre Flügel und machen sich bereit zum Abflug.

Ich kreische. *«Passt auf!»*

DOING! DOING!

Zwei Steine treffen die Eulen an den Köpfen. Ihre roten Augen flackern und erlöschen. Reglos kippen sie von den Ästen – direkt vor meine Füße. Ich springe so erschrocken zurück, dass ich rücklings gegen Cans harte Brust pralle. Seine starken Arme umfangen mich, bevor ich wie ein Ping-Pong-Ball in die andere Richtung zurückspicke.

«Er ist da! Er ist so gut wie da!», schreit jemand durch den Wald.

Um uns herum bricht hysterischer Jubel aus. *«INFECTUM BRACCAS! INFECTUM BRACCAS!»*

Can, Will, Dad und ich erstarren.

Eine Frau mit hüftlangem, blondem Zopf taucht auf. Sie hält eine Steinschleuder in der

Hand. Auf ihrem Handrücken prangt ein leuchtendes Pi.

Der Frau folgen weitere Menschen, mindestens hundert. Ich erblicke sie, so weit das Auge reicht. Sie alle tragen pechschwarze Uniformen mit panzerartigen Epauletten, besorgniserregend scharfen Spikes und wilden Gürtelanordnungen. Ihre glatten Brustpanzer sparen in der weiblichen Ausgabe etwas Platz im Brustbereich aus, sind in sämtlichen Ausführungen aber definitiv nichts für ein Bäuchlein. Nicht, dass in solchen Heeresscharen jemals irgendjemand eines hätte. Wer käme denn auf so eine Idee, haha! Ich ziehe dennoch instinktiv den Kopf ein.

Die Frau macht einen Schritt auf uns zu. Weitere Pis fallen mir auf: Ein eingeritztes auf ihrem Brustpanzer, eines an einer Silberkette um ihren Hals und ein aufgemaltes auf ihrer Stirn. Ich spüre, wie mein eigenes *echtes* Pi zu brennen beginnt. Will und Can beziehen sofort neben mir Stellung. Dad bleibt hinter uns und ruckelt seufzend an seiner Brille herum.

Aus Cans Kehle dringt ein gefährliches Knurren. Seine Augen werden pechschwarz und seine Zähne besorgniserregend scharf. Hoppala, das ist jetzt irgendwie verstörend sexy. Ich verstehe nicht, wieso die Frau nicht darauf anspringt. Im Gegenteil: Sie ignoriert ihn wirklich knallhart!

Ihre Smaragdaugen treffen auf meine braungrün-gold-bläulichen. Einen Moment lang begutachten wir uns einfach. Ich kneife meine Lider etwas zusammen, weil ich hoffe, dass das selbstbewusst und böse aussieht – mit Erfolg.

Die Frau schnappt nach Luft. Unvermittelt sinkt sie auf das Knie und verbeugt sich. «Willkommen auf der Erde, *Fae*», ruft sie ehrfürchtig. «Mein Name ist Saige Xanthe Windbane Green, und ich schwöre dir meine ewige Treue!»

«Wir schwören dir unsere ewige Treue!», rufen die anderen Uniformierten im Chor und knien sich ebenfalls hin. Es sind so viele, dass der Boden erbebt. Das Blut schießt mir in den Kopf. Ich blinzle langsam.

Ah, okay.

Will packt die Frau grob bei der Achsel und zerrt sie auf die Beine zurück. «Mom – was soll der Scheiß? Reißt euch zusammen!», herrscht er sie an. Ich blinzle erneut, diesmal hektischer. Herrje, wie viele Informationen muss mein kleiner Kopf heute noch ertragen?

Verunsichert taste ich nach Cans Hand. «Sind das diese Murmotts, von denen Ly erzählt hat? Die auf dem Weg zu mir?», frage ich leise und vermutlich ziemlich hysterisch.

Can senkt seinen intensiven Blick auf mich. Dunkle Strähnen tanzen über seine Stirn. «Ich befürchte, der Infectum Braccas hat sie angezogen.»

«Also *ich*», murmle ich und bin mir nicht sicher, ob das gut oder schlecht ist.

«Mom, wach auf!» Will schüttelt Saige durch, aber ihre kämpferischen Augen halten mich weiterhin gefangen. Sie wirkt eindeutig zu jung, um einen Sohn in Wills Alter zu haben – aber was weiß ich schon von diesen Murmotts? Was weiß ich über mich selbst?

Wer bin ich?

Ich lasse Cans Hand los, damit ich die Arme um meinen eigenen Körper schlingen kann. Can mustert mich sichtlich angespannt. Seine Unterlippe verschwindet zwischen den Zähnen.

«Der Infectum Braccus ruft uns auf das Feld! Er will, dass wir ihn begrüßen und diese Welt für ihn erobern!», ruft Saige in dem Moment. Sie klingt wie eine Wahnsinnige, die keine Kontrolle mehr über sich selbst hat. Dasselbe gilt für die restlichen Murmotts. Unisono springen sie auf.

«Shit», brummt Can. Er wedelt mit den Händen über dem Kopf. «Der Infectum Braccas ist hier», verkündet er laut und zeigt auf mich zurück.

Hundert Blicke schießen in meine Richtung herum. Ich leuchte, schlucke und hebe schüchtern die Hand. «*Ähä*-hallo.»

Die Murmotts neigen lauernd ihre Köpfe. Meine schimmernde Haut scheint sie zu hypnotisieren, aber irgendetwas an mir lässt sie zweifeln. Ich schlucke erneut.

«Das ist ja die reinste Irrenveranstaltung», brummt Dad und hebt nun ebenfalls die Hand.

«Hört mal, Leute. Ich glaube, es gibt da ein kleines Missverständnis ...»

Saige reißt sich von Will los und schlägt Dads Arme herunter. «Keine Zeit! Wir müssen auf das Feld. Die Uhuman sind da, ich *rieche* sie. Wir müssen sie zerstören, bevor sie den Infectum Braccas erreichen!»

Das Gebrüll des Rudels geht von neuem los. Mit dem nächsten Atemzug kommt die gesamte Meute in Bewegung. Der Dead Forest wird erschüttert. Einige der Uniformierten verwandeln sich mitten im Rennen in Murmotts. Ich schwanke wie ein Grashalm im Wind.

«Shit», brummt Can erneut, weil Wiederholungen haben wir drauf.

«Allie – *Allie!*» Ein ratternder Motor durchbricht das Chaos. Murmotts springen zur Seite. Durch die entstehende Schneise schießt ein schwarzes Motorrad auf uns zu.

«*ALLIE!*» Ich erkenne Lys Stimme. Mein Herz macht einen Satz.

Meine beste Freundin rast in voller Geschwindigkeit auf uns zu. Wenige Meter vor uns rammt sie ihren spitzen Stiefelabsatz in den Waldboden und zwingt ihre Maschine zu einer coolen Vierteldrehung. Ihr Fahrtwind verschlägt mir den Atem und fegt mir die Haare aus der Stirn. Auch etwas Dreck fliegt mit und erwischt mich im Gesicht. Ich spucke hüstelnd ein Grasbüschel aus.

Ly hastet auf mich zu. «Allie!», ruft sie, obwohl sie nun direkt vor mir steht. Ich ziehe eine Grimasse und will mir die Ohren zuhalten. Ly packt mich bei den Handgelenken. Ihre langen Fingernägel bohren sich in meine goldschimmernde Haut. «A, du musst die Murmotts aufhalten! Sie rennen geradewegs auf das offene Feld beim Murmur Swamp hinaus. Sie denken, der Infectum Braccas erwarte sie dort und führe sie in die Schlacht. Aber es ist eine Falle! Die Uhuman liegen hinter dem Sumpf auf der Lauer und werden sie mit einem Kreuzfeuer empfangen. Wenn wir sie nicht aufhalten, kommt es zum Krieg!»

Can stellt sich neben mich. «Wieso denken sie, der Infectum Braccas erwarte sie auf dem Feld beim Murmur Swamp?»

«Weil der Infectum Braccas schon einmal dort erschienen ist», meldet sich Dad.

Can schnaubt aufgebracht. «Aber Allie ist doch hier!»

Dad öffnet den Mund, aber Will kommt ihm zuvor: «Ja, das ist sie. Andererseits will ich auch *unbedingt* auf dieses Feld hinaus.» Seine Stimme klingt rau und zittert. Verwundert hebe ich den Kopf.

Er steht etwas abseits von uns. Sein Körper zuckt vor Anspannung. Er starrt auf seine Hand mit dem Pi und ballt sie zu einer Faust. «Ich will wirklich *dringend* auf dieses Feld und *kämpfen*», presst er bebend hervor.

«Ich nicht. Ich will nur zu *ihr*», stellt Can verwundert fest und schaut mich an. Will entfährt ein ungehaltenes Knurren. Seine Augen lodern wie Stichflammen auf. Er fällt auf alle viere und krümmt sich. Die grüne Regenjacke und das T-Shirt darunter zerreißen über seinem mega trainierten Rücken.

«Oh, verdammt.» Ly weicht zurück und zückt die Pistole, die sie in einem Holster um die Hüfte trägt.

Panik überkommt mich. Ich springe zwischen sie und Will, um einen Schuss zu verhindern. Lys Gesicht verzerrt sich. Mein Puls zieht an. Nach kurzem Zögern gehe ich neben Will in die Hocke und lege eine Hand auf seine zitternde Schulter. Er reißt aggressiv den Kopf zu mir hoch. Das Blut gefriert mir in den Adern, als ich in sein verwildertes Gesicht blicke. Reißzähne wölben seine Oberlippe. Mir ist sofort klar, was das für mich bedeutet.

Das ist *mein Moment.*

Zitternd atme ich ein. «Sag mir, was ich tun muss», verlange ich ruhig.

Will rammt seine Hände in den Boden. Scharfe Krallen schießen aus seinen Fingern heraus. Seine Muskeln wölben sich ansehnlicher, als es meiner Konzentration guttut. Ly richtet angespannt die Pistole auf seinen Kopf. «Zwing ... mich zur Kontrolle», stößt er abgehackt aus. «Banne ... meine ... Kräfte.»

Ich schwanke. «Ah, mit Onyx oder Obsidian?»

«*TU ES EINFACH!*» Sein Brüllen schreckt einen Vogelschwarm auf. Flatternd schwebt er über unsere Köpfe hinweg davon. Will schnaubt und knurrt und *kämpft* immer heftiger gegen seine animalische Seite. Oh weiowei, jetzt muss es aber wirklich schnellgehen!

«Allie.» Can will mir beistehen, aber ich wehre ihn mit hochschnellender Hand ab. Es verwundert mich, dass er sich immer noch in den Mittelpunkt drängen will, obwohl er bislang noch kein einziges Kapitel erzählen durfte.

«Du kannst das», raunt Ly in meinem Rücken.

Ich nicke tapfer. Langsam hebe ich die Hand über Wills Kopf und konzentriere mich. «Hex, hex», murmle ich. Nichts passiert. Nachdenklich neige ich den Kopf. «*Reparo.*» Wieder nichts. Hm. «*Parabatai*, jetzt ist's vorbei! Elfenblut und Glitzerstrahl, mach den Will wieder normal.»

«Als, was soll der Scheiß!», fährt Will mich an.

Ich schrecke hoch. «Ich versuche, dir zu helfen.»

«Dann lass diesen *verfickten* Bullshit, und hör auf deine Instinkte!» Er wirft eine Reihe von Fluchwörtern nach, die versauter sind als alles, was Cans blauem Auge seine Farbe verleiht.

«Ist ja gut.» Ich muss bis in die Zehenspitzen und darüber hinaus erröten. Kleinlaut schließe ich die Augen und lausche wie ein Yogi in mich hinein. Mein Magen knurrt – aber da ist tatsächlich noch etwas anderes. Etwas, das über meine Schoki-Lust hinausgeht. Ein Lichtstrahl. Oder eher ... ein *Feuer*. Meine Stirn läuft heiß an. Holla, die Waldfee!

«Es funktioniert», keucht Can.

«Das ist keine Überraschung.» Dad atmet geräuschvoll durch die Zähne. «Allerdings ...»

«O Gott – seht doch!», kreischt Ly, als ich vollends in meinem *neuen* Element aufgehe.

Wie ferngesteuert gleitet meine Hand über Wills entblößte Wirbelsäule. Ich erreiche das große Tattoo oberhalb seines Steißbeins und drücke meine Finger darauf. Mein goldenes Licht schießt in ihn hinein und bringt seine Haut zum Glühen. Will stößt ein unmenschliches Brüllen aus und schubst mich weg. Ich plumpse unelegant in den Dreck.

«Shit, Als – es tut mir ...», stammelt Will, hält allerdings sofort inne. Ungläubig fasst er sich an den eigenen Mund. Seine Zähne haben sich zurückgebildet. Er hat sich wieder im Griff. Yay! Ich reiße den Kopf hoch, um zu sehen, wer sich alles mit mir freut. Aber nichts da.

Ly zieht ein Saure-Zitronen-Gesicht. Langsam senkt sie die Pistole. «*Super*», keift sie. «Muss Allie das jetzt bei jedem einzelnen verrücktgewordenen Murmott wiederholen? Bis dahin befinden wir uns längst im Krieg!»

Will kommt schwankend auf die Beine. Can stützt ihn. «Vielleicht muss sie es nicht bei allen Murmotts machen, sondern nur bei unserem Alpha», keucht Will.

«Gafthiel?», fragt Can.

Will nickt. «Ich habe ihn noch nicht gesehen, aber er muss auch hier sein. Wenn wir ihn finden und Allie ihn zur Vernunft bringen kann, werden ihm die anderen vielleicht folgen.»

«Vielleicht? Das klingt nach einer verschwindend geringen Chance», meint Ly skeptisch.

«Eine Chance ist eine Chance», entgegne ich beherzt und stehe auf. Es macht mich nicht wütend, dass Can Will und nicht mir hilft.

Ich brauche keine Hilfe mehr.

«Allie, hör mir zu ...», beginnt Dad warnend, aber ich lasse ihn nicht aussprechen.

Mit stoisch ernster Miene wende ich mich an Ly. «Wie schnell kannst du mich auf das Feld hinausbringen?»

Can erschauert. «Nein.» Er lässt Will los und stürmt auf mich zu. Der strauchelnde Will wird von Dad aufgefangen.

Can packt mich bei den Schultern. Tiefe Verzweiflung durchbricht die sonst so unnachgiebige Härte seines Blicks. «Tu das nicht, Allie», fleht er mich an. «Geh nicht zu diesem Feld. Es ist viel zu gefährlich. Du könntest sterben!»

«Wir sterben alle, wenn ich nichts unternehme.» Behutsam löse ich seine Hände von mir und lächle wehmütig zu ihm hoch. «Vertrau mir, Can. *Bitte.* Nur dieses eine Mal. Die Tage, an denen Helden die Welt retten, sind gezählt. Ab jetzt sind die Heldinnen dran. Das hier ist meine Aufgabe, meine Bestimmung. Ich *muss* es tun.»

«Allie.» Seine Augen werden feucht. Ich recke den Hals, um ihm einen Kuss auf den Mund zu geben. Dieser schmeckt nach Abschied, unerfüllten Wünschen und mehr Drama als nötig. Gleichzeitig leuchte ich immer heller und goldener auf. Can stöhnt gedrungen; gut möglich, dass sich meine Haut schon wieder erhitzt. Dennoch lässt er mich nicht los, vielmehr intensiviert er unseren Kuss. Er ist so mutig.

Er ist mein *Mate*.

«Allie, wir müssen dringend reden», wirft Dad ein, aber hey, ich werde gerade von einem Eightpack geküsst. Ein wohliger Schauer schießt über meinen Rücken und kribbelt in meinem Bauch nach, als wir uns endlich voneinander lösen.

«Du hast recht, Allie Andrews», raunt Can ergriffen. «Männer sind zu nichts mehr zu gebrauchen. Klar, wir können Heldinnen beistehen, sie bei der Ergründung ihres Potenzials unterstützen oder ein paar Lakaien der Oberbösewichte für sie aus dem Weg räumen. Aber wenn es hart auf hart kommt, ist unsere Härte nur noch in einem ganz bestimmten Moment gefragt.» Seine Augen werden dunkel vor Verlangen. Er beugt sich vor und lässt seinen heißen Atem über mein versehrtes Ohrläppchen zucken. «Versprich mir, dass ich wieder für dich hart werden darf. Komm zu mir zurück.» Ich erschauere angesichts seiner bewegenden Worte und unternehme nichts, als er mir einen weiteren Kuss stiehlt, der sich entschieden zu lange hinzieht.

«Avanti, Kinder», unterbricht uns Ly besorgt. Dann, *endlich*, steigen wir auf das Motorrad. Abschiede sind nun einmal wichtiger als die Rettung der Welt. Mein Herz zerschellt dennoch wie Glas auf Stein, als ich zu Can zurückblicke. War das unser letzter Kuss?

Wills beschützende, raue Hand findet meine Schulter. «Wir kommen nach», verspricht er finster lächelnd. «Geht schon mal vor und rettet die Welt.»

Dad fuchtelt mit den Händen. «Jetzt mal halblang! Ihr wollt das ernsthaft durchziehen? Allie sollte vorher *wirklich dringend* erfahren, dass ...»

Ly startet die Maschine. Der aufheulende Motor übertönt alle Geräusche im Wald. «Festhalten!», brüllt meine Freundin. Ich schlinge meine Arme um ihre schlanke Taille. Einen Herzschlag später rasen wir ins Verderben.

42

Bäume schießen an uns vorbei. Wurzeln und Unebenheiten verkommen zu Schanzen. Ly brettert mit einer haarsträubenden Geschwindigkeit durch den Wald. Ich klammere mich an ihr fest, während die verschiedensten Gefühle in mir aufkochen. Da ist einerseits Angst, *richtig viel Angst*. Andererseits verspüre ich aber auch einen aufregenden Druck in meiner Brust. Dieser gibt mir zu verstehen, dass ich alles schaffen kann, solange ich kein Single bin und mindestens ein muskulöser Typ an meiner Seite steht.

Ich weiß immer noch nicht, *wer ich bin* oder ob ich dem Kampf zwischen den Uhuman und den Murmotts gewachsen bin. Ebenso wenig weiß ich, was in mir schlummert und wie böse es ist.

Aber ich weiß, dass man sich nicht vor seinem Schicksal verstecken darf.

Legenden entstehen nicht, wenn man sich unter der Bettdecke verkriecht (außer bei Can). Sie entstehen durch wilde Abenteuer und sexy Kostüme. Letzteres kann ich in Dads grüner Regenjacke nicht bieten. Also muss es das Abenteuer richten. Ich bin bereit.

Unser Plan ist es, die Murmotts einzuholen, bevor sie auf das Feld beim Murmur Swamp hinausrennen. Diese Rechnung machen wir jedoch ohne die Uhuman – sie kreisen die Murmotts bereits ein. Sie wollen sie von vorn unter Beschuss nehmen und ihnen von hinten in den Rücken fallen! Das alles wird uns erst klar, als wir unmittelbar vor der Baumgrenze auf einen zwanzigköpfigen, bis an die Zähne bewaffneten Trupp stoßen. Oh, nein! Welches gerissene Militärstrategiegenie hat sich diesen ausgefeilten Plan bloß ausgedacht?

Ly will einen Bogen um die Nachhut fahren; da wirft ein Uhuman ein Nunchaku nach uns. Die Holzstücke und die Kette verheddern sich im Lenkrad und verklemmen es. Das Motorrad lässt sich nicht mehr steuern.

«Abspringen!», kreischt Ly und stößt sich von der Maschine ab. Ich folge ihr mit wenig Abstand. Das Motorrad knallt in den nächsten Baum und explodiert, weil bislang noch nichts in die Luft gegangen ist. Ly und ich schliddern unsanft über den Waldboden. Wir haben mega Glück und bleiben unverletzt.

Unser Glück währt allerdings nur kurz. Die Uhuman springen auf uns zu – und wir ebenso schnell auf die Beine.

«Hinter mich!» Ly macht sich kampfbereit, aber ich denke nicht daran, meine Freundin im Stich zu lassen. Mutig stelle ich mich neben sie.

Zu meiner Überraschung protestiert Ly nicht, sondern nickt bloß zustimmend.

«Das ist der Infectum Braccas! Tötet ihn!», befiehlt ein Uhuman mit Fingerzeig auf meine schimmernde Haut. Seine Mitstreiterinnen und Mitstreiter grölen angriffslustig. In Nullkommanichts werden Ly und ich von der Meute umzingelt.

Über unsere Feinde hinweg sehe ich die Murmotts auf das Feld hinausströmen. «Wir müssen uns beeilen!», japse ich verzweifelt.

«Nichts lieber als das», knurrt Ly und stürzt sich auf den erstbesten Uhuman, der uns den Weg versperrt. Spätestens da ist klar, auf wessen Seite meine *badass* Freundin steht.

Chaos bricht aus. *«TÖTET SIE!»*

Die Uhuman stürzen sich zeitgleich auf uns. Vier prallen ineinander und knocken sich gegenseitig aus. Eine weibliche Uhuman springt über die Gefallenen. Ich erkenne sie sofort: Es ist Jasmine-Cheyenne aus dem *Peter's Pan*. Ja, wo gibt's denn so was!

Sie holt mit einem Schwinger nach mir aus, der in Slow-Motion richtig gut aussehen würde. Ihre scharfen Acrylnägel glänzen bedrohlich. Ich kicke sie in die Rippen, bevor mich ihre Hand erreichen kann. Aber Jasmine-Cheyenne taumelt nicht einmal, sondern stürzt sich sofort mit schrillem Geschrei auf mich zurück.

«Höher – du musst höher kicken!», weist Ly mich über den Lärm hinweg an. Ich gehorche und treffe Jasmine-Cheyenne an der Schulter, weil Kämpfe nie – ich betone: *nie* – realistisch sein müssen.

«Ich sagte höher, Allie!»

Mein Fuß findet Jasmine-Cheyennes Kopf. Sie schreit vor Schmerz und stolpert in die Uhuman hinein, die Ly soeben zu Fall bringt; Ly hat ihr die Korsettschnürung zusammengezogen und ihr so die Luft abgeschnitten. Stöhnend gehen unsere krassen Feindinnen zu Boden. Dort bleiben sie netterweise liegen, bis Ly und ich uns verkrümelt haben.

Weitere Uhuman setzten uns nach. Wir müssen uns wie die Valkyren aus «Shadows Over Bloomfield Hills» schlagen – und erreichen letztlich schwer keuchend, aber nur dekorativ verletzt die Lichtung.

Die Murmotts stürmen mit Kriegsgeheul auf das Feld hinaus.

«Wir sind zu spät!», wimmert Ly, aber Aufgeben ist für mich nicht mehr drin.

Das hier ist *meine Bestimmung*.

«Warte hier», sage ich und renne los. Ly ruft mir nach, doch ich bin schneller als ihre Angst.

Meine hochgebundenen Haare flattern im Wind. Blinde Entschlossenheit befeuert meine Beine, während ich mitten in die Meute der Murmotts hineinrenne. «Gafthiel!», schreie ich und blicke mich um. «Gafthiel, wo bist du?» Niemand beachtet mich, was mir gehörig aufs Ego schlägt.

Auf der anderen Seite des Feldes erblicke ich die Uhuman. Sie machen ihre Schusswaffen bereit.

Der Schweiß rinnt mir kalt den Rücken hinab. Ich packe den nächstbesten Murmott und schüttle ihn durch. «Wo ist euer Alpha? Wo ist Gafthiel?»

«Infectum Braccas», murmelt der Mann wie in Trance. Achtlos schiebt er mich zur Seite.

Zwei weitere Murmotts kommen an mir vorbei. Die *Female* zückt ein Schwert, der *Male* verwandelt sich fauchend. Niemand kümmert sich um mich oder darum, dass auf der gegenüberliegenden Seite schlechtgesinnte Uhuman warten. Überfordert greife ich nach dem nächsten Murmott und presse ihm meine Hand auf den unteren Rücken, wie ich es bei Will getan habe. Er drückt mich genervt weg. Meine Leuchthaut erblasst mehr und mehr. Drei Atemzüge später bin ich wieder käsig und menschlich. Ich kriege es mit der Angst zu tun.

So unattraktiv kann ich unmöglich in die Apokalypse schreiten!

«Gafthiel!», schreie ich verzweifelt und werde von Tränen überrollt. Hilflos sacke ich auf die Knie. O Gott, ich bin verloren!

«Allie!»

«Als!»

«A!»

Ich reiße den Kopf hoch. Can, Will und Ly rennen mir entgegen. Can und Will tragen neuerdings eine mega krasse Murmott-Uniform. Sie haben sogar ein Cape, das im Wind flattert, weil wenn nicht jetzt, wann dann?

«Entschuldige die Verspätung. Wir wurden von ein paar Uhuman aufgehalten, die dich angreifen wollten», zischt Can mit mahlendem Kiefer. Der Zorn darüber, dass mir jemand wehtun könnte, durchstößt seine Augen mit einem wilden Funkeln. Ihm ist anzusehen, dass er ganze Städte – nein, *Welten* – niederbrennen würde, nur um mich zu beschützen. Was für ein atoxischer Romantiker! Da wird man ja ganz wuschig.

Ich sacke gegen seinen harten Brustpanzer. «Oh, Can! Ich habe versagt», schluchze ich.

Can hält mich fest. Ly und Will treten hinter uns. «Du hast nicht versagt, Allie Andrews», wispert mein *Mate* liebevoll. «Nur wer aufgibt, hat verloren.»

Ich hebe den Kopf zu seinem wunderschönen Gesicht. «Warst du auf Sams Instagram?»

Ly legt mir eine Hand auf den Oberarm. «Selbst wenn die Murmotts nicht mehr auf dich hören: Die Uhuman tun es vielleicht. Ich bringe dich zu meiner Mom. Das ist unsere Chance, A!»

«Was ist mit dem Infectum Braccas?», flüstere ich.

«Um den kümmern wir uns später», meint Will. Ich begegne seinen grünen Augen, die vor Tapferkeit und Mut schimmern. «Halte mit Ly die

Uhuman auf. Can und ich suchen Gafthiel und bringen ihn zu dir.»

«Wir sind ein Team», sagt Can, während er mich loslässt. Kurz befürchte ich, dass er ein Gruppenkuscheln initiiert, aber das ginge wohl doch zu weit.

Innig nimmt mein *Mate* mich ins Visier. «Du musst das nicht allein schaffen, Allie. Wir stehen zu dir.»

Ein Schuss erklingt. Wir zucken zusammen.

«Wir sollten los.» Ly trampelt nervös auf. Ich schaue ein letztes Mal zu Can, dessen leidenschaftlicher Blick mir zu verstehen gibt, dass der Tag eben doch nicht zwingend von einer Frau gerettet werden muss. Hauptsache unter fünfundzwanzig.

Neue Energie und Zuversicht erfüllen mich. Gemeinsam mit Ly renne ich davon.

43

ALLIE

Ly und ich erkämpfen uns einen Weg an die Front der Murmotts. Es ist von Vorteil, dass das Rudel immer langsamer wird. Ein ungutes Gefühl sagt mir, dass die Wandler sich dennoch nicht vor dem Kampf drücken werden.

Meine Nerven sind zum Zerreißen gespannt, als wir die vorderste Linie der Murmotts durchbrechen. Dort begrüßt uns ein harscher Wind. Die feuchtkalte Herbstluft schießt in meine Lunge und verschlägt mir den Atem. «Wie gelangen wir zu den Uhuman?», keuche ich.

«Indem wir das Feld überqueren», antwortet Ly.

«Werden sie uns nicht erschießen?»

«Hoffentlich nicht, wenn sie mich sehen.» Sie zieht eine goldene Eulenmaske hervor und will sie aufsetzen.

Ein junger Murmott entdeckt sie. «Uhuman!», zischt er hasserfüllt. Andere Gestaltenwandler werden auf uns aufmerksam. Sie knurren und versuchen uns einzukreisen. Auweia!

«Ah, A?» Ly steckt die Maske weg und tastet stattdessen nach ihrer Pistole. «Kannst du sie aufhalten?»

Meine Schläfen pulsieren. «I-ich weiß nicht. Sam würde vermutlich ‹Probieren geht über Studieren› sagen.»

«Dann los!» Sie stößt mich in den Rücken. Ich strauchle vorwärts und komme nur wenige Zentimeter vor dem jungen Murmott zum Stehen. Dieser schnuppert wie ein Hund an mir und bleckt seine länger werdenden Zähne. Ein gutturaler Laut dringt aus seiner Kehle. «*Falsche Fae*», faucht er feindselig.

«W-was?» Ich schnappe nach Luft, aber niemand hört mir zu. Die Murmotts bedrängen uns immer stärker. Himmelherrgott, was ist jetzt schon wieder los?

«Okay.» Ly presst gestresst die Lippen aufeinander. «Auf drei rennen wir los und schauen nicht zurück.»

«Aber …», keuche ich, werde allerdings erneut überhört.

«Eins, zwei – *DREI!*»

Mir bleibt nichts anderes übrig. Ich nehme die Beine unter die Arme und hetze meiner Freundin nach.

«Haltet die falsche Fae auf!», brüllt der junge Murmott, und das fürchterliche Heulen seiner Gestaltenwandler-Freunde droht uns wie eine Geröelllawine zu überrollen. Meine Luftröhre brennt bereits nach zwei Metern, aber ich denke nicht ans Stehenbleiben. Schnell wie eine Thridul-Valkyre renne ich Ly nach, die sich im Rennen die Eulenmaske aufsetzt und hektisch die Arme über den Kopf hebt.

«Nicht schießen!», schreit sie, als die Front der Uhuman in Sicht kommt.

Doch es scheint der Tag des Nichtzuhörens zu sein.

Schüsse fallen. Es sind so viele, dass sie in meinen Gehörgängen wie tausend Presslufthammer nachhallen. Ly drückt mich sofort auf den Boden. Wir landen im sumpfigen Dreck und müssten längst wie Siebe durchlöchert sein. Aber ... wir leben. Und nichts tut uns weh. Überrascht hebe ich meinen Kopf – und werde von kaltem Schrecken erfasst.

Die Gewehrkugeln schweben vor unserer Nase in der Luft.

Hui, wie ... wie zum Kuckuck? Taumelnd richte ich mich auf und sehe mich um, nach links, nach rechts, nach unten —

«A.» Ly kneift mich ins Schienbein. Ich senke den Blick zu ihr. Sie selbst liegt auf dem Rücken und schaut angstverzerrt zum Himmel. Zögernd folge ich ihrem Beispiel. Meine Nackenhaare kringeln sich. Zischend stoße ich den Atem aus, von dem ich wie jede zweite Romanfigur nicht wusste, dass ich ihn angehalten habe.

Ein greller Feuerball schießt über das Firmament. Erst bilde ich mir nur ein, dass er auf uns zukommt. Dann ist es plötzlich eine schreckliche Gewissheit.

Unter den Uhuman bricht Unruhe aus. Einige weichen zurück, andere schießen, doch ihre Kugeln bleiben abermals in der Luft hängen.

Der Feuerball rast auf die Fläche zwischen den Uhuman und den Murmotts zu – direkt auf Ly und mich. Das Grauen lähmt mich bis in den letzten Knorpel.

«*ER IST DA!*», schreit ein Murmott.

«Weg von hier!» Ly rammt mich aus der Gefahrenzone – und dann scheint die Welt zu explodieren.

Die Feuerkugel donnert mit einem ohrbetäubenden Knall in den Boden. Die Druckwelle fegt Ly und mich durch die Luft und den Uhuman vor die Füße. Aber diese beachten uns nicht länger. *Niemand* beachtet uns. Alle Blicke hängen an der lodernden Einschlagsstelle, die sich mitten im Murmur Swamp aufgetan hat.

Mein Kopf dreht sich immer schneller. Wie kann es sein, dass dies der Showdown ist, und *niemand schaut mehr auf mich*? Was ist hier los? *Wer bin ich?* Beziehungsweise: Wer bin ich *nicht*?

«O Gott – seht!», zischt ein Uhuman und lenkt meine Aufmerksamkeit zurück auf die brennende Einschlagstelle. Alle Anwesenden verstummen. Selbst die Natur drückt auf Pause. Auf einmal sind nur noch die zischelnden, knisternden Flammen aus dem Loch zu hören.

Ein dunkler Schatten erhebt sich aus den Rauchschwaden, *schwebt* darüber. Erst denke ich, es sei eine Art Vogel, weil wer sonst kann fliegen? Aber dann schaue ich genauer hin.

«ES IST DER INFECTUM BRACCAS! RETTE SICH WER KANN!», kreischt eine hysterische Männerstimme über das Feld. Alle sind wie gelähmt – außer besagter Brüller. Es ist so stillgeworden, dass man hören kann, wie er über einen Stein stolpert und stürzt.

KLOCK – «Ugh!» – *WHUMPH!*

Ly und ich rappeln uns hastig auf. Meine Beine schwanken wie Sechstklässler beim Pärchentanz in der Kinderdisco. Ich klammere mich an meiner Freundin fest, deren Gesicht kreideweiß angelaufen ist. Wir stehen der Einschlagstelle – *diesem Wesen* – am nächsten. Die Kugeln der Uhuman schweben immer noch um uns herum in der Luft. Ach du liebes bisschen!

«Allie!»

Ich reiße den Kopf herum, und mein Herz steht still. Can und Will stürmen von der anderen Seite her auf uns zu. In ihrer Mitte haben sie einen alten, majestätisch uniformierten Mann. Es muss Gafthiel sein. Über ihren Anblick müsste ich mich eigentlich freuen, aber das tue ich nicht. Ein Bauchgefühl sagt mir, dass es keine Freude mehr gibt.

Denn wir sind zu spät.

Der Infectum Braccas ist hier.

«MOMENT!», donnert das schwebende Wesen. Seine Stimme ist so laut, dass sie von überallher

widerhallt. Alle erstarren. Also, echt jetzt. Niemand bewegt sich mehr, nicht einmal Can, Will und Gafthiel. Es dauert einen Moment, bis mir klar wird, dass sie das nicht freiwillig tun. Vielmehr sieht es aus, als wären sie festgefroren. Can schwebt sogar ein kleines bisschen in der Luft. Es sieht cool aus, aber es flutet mich auch mit einer Heidenangst. Das Wesen hält ihn in Ort und Zeit gefangen.

Der *Infectum Braccas*.

Die Erkenntnis durchbricht meine eigene Starre mit der Wucht eines Tornados. «Can!», schreie ich verzweifelt und komme in Bewegung.

«*HEY!*» Die Stimme des Infectum Braccas lässt die Welt erzittern. Die Erde bricht auf. Zwei Bäume in nächster Nähe stürzen um. Ich fühle seine ungeheuerliche Macht auf mich zuschießen. Aber ich durchbreche sie.

SHWOOSH!

Ich erreiche Can, Will und den alten Mann. Sie sind tatsächlich mitten in ihren Bewegungen erstarrt. Ich bin froh, dass keiner von ihnen die Lider geschlossen oder einen blöden Gesichtsaufdruck draufhat. Das wäre echt peinlich.

«Oh, Can.» Mit zitternden Fingern fahre ich durch Cans dunkles Haar, das ihm so perfekt in die Stirn fällt wie eh und je. Er kann sich nicht bewegen, aber sein blaues Auge schimmert mir voller Liebe entgegen.

Der Boden erbebt. Ich taumle gegen Can, dessen wunderbarer, kräftiger Körper mich selbst in seiner Starre aufzufangen vermag. Einmal *Mate*, immer *Mate*.

Ein heftiger Windzug erhascht mich. «*Wer bist du?*»

Meine Wirbelsäule vereist. Ich erkenne die dunkle, raue Stimme wieder, obwohl sie nun leiser, ja, fast *menschlich* ist. Schlotternd drehe ich mich um und begegne dem Wesen, in dessen Händen das Schicksal unserer Welt liegt.

Dem Wesen, das überraschenderweise *doch nicht* in mir schlummert.

Dem Monster aus den Uhuman-Erzählungen.

Der Legende, der Wills Exfreundin verfiel.

Dem Schreckgespenst der Murmotts.

Dem Alien von Strobo 9.

Dem Weltenzerstörer.

Dem letzten Fae.

Dem *Infectum Braccas*.

Der Anblick dieses legendären Wesens ist so herzerschütternd, wie ich ihn mir vorgestellt habe. Aber kein Roman und keine Netflix-Serie haben mich *wirklich* auf diese Begegnung vorbereiten können.

Der Weltenzerstörer sieht nicht aus wie ein Monster, vielmehr wie ein junger Mann.

Oha.

Er ist *überirdisch* schön und groß, bestimmt zwei Meter. Obwohl er eine dunkle, gefährlich aussehende Uniform mit eisernen Epauletten und flatterndem Umhang trägt, entgeht mir sein guter Körperbau natürlich nicht. Seine Schultern sind breit, die Brust trainiert, die Taille schlank. Er besitzt die absolut perfekte V-Form. Selbst sein Gesicht sieht aus wie gezeichnet. Aber nicht von mir, weil das wäre dann nicht so schön seit *damals* und meinem tragischen Unfall, bevor ich an die Uni kam und ...

Oh, falsches Buch.

Seine Züge sind markant und strahlen eine gnadenlose Härte aus, ohne vollkommen unnahbar zu sein. Seine Augen schillern wie polierte Amethyste im Sonnenlicht. Die Luft wird aus meiner Lunge gepresst, als er sie neugierig über mich hinwegfahren lässt. Seine silberfarbenen Haare fangen den violetten Glanz ein und reflektieren ihn. Auf seiner Stirn glüht ein Pi.

Der Infectum Braccas wirkt nicht älter als fünfundzwanzig, doch seine Züge bergen etwas, das jegliche Altersgrenzen sprengt. Ich bin mir plötzlich sicher, dass ihm niemand widerstehen könnte – und da sehe ich ein, weshalb mein Leben niemals verfilmt wird. Das Casting der *Nassen Hose* wäre schlichtweg unmöglich.

Ich schlucke hart und merke, dass mein Höschen tatsächlich etwas feucht geworden ist. Es ist aber kein Angstpipi. Oder nicht nur. Au Backe. Hoffentlich ist Can schon über seinen besitzergreifenden *Mate*-Scheiß hinweg!

Der Infectum Braccas tritt auf mich zu. Seine Aura umfängt mich wie ein Magnetfeld. Meine Haut vibriert, und ich erzittere, bevor ich mir darüber im Klaren bin. Er riecht unheimlich gut. Wie eine laue Sommernacht unter einem schillernden Sternenhimmel.

Aus dem Augenwinkel nehme ich wahr, dass sich sämtliche Uhuman und Murmotts immer noch nicht bewegen. Auch die Kugeln hängen weiterhin in der Luft. Der Infectum Braccas muss das alles mit seinen Gedanken kontrollieren. Potztausend, was für ein mächtiger Bursche!

«Wer bist du?», fragt er mich erneut, aber ich bringe den Mund nicht auseinander. Argwöhnisch kneift der Weltenzerstörer seine funkelnden Amethyst-Augen zusammen. «Wieso kann ich dich nicht beeinflussen? Bist ... *warst* du eine Fae?»

Der Begriff schießt wie Eiswasser durch mich hindurch.

«Sie ist keine Fae!», mischt sich eine neue Stimme ein. Der Infectum Braccas richtet sich sofort auf. Lauernd schaut er über meinen Kopf hinweg.

Eine schmächtige Gestalt tritt zwischen den Murmotts hervor. Mein Herz plumpst auf den Grund und rollt davon.

Es ist Dad.

Er scheint neben mir als Einziger nicht von dem Bann des Infectum Braccas betroffen zu sein. Mutig stolziert er auf uns zu. Als er vor uns steht, dreht er seine Handfläche nach oben.

Darin liegen schwarze Rosinen.

Dad grinst gerissen. «Du kannst meinen Körper nicht kontrollieren, *Chase*, und Allies ebenso wenig. Sie ist die Tochter von Izzy Nightmoon.»

Der Infectum Braccas verkrampft sich, während sich meine Atmung komplett verabschiedet. Ich glaub, ich werd' zum Elch! Was redet Dad für wirres Zeug!

Der Infectum Braccas scheint genauso irritiert zu sein wie ich. Seine unwirklichen Augen werden umso größer, je länger er Dad anschaut. Unglauben durchtränkt seine perfekten, maskulinen Züge, und sein Blick wird so intensiv, dass meine Haut bis in die untersten Schichten zu kribbeln beginnt. Die Luft um uns scheint zu flirren.

Verunsichert tritt er an Dad heran. Studiert ihn. Misst ihn von Kopf bis Fuß aus. Ich schwanke nervös.

«Bist du es wirklich?», flüstert der Weltenzerstörer. «Andy Andrews?»

Dad gibt ein nervöses Lachen von sich. «Du warst verdammt lang nicht mehr auf der Erde, Chazz-man. Willkommen zurück.»

Der Mund des Infectum Braccas klappt auf. Drei Sekunden verstreichen. Dad wippt unbehaglich vor und zurück.

«Trendy-Andy!», brüllt der Weltenzerstörer im nächsten Moment und zerrt meinen Dad in eine innige Umarmung. Die Anspannung zwischen den beiden verpufft.

Sie lachen gelöst und geben sich einem Handschlag hin, der mindestens eine halbe Minute andauert. «Ich war mir sicher, dass du mir den Kopf abreißt, sollten wir uns jemals wiedersehen», seufzt Dad erleichtert.

Der Infectum Braccas zieht eine Grimasse. «Wegen Izzy? Blödsinn, Andy! Ich könnte dir niemals böse sein. Oh, was hab' ich dich vermisst! Du bist allerdings ziemlich alt geworden.»

«Und du hast graue Haare gekriegt.»

Sie kichern und fallen sich erneut in die Arme. Ich wiederum glotze und weiß nicht, wo ich gelandet bin. Vielleicht auf dem Boden der Tatsachen. Schwöre, ich bringe kein einziges Wort mehr heraus! Fühlen sich so Nebencharaktere?

«Chase, was machst du hier? Und was, zum Teufel, trägst du da?», fragt Dad den Alien.

Dieser schaut an sich herab und kratzt sich bedripst am Hinterkopf. «Das, ah, ist die Freizeituniform meiner Heimat. Ein Signal hat mich auf die Erde gelockt, wonach eine Fae erschienen ist. Ich wollte mich repräsentabel machen, bevor ich sie begrüße.»

«Indem du dich als Darth Vader verkleidest?»

Der Infectum Braccas – *Chase* – stößt Dad lachend in die Brust und wackelt geschlagen mit den Schultern. «Eins zu null für dich. Du warst schon immer der Stilsicherere von uns.» Er schnippt mit den Fingern. Seine gefährlich aus-

sehende Unform beginnt sich zu *entmaterialisie-*
ren. Es geschieht unglaublich schnell. Trotzdem
erhasche ich einen Blick auf den stählernen
Oberkörper darunter.

Und traue meinen Augen nicht.

Leck mich fett, dieses Wesen besitzt ein *Ten-*
pack.

Die glänzende, straffe Haut des Aliens ver-
schwindet unter einem weißen T-Shirt und einer
passenden blauen Collegejacke. Seine langen
Beine landen in schwarzen Jeans mit Loch am
Knie. Auf dem T-Shirt entdecke ich einen Ufo-
Print und einen Schriftzug. In Comic Sans.

Chase from Space.

Ist das noch Romantasy oder schon Sci-Fi?

Meine Kehle verflüssigt sich ein für alle Mal.
Angestrengt schlucke ich gegen den frischen
Klumpen an. «Was ... ist hier eigentlich los?»,
bringe ich krächzend hervor.

«Das ist eine gute Frage», sagt Dad mit einem
besorgten Rundumblick. «Wieso hältst du diese
Menschen gefangen, Chase? Sie sind doch nicht
tot, oder?»

Chase winkt ab. «Alles paletti, Andy. Die leben
noch. Es ging mir nur um dieses Fae-Signal.
Dummerweise habe ich meine eigene Macht unterschätzt.»

«Mal wieder.» Dad gluckst, und Chase grinst
schief zurück.

«Ich wusste nicht, dass meine Ankunft die
Murmotts derart aufscheuchen wird. Oder dass

die Irren da drüben von einer Alien-Invasion ausgehen.» Er nickt den Uhuman zu. «Das war nie meine Absicht. Ich wollte *wirklich* nur nachsehen, ob jemand von meiner Art wiederaufgetaucht ist. Ich dachte …»

«Du dachtest, dass du endlich nicht mehr alleine bist», beendet Dad seinen Satz, und der Weltenzerstörer lässt traurig die Schultern hängen.

«Versteht mich nicht falsch – ich freue mich, Allie endlich einmal kennenzulernen. Aber sie ist keine Fae.»

Der Kloß in meinem Hals wächst an. «Was … *wer bin ich* dann?»

«Ein Halbling – halb Mensch, halb Fae», antwortet Chase.

Die Welt drückt auf Pause.

Meine Wangen erhitzen sich, während ich das Gehörte zu prozessieren versuche. «Ich bin ein Halbling?»

«Ja, nein – *jein*. Wie's aussieht, hast du dich bereits wieder zurückverwandelt. Es ist eine verdammt lange Geschichte und – *wow*.» Der Fae bläht die Wangen. «Deine Gedanken sind ein einziges Chaos, Allie! Hat Andy dir nie etwas über deine Herkunft erzählt?»

Mir wird kalt. «Gedankenlesen kannst du *auch noch*?»

«Äh, ja.» Chase lächelt verlegen. «Aber bei deiner *Gesichtskirmes* wäre das gar nicht nötig.»

Mein Kältegefühl dehnt sich aus. Caramba, gibt es irgendwann einmal eine Geschichte, in der *kein* übermächtiges Wesen vorkommt? Hat Chase mitbekommen, wie ich ihn geistig vollgesabbert habe?

«Habe ich. Und glaub mir, es war mir genauso unangenehm wie dir.»

Meine Wangen fangen Feuer. Herrje, wo ist das nächste Loch, in dem ich mich verkriechen kann?

«Hinter mir ist eines.»

Ich starre Chase entgeistert an.

Dieser zuckt peinlich berührt mit den Achseln. «Sorry. Ich kann's nicht abschalten.»

«Ich dachte, es sei nicht wichtig, dass Allie ein Halbling ist. Als solcher besitzt sie doch eigentlich keine Kräfte», mischt sich Dad ein.

«Du hast recht, Andy. Eigentlich sollte sie keine Kräfte besitzen. Es sei denn, sie trifft unmittelbar vor ihrem zwanzigsten Geburtstag auf einen Menschen, der sich im Wandel zu einem Murmott befindet. Dann könnten sich möglicherweise über einen kurzen Zeitraum hinweg welche manifestieren. Diese Kräfte scheinen mich angelockt zu haben. Aber wie es aussieht, sind sie bereits wieder verblasst.»

«Also ist sie wieder menschlich», resümiert Dad.

«Zu hundert Prozent», bestätigt Chase und fährt sich mit beiden Händen durch die Haare. «Manometer – da hat sich ja ein dummer Zufall an den anderen gereiht! Aber keine Sorge, wir kriegen das wieder hin.» Er knackt mit den Fingerknöcheln und lässt seine Augen von einem gefährlichen Glühen heimsuchen. «Wen muss ich töten, damit hier wieder Ruhe herrscht?»

44

ALLIE

«Töten?» Meine Stimme überschlägt sich vor Schreck. «Niemanden!»

«Bist du dir sicher?» Der Weltenzerstörer verengt die Augen. «Die bewaffneten Idioten da drüben wollten dich erschießen.»

«Doch nur, weil sie mich für den Infectum Braccas hielten!»

«Und was wollten die Murmotts?»

«Erst haben sie mir ihre Treue geschworen, dann wollten sie zu dir auf das Feld. Und dann wollten sie mich töten.»

«Das ist verständlich – also, aus Murmott-Sicht», setzt Chase nach, als er mein empörtes Gesicht sieht. «Halblinge sind schwächer als Fae. Daher war ich für sie umso anziehender, je näher ich der Erde kam. Und als du dich dann in einen Menschen zurückverwandelt hast, musst du ihnen wie eine Heuchlerin vorgekommen sein. Nimm es ihnen nicht übel, Allie.»

«Du solltest den Murmotts und Uhuman ihren Willen zurückgeben», sagt Dad.

«Damit sie wieder wie Irre aufeinander losgehen können? Nein, das müssen wir schlauer anstellen.» Chase schüttelt energisch den Kopf.

«Lasst mich mal mit den Anführern von beiden Seiten reden. Könnt ihr sie zu mir bringen?»

«Der Anführer der Murmotts ist Gafthiel, die Anführerin der Uhuman ist Lys Mom», sage ich.

«Ly ist deine Freundin?»

Ich nicke.

«Okay.» Chase scheint nur einmal zu blinzeln; da erwacht Gafthiel keuchend und strauchelnd.

Der alte Mann entdeckt Chase und fällt sofort vor ihm auf den Boden. «Infectum Braccas, ich verneige mich vor dir und deiner Erhabenheit, und ich schwöre dir meine ewige ...»

«*Ugh*, wie peinlich!» Chase wedelt verlegen mit der Hand. Seine Augen erglühen unmenschlich.

Gafthiel unterbricht sich selbst. Er steht auf und lässt seinen Blick über den Murmur Swamp schweifen. «Was zum ... wo bin ich? Was ...» Er erkennt Chase und schnappt erschrocken nach Luft. «Du bist der Infectum Braccas!»

Der Fae errötet bis über beide spitzen Ohren. «Manche nennen mich auch *Ignacio del espacio*, *Baz de l'espace* oder *Lars vom Mars*. Je nachdem, wo ich gerade auftauche. Aber Chase ist mir tatsächlich am liebsten.»

Gafthiel wirkt zu Tode erschreckt.

Chase seufzt. «Lockerbleiben, *Gafthi*. Ich bin der Infectum Braccas, aber ich will weder die Erde zerstören noch brauche ich jemanden, der sich mir unterwirft. Sobald ich dein Rudel aus seiner Trance hole, werdet ihr darum nie mehr den Drang verspüren, euch einem Abkömmling der Fae unterwerfen zu wollen. Eure *Zeichnung*, das Pi, verschwindet. Ihr werdet euch im Griff haben, selbst wenn der Blaumond seinen Zenit erreicht, und wir haben alle unseren Frieden. Dafür werde ich jetzt gleich sorgen. Klingt das gut?»

«Äh ...», macht Gafthiel.

«Sehr gut.» Chase klatscht in die Hände.

Die Murmotts erwachen aus ihrem Bann.

«*GEHT!*», ruft der Weltenzerstörer in seiner übermenschlichen Stimme. Mit einem Augenrollen ergänzt er in unsere Richtung: «Ehrlich, so ein Hühnerhaufen.»

Die Murmotts blinzeln verwirrt. Letztlich gehorchen sie und machen sich aus dem Staub. Auch Gafthiel verschwindet. Nur Can und Will bleiben zurück.

«Can!» Ich springe an seine Seite. Mein *Mate* umfängt mich sofort mit seinen muskulösen Armen. Unsere Lippen finden sich für einen flüchtigen Kuss.

Will studiert die Szenerie aus verwirrten Augen. Er kratzt sich am Hinterkopf. «Wohin gehen die Murmotts? Und warum bewegt sich keiner der Uhuman? Ich dachte, es gebe eine Schlacht!»

«Es gibt keine Schlacht», entgegnet Chase.

«Nicht?» Will senkt die Hand. «Ist, ah, das nicht ein bisschen antiklimaktisch?»

«Weiß nicht.» Der Infectum Braccas hebt die Schultern. «Soll ich etwas in die Luft jagen?»

«Nein!», rufen Dad und ich entsetzt.

Chase murrt enttäuscht. «Hm'kay. Aber bedenkt, dass diese Auflösung möglicherweise als *viel zu einfach* abgestempelt wird. Dafür gibt es wohl den ein oder anderen Sterneabzug – und nein, ich werde diese nicht ersetzen.» Sein Finger schnellt in die Höhe. «Das letzte Mal, als ich jemandem Sterne vom Himmel geholt habe, ist sie zusammen mit diesen verglüht.» Er lässt die Hand enttäuscht wieder fallen. «Also, was machen wir nun? Ich habe keine Lust auf ein Drama wegen der Uhuman. Außerdem bin ich verdammt weit geflogen und würde gern mal die Füße hochlegen.»

«Zunächst einmal solltest du dafür sorgen, dass keine Außenstehende von dem Chaos hier windkriegen», sagt Dad.

Chase verdreht die Augen. «Für wen hältst du mich, Trendy-Andy? Mein Android R2G2 hat ein Hologramm über uns aktiviert. Nach außen hin sieht der Murmur Swamp aus wie eh und je.»

Dad nickt beruhigt. «Dann schlage ich vor, dass wir als nächstes mit den Kids jenes Gespräch führen, das ich bereits vor Stunden beginnen wollte».»

«Was für ein Gespräch?», fragt Chase.

«Das Gespräch der Gespräche: Das SDSA-Gespräch.»

«Oh, das Spannung-durch-Schweigen-aufrechterhalten-Gespräch!» Chase nickt wissend und runzelt die Stirn. «Das ist also immer noch ein Stilmittel, ja? Oh weh, aber na gut. Lasst uns *reden.* Ich ordne R2G2 an, die Unordnung hier zu beseitigen, und du», er schnippt nach mir, «bringst mir ein oder zwei Uhuman, mit denen man vernünftig sprechen kann. Danach dreht hoffentlich niemand mehr am Rad. Haben wir einen Deal?» Er schaut Can, Will, Dad und mich nacheinander an. Dad nickt, der Rest von uns schweigt.

Dad stupst Chase grinsend in die Seite. «Ich befürchte, die haben Angst vor dir, Chazz-man. Vielleicht solltest du ihnen bei Gelegenheit mal deine Haddaway-Moves zeigen.»

Will reckt überrascht den Kopf.

Dad legt Chase einen Arm um die breite Schulter. Dann schaut er zu mir. «Hast du alles im Griff, Allie-Bear? Treffen wir uns in der Küche?»

«Ah, ja», stammle ich, dabei habe ich nicht einmal mehr meine eigenen Beine im Griff. Sie verhalten sich wie Blümchen ohne Wasser, während ich mich an Can festklammere.

Dad und Chase verschwinden. Die Jungs und ich bleiben auf dem Feld zurück. Die Uhuman wiederum sind immer noch festgefroren.

Can reibt sich über das Brustbein. «Also, verstehe ich das richtig? Es gibt keinen Kampf?»

«Anscheinend nicht», brummt Will. «Nur *Gerede.*»

Can zieht die Nase hoch. «Okay. Das ist wirklich ernüchternd.»

«Wem sagst du das. Ein echter Rohrkrepie-
rer», gibt Will zurück.

Ich mustere meine Männer und muss unweigerlich lächeln. Die beiden haben definitiv noch
nie ein Romantasy-Buch gelesen. Andernfalls
wüssten sie, dass man nie viel vom Finale erwarten kann. Immerhin gibt es bei uns keinen fünf-
seitigen Bösewicht-Monolog wie in «Shadows
Over Bloomfield Hills», wo Schattenwesen Deverell der aussichtslos gefangenen Ivory so lange
seine dunklen Tatmotive erklärt, dass Alex und
Ian sie rechtzeitig auffinden und befreien können.

Aber wie Sam so schön sagt: Manchmal ist es
des Guten zu viel – und manchmal kann man
halt nicht alles haben.

In meinem Fall trifft beides zu.

45

ALLIE

Mit den Spitzen meiner Zeige- und Ringfinger massiere ich mir die Schläfen. «Noch einmal: Ich habe die letzten Tage geleuchtet und Murmotts beeinflusst, weil ich ein Halbling bin und meine Zirkus-Mom eine Fae.»

«Fast. Du *warst* ein Halbling, und Izzy *war* eine Fae», entgegnet Chase, und mein Schädel brummt schon wieder.

Wir sitzen am Tisch in unserer Küche, und es ist, als hätte jemand die Zeit zurückgedreht. Dabei ist *alles anders*. Das beweisen die Neuankömmlinge in unserer Runde: Lys Mutter Claire Haner und der Infectum Braccas. Beziehungsweise Chase.

From Space.

Wieder bleibt mein Blick an seinem T-Shirt hängen. Dem dicken Stoff scheint es außerordentlich schwerzufallen, sich von Chases muskulösem Oberkörper fernzuhalten. Es grenzt beinahe an ein Verbrechen, wie aufdringlich er sich an den Weltenzerstörer heranschmiegt. Vielleicht sollte ich das T-Shirt von ihm wegreißen, wegsperren und ...

«Allie, konzentrier dich bitte», unterbricht Chase meine Gedanken. Meine Wangen erhitzen sich wie Kohlestücke im Feuer, und Can hebt argwöhnisch den Blick zu mir. Sein grünes und sein blaues Auge halten mich einen Moment lang fest. Das Schimmern im Blauen durchdringt mich mit einem irren Kribbeln.

Stimmt ja, wir sind *Mates.*

«Nope, nicht mehr.»

Ich reiße mich von Can los und starre zurück zu Chase. «Sorry», druckst der Alien herum. «Du denkst einfach viel zu laut.»

«Was denkt sie?», fragt Can lauernd.

«Dass du ihr *Mate* bist.»

«Das bin ich.»

«Nein – und ich kann euch alles erklären, wenn ihr endlich einmal bei der Sache bleibt und mich nicht ständig unterbrecht!» Ungeduldig funkelt Chase jeden Einzelnen am Tisch an.

Außer Dad und Will wirken wir alle ziemlich angespannt. Lys Mom mussten wir vor dem Gespräch sogar sämtliche Waffen abnehmen. Dad lümmelt währenddessen gelassen im Stuhl neben seinem alten Alien-Kumpel aus den Neunzigern herum. Will wiederum scheint nichts aus der Ruhe zu bringen, solange er einen Kaffee zwischen den Händen hält.

«Ich würde es auch begrüßen, wenn wir endlich zur Sache kämen», keift Claire Haner streitsüchtig. «Meine Leute befinden sich immer noch da draußen beim Murmur Swamp. Sie sind leichte Beute für die Murmotts. Der Familien-stammbaum und die Kuschelpartner *dieses Mädchens* interessieren mich daher herzlich wenig.»

Autsch! Ich schiebe beleidigt die Unterlippe vor. Cans Mund streift tröstend meiner Schläfe entlang. Mein Unterleib hyperventiliert, doch für einmal bin ich intelligent genug, um das berauschende Gefühl abzuwimmeln. «Vielleicht solltest du von vorn anfangen», schlage ich Chase vor, der mir ein erleichtertes Lächeln schenkt.

«Danke, Allie. Du bist ja doch zu vernünftigen Gedanken fähig.»

Autsch, zum Zweiten! Ich warte auf einen weiteren Schläfenkuss, aber Can unterdrückt bloß ein Grinsen. «Na ja, wo er recht hat ...»

Ich grille ihn mit meinem bloßen Blick.

«Also, von vorn.» Chase verlagert das Gewicht von einer Pobacke auf die andere. Sein T-Shirt spannt sich dabei auf eine Art über seinen Oberkörper, die meinen Herzschlag erhöht und Ly die eigene Unterlippe einsaugen lässt. Selbst Claires Pupillen werden größer. Can und Will verdrehen genervt die Augen.

Chase scheint von alldem nichts mitzukriegen – oder er übergeht es gekonnt. «Hier scheint es einige Missverständnisse über die Fae und ihre Intentionen auf dieser Erde zu geben», eröffnet er. «Zunächst einmal sei gesagt, dass ich der letzte Fae bin. Aus diesem Grund trage ich die

Macht meines ganzen Volks in mir. Der Untergang der Fae ist allerdings nicht dem Hass der Menschen gegenüber unserer Art geschuldet, sondern ihrer Liebe.»

Claire gibt ein kaltes Lachen von sich.

Chase ignoriert sie. «Was die Uhuman und die Murmotts über die Fae zu wissen glauben, entspricht nur bedingt der Wahrheit. Wir waren nie die Bösewichte des Universums, bloß wissbegierige Backpacker. Die Fae liebten es, neue Orte zu entdecken und sich unter die *Locals* zu mischen. So kam es, dass wir eines Tages auch den Weg zur Erde fanden. Eure Welt lockte sehr schnell immer mehr von uns an. Es ging das Gerücht um, dass auf diesem Planeten die schönsten Wesen der Galaxie wohnen – und die Gerüchte stimmten. Die Fae verliebten sich reihenweise in die sonderbaren Menschen, und die Menschenwesen verliebten sich in uns. Es entstanden intergalaktische *Mates*. Leider realisierte mein Volk zu spät, dass eine solche Bindung mit dem Verlust unserer Fae-Kräfte einhergeht. Wer sich mit einem Mensch *mated*, verliert seine Unverwundbarkeit, seine Stärke und seine Unsterblichkeit. Man wird selbst zum Menschen. Als dieser evolutionsbiologische Rückschritt bekannt wurde, drängten viele Fae auf die Rückkehr zu unserem Heimatplaneten Strobo 9. Doch nur die wenigsten kamen von den schönen Menschen los. Viel lieber akzeptierten sie den Verlust ihrer Macht zugunsten der

Liebe. Wer hingegen keine *Mate*-Bindung fand, wurde zusehends verbittert und nervös. Diese Fae nannten wir *die Loser*. Sie versuchten mit aller Macht, ihresgleichen vor einem menschlichen Schicksal zu bewahren und nach Strobo 9 zurückzubringen. Als das misslang, erschufen die Loser die Murmotts. Die Gewaltenwandler sollten die Menschheit zerstören und unser Volk so vor dem Aussterben bewahren. Aber die Liebe war letztlich stärker und die Murmotts zu nichts zu gebrauchen.»

Can und Will tauschen einen irritierten Blick.

«Mittlerweile leben all diese Fae nicht mehr», fährt Chase fort. «Mein gesamtes Volk wurde früher oder später auf die Erde gelockt, wo es sich verliebte, menschlich wurde und letztlich eines natürlichen Todes starb.»

«Außer du», bemerkt Claire kühl. «Was bedeutet, dass du nie Liebe zu einem Menschen verspürt hast. Du bist ein übriggebliebener Loser, gib es zu!»

Andy setzt sich protestierend auf, aber Chase bedeutet ihm mit einer Handbewegung, dass er die Lage im Griff hat. «Ich bin übriggeblieben, aber kein Loser. Ich habe erst viel später von diesen Ereignissen und dem Kampf, den ihr *Battle of the Vain* nennt, erfahren. Zum Zeitpunkt der Schlacht reiste ich mit meiner damals besten Freundin durch ein anderes Sonnensystem. Wir kamen erst in den späten Achtzigern auf die Erde. Da waren bereits keine Fae mehr da.»

«Wo ist diese Freundin jetzt?», fragt Claire.

Chase schiebt missmutig seine volle Unterlippe vor. «Sie hat sich ebenfalls verliebt und in einen Menschen verwandelt. Ihr Opfer machte mich zum letzten Fae – und wie viele wahnwitzige Gerüchte sich seither um mich ranken, wisst ihr ja. Ich hatte keine Lust auf dieses Drama. Also kehrte ich zurück nach Strobo 9. Ich erstellte mir ein Tinder-Profil und warte bis heute darauf, dass mich jemand *matched, mated* und liebt wie ich meine heimliche große Liebe, ehe sie Andy Andrews' Charme erlegen ist.»

Will blinzelt. «Du warst in Izzy Nightmoon verliebt?»

Chase nickt.

In der Küche wird es mucksmäuschenstill.

Ich öffne langsam den Mund. «Also hat *mein Dad* dir meine Mom ausgespannt?»

«Ich bin ihm nicht sauer», versichert der Weltenzerstörer schnell. «Izzy wusste nichts von meinen Gefühlen, und Andy ist ein Opfer seiner eigenen Anziehung. Er entspricht einfach dem absoluten Fae-Ideal.»

«Tollpatschig, nerdig, null Muskulatur, mit einem kleinen Bäuchlein und trotzdem irgendwie schmächtig und dünn?» Ich hebe eine Braue, und Chase seufzt herzzerreißend.

«Fae lieben das Undefinierte, weil es *so anders als wir* ist. Ich wusste immer, dass ich bei Izzy keine Chance hatte – nicht, solange wir uns auf der Erde befanden und von Schönlingen wie

Andy umschwirrt wurden. Mit solchen Idealen kann ich nicht mithalten.» Traurig schiebt er sein T-Shirt hoch und entblößt sein Tenpack. Alle außer Dad atmen zischend ein.

Dad räuspert sich peinlich berührt. «Zu meiner Verteidigung möchte ich sagen, dass ich ebenfalls nichts von Chases Interesse an Izzy wusste. Ich hätte ihm nie mit Absicht wehgetan. Allerdings tut es nichts mehr zur Sache. Allies Mom hat mich vor Jahren für einen Zirkusdirektor verlassen. Sie vermisste die Magie und das Fliegen.»

Will neigt argwöhnisch den Kopf. «Ich dachte, sie wurde zum Menschen, weil sie dich zu ihrem *Mate* erwählte. Ist dieses *Mate*-Dings nicht für die Ewigkeit?»

«Unter Fae und Murmotts ja», erwidert Chase. «Aber sobald wir uns mit Menschen zusammentut, werden wir, na ja ... *menschlich*. Das wirkt sich auch auf den Charakter aus. Dann wird die Suche nach der großen Liebe durch die ewige Suche nach etwas *Besserem* ersetzt. Menschen denken immerzu, dass hinter der nächsten Ecke etwas warte, das ihre aktuelle Wahl übertrifft – zumindest so lange, wie sie sich nicht vermehren und sesshaft werden wollen. In diesem Fall geben sie sich teilweise mit erstaunlich wenig zufrieden.» Mit einem verdrießlichen Achselzucken lässt er sein T-Shirt wieder fallen. Das Tenpack verschwindet, und die Vernunft kehrt an den Tisch zurück.

Mein Herz hämmert weiterhin ein bisschen zu schnell. «Was geschieht nun mit mir?», wage ich endlich zu fragen.

Chase schenkt mir ein besänftigendes Lächeln. «Gar nichts, Allie Andrews. Deine Kräfte haben sich nur durch Zufall manifestiert und sind bereits wieder verschwunden. Du bist jetzt genauso menschlich wie deine Mutter Izzy. Weil du dich außerdem mit dem Murmott neben dir *gemated* hast, wird auch er in den nächsten Tagen wieder zum Menschen. Euer *Mate*-Status wird aufgehoben und eure Bindung wieder auf eine normale Beziehung herabgestuft.»

Can richtet sich abrupt auf. Sein grünes Auge funkelt alarmiert. «Ich werde wieder zum Menschen?»

«Yep.»

Wills Kinnlade klappt auf. «Dann ... war das ganze Theater mit Can und Allie umsonst?»

Chase wackelt mit den Schultern. «Streng genommen waren eure gesamten letzten Tage umsonst.»

«Dann lasst uns wenigstens jetzt Nägel mit Köpfen machen!», wirft Claire ein. Sie nimmt Chase ins Visier. «Deine Existenz ist widernatürlich, Weltenzerstörer. Unsere Galaxie sollte nicht von jemandem bewandert werden, der so mächtig ist wie du. Das darf nicht sein!»

Chase nickt und seufzt. «Da stimme ich dir zu. Allerdings müsste ich mich mit einem Menschen oder einem anderen *rangniederen* Wesen *maten,* um meinem jetzigen Dasein ein Ende zu bereiten. Und glaub mir: Das versuche ich seit *Jahrhunderten.* Leider ist es nicht so leicht. Die meisten schüchtere ich mit meiner bloßen Gegenwart ein. Nicht einmal auf Tinder war ich bislang erfolgreich, obwohl dort angeblich alle *etwas* finden. Aber wann immer ich jemandem meine Nummer gebe, höre ich nichts mehr von dieser Person, und ...»

«Wie lautet deine Nummer?», unterbricht Ly ihn mit rauer Stimme.

«2xπ», antwortet Chase.

«Zweimal die Zahl Pi?» Meine Freundin schüttelt verblüfft den Kopf. «Das kann doch kein Mensch wählen!»

«Nicht?» Chases Amethyst-Augen weiten sich. Ein Blitz der Erkenntnis durchzuckt ihn. «Oh.»

Will trinkt seinen Kaffee aus und stellt die Tasse geräuschvoll auf den Tisch. «Die Hoffnung ist also noch nicht verloren. Du kannst deiner übermächtigen, einsamen Fae-Existenz immer noch ein Ende setzen. Das heißt, sofern du das möchtest.»

«Es tut nichts zur Sache, was er will!», schäumt Claire. «Der Infectum Braccas ist eine *Anomalie,* eine Bedrohung für uns alle! Denkt doch an den Shitstorm, sollte am Ende *ein Male* der Mächtigste von allen sein! So etwas dürfen wir nicht zulassen. Wenn Chase nicht sofort ein weibliches Äquivalent findet, müssen wir ihn eli- minieren oder ...» Lys Mom erstarrt mit aufgeris- senem Mund zur Salzsäule.

«Mom!», ruft Ly erschrocken, aber Claire be- wegt sich nicht mehr. Chase hat sie schon wie- der eingefroren.

«Ich bin in Frieden gekommen und würde mich niemals in menschliche Belange einmi- schen. Ich habe keinen Gott-Komplex oder so», stellt der Infectum Braccas scharf klar und hebt die Hand zum vulkanischen Gruß.

«Alter Trekkie», schmunzelt Dad. «Lass Claire bitte frei.»

Chase murrt. Claire kommt taumelnd wieder zu sich. Sie zieht den Kopf ein, als der Alien sie gereizt anfunkelt. «Deine und meine Ziele sind dieselben, *Mensch*. Ich habe keine bösen Absich- ten, sondern wurde von der Hoffnung hierherge- lockt. Meine Zeit allein auf Strobo 9 war öde genug, dass ich an die fünfhunderttausend Lie- besromane gelesen habe. Und am Ende des Ta- ges bin ich wie das Schattenwesen Deverell aus ‹Shadow Over Bloomfield Hills›: Macht bedeutet mir nichts, solange ich sie mit niemandem teilen kann.»

«Du liest Bücher?», japsen Ly und ich beein- druckt.

«Ich lese auch Bücher», wirft Can gereizt ein.

Will lacht. «Was denn? ‹Die lustigen Taschen- bücher›?»

Can stiert ihn finster an. «Ich mag Goofy, okay?»

«Macht bedeutet dir nichts – und trotzdem hältst du meine Leute beim Murmur Swamp gefangen», unterbricht Claire uns mit vor Wut zitternder Stimme. «Ich glaube dir kein Wort, solange du anderen deinen Willen aufzwingst, du *Monster.*»

«Ich werde den Stamm der Uhuman aus seinem Raum-Zeit-Koma befreien, wenn du mir versprichst, dass sie keine Jagd mehr auf die Murmotts machen», erwidert Chase sachlich.

«Das tun wir, sobald die Murmotts keine Gefahr mehr für die Menschheit sind», kontert Chase.

«Ich habe Gafthiels Rudel von ihrem Fae-Bann erlöst.»

«Es gibt mehr Murmotts als Gafthiels Rudel!» Claires Augen lodern auf. «Was ist mit all den Murmotts, die sich erst im Wandel befinden oder noch nicht geboren wurden? Können sie dem Ruf der Fae und dem Einfluss des Blaumondes widerstehen?»

«Nein, aber ich habe eine Idee. – Du da!» Der Weltenzerstörer schnippt nach Will. Dieser hebt ertappt den Kopf. Chase lächelt ihn freundlich an. «Du denkst schon die ganze Zeit über an Kaffee. Du bist ein *Hantah*, nicht wahr? Nun, ich habe ein Upgrade für dich.» Er schließt die Augen. Schwarze Adern überziehen sein Gesicht und finden einen Weg in seine Hände. Ein greller Blitz schießt aus seinen Fingern.

Wir anderen weichen erschrocken zurück. Mein Stuhl kippt nach hinten. Can fängt mich geistesgegenwärtig auf. Will hat weniger Glück. Er knallt rücklings auf den Boden.

Hastig rappelt er sich wieder auf. «Alles okay, nichts pass- ...» Er unterbricht sich selbst. Atemlos starrt er auf den Tisch.

Ich halte ebenfalls die Luft an, als ich das silberne, längliche *Etwas* entdecke, das aus dem Nichts auf unserem Küchentisch erschienen ist.

«Ist ... das ein Stele?», bringe ich ungläubig hervor.

«Ein was? Nein.» Chase runzelt die Stirn. «Das ist ein Latte-Art-Stift.»

«Damit kann man wunderschöne Muster in den Milchschaum malen.» Wills grüne Augen schimmern dunkel und satt. Er scheint von neuem die Luft anzuhalten, als Chase aufsteht und ihm den Stift überreicht.

«Als Murmott hast du ein langes Leben vor dir, William», verkündet der Infectum Braccas. «Es ist deine Pflicht als *Hantah*, dieses der Suche nach verlorenen Murmotts zu widmen. Mit diesem Stift hältst du alles in den Händen, was du dafür brauchst. Finde die Wandler, lade sie auf einen Kaffee ein. Male mit dem Stift die Rune deines Volks, *das Pi*, in den Schaum – und die trinkenden Murmotts werden von dem Fluch ihrer Unbeherrschtheit befreit.»

Will schluckt leer. «Was mache ich, wenn jemand keinen Kaffee mag?»

Chase schmunzelt. «Als ob irgendjemand deinen Künsten widerstehen könnte.»

Ergriffen nimmt Will den Stift entgegen, dreht ihn zwischen den rauen Fingern, schluckt erneut. Zögernd hebt er den Blick zum mächtigen Alien zurück. «Magst du wirklich Haddaway?»

Chases Augen erglühen furchteinflößend. «Mögen? Nein – ich *liebe* ihn! ‹What is love› ist mein absoluter Lieblingssong. Er hilft mir, wann immer ich mich besonders einsam fühle. Er *versteht* mich.»

«Mich auch», raunt Will, und die beiden tauschen einen erstaunten Blick.

Dad erhebt sich geräuschvoll. «Haben wir dann alles geklärt? Falls ja, würde ich dieses Meeting gern auflösen. Es gibt einiges zu tun.»

«Ach ja?» Ich wende mich ihm überrascht zu.

«Ach ja!» Ein freches Grinsen kriecht über seinen Mund. «Wir sollten endlich unseren Keller auf Vordermann bringen. Chase verdient eine Willkommen-zurück-Fete. Und du, liebe Allie, solltest ebenfalls feiern. Schließlich wirst du morgen zwanzig.»

«Allie hat morgen Geburtstag?», keucht Can, kriegt sich allerdings schnell wieder ein. «Das wusste ich.»

Dad lacht. «Ich bin mir sicher, dass es einige vergessen haben. Darum erst recht sollten wir jetzt loslegen!»

«Ich blase die Ballons auf», bietet Ly an – und mit einem Mal ist die Stimmung zwischen uns allen total gelöst. Selbst Claire ist glücklich und lacht, obwohl gar niemand einen Witz gerissen hat. Aber so ist das nun einmal im Leben: Manchmal muss man einfach Glück haben.

Oder zu wenig Fantasie oder keine Lust mehr zum Schreiben, weil das Ende ohnehin irrelevant ist, weil das Buch zu diesem Zeitpunkt eh schon verkauft worden ist, lol.

Epilog Nr. 1

ALLIE

Der Keller ist abgedunkelt. Flimmerndes Discolicht umschwirrt mich. Die Musik aus den zwei Boxen ist laut und größtenteils älter als ich. Das E.T.-Schild an der hinteren Wand erzittert unter dem heftigen Bass.

«*Am I original?*», singt Chase ins Mikrofon.

«*Yea-haah*», singen Will und Dad zurück.

«*Am I the only one?*»

«*Yea-haah.*»

«*Am I sexual?*»

«*Yea-haah*», säuselt Ly, die neben mir auf der Couch mitten im Raum sitzt. Ich stoße sie empört in die Seite. Das entreißt sie zumindest kurzzeitig ihrem Gaffen.

Sie reckt das Kinn, das sie bis eben auf den Händen abgestützt hat, und blinzelt verwirrt herum. Mit dem nächsten Atemzug erliegt sie allerdings wieder dem überweltlichen Charme des Aliens. Ihre Bewunderung für Chase verpasst mir einen Stich.

Seufzend fahre ich mir mit beiden Händen über den Schopf. Meine Fingerspitzen ertasten den dunkelblonden Dutt, den ich mir frisiert habe. Ich fühle mich schrecklich *normal*. Von den letzten Tagen habe ich definitiv mehr erwartet.

Missmutig schiele ich zum Weltenzerstörer zurück. Er steht neben Dad und Will auf der improvisierten Bühne und singt diesen Halloween-Werwolf-Vampir-Song von den Backstreet Boys. Sie tanzen sogar ein klein wenig die Choreografie nach, zumindest Chase und Will. Dad zuckt eher wie eine Heuschrecke im Feuer herum.

Kräftige Arme schlingen sich von hinten um meinen Oberkörper. Mit dem nächsten Herzschlag senken sich weiche Lippen auf meine Wange. «Was ist los, Allie Andrews?»

Can, der Schlawiner, hat sich unbemerkt an die Couch herangeschlichen. Seine Nähe nimmt mich sofort für sich ein. Mit schneller werdendem Puls drehe ich meinen Kopf so weit, dass ich seinen verschiedenfarbigen Augen begegnen kann. Der neue Winkel reicht Can, um mir einen Kuss auf den Mund zu geben. Ein nervöses Prickeln durchschießt mich, als ich für einen kurzen Moment seine Zunge spüre. Hui, und das mitten unter Leuten – wie verrucht und verboten!

Mit flatternden Wimpern lasse ich meine Finger seinen starken Unterarmen entlangwandern. Can scheint die Berührung tief auf sich wirken zu lassen. Er schließt die Augen und saugt mit einem zischenden Atemzug die eigene Unterlippe zwischen die Zähne. Als er seine Augen wieder öffnet, ist das blaue dunkler geworden. Er lässt mich los, um sich neben mich auf das schmale Sofa zu setzen. Meine Haut vibriert.

Die Backstreet Boys kommen zu einem Ende. «Freedom» von DJ Bobo erklingt.

«Ly, komm!», ruft Chase. Ly springt so schnell auf, dass ich von der Gewichtsverlagerung überrumpelt werde. Ich kippe zur Seite und lande direkt in Cans Armen.

«Das hätte ich nicht besser planen können», meint dieser mit einem durchtriebenen Grinsen. Er zieht mich so nahe heran, dass ich sein Eightpack unter dem Oxville-Cows-Pullover ertaste. Can presst seine Stirn gegen meine und mustert mich eingehend. «Sprich mit mir, Allie Andrews. Was geht dir durch den Kopf?»

«Einiges», gebe ich angespannt zu.

«Hast du Angst, dass Chase mit seiner *Mate*-Prophezeiung recht hat? Dass die Bindung zwischen uns nichts mehr wert ist, sobald ich wieder menschlich bin?»

Ich zögere lange, bevor ich nicke.

Can stößt ein Seufzen aus. Zärtlich küsst er mich auf die Schläfe und setzt weitere Küsse auf meine Wange, die Linie meines Kiefers und meinen Mundwinkel nach. «Dieses Ende mag nicht sein, was du dir erhofft hast. Aber das ändert nichts zwischen uns. Unsere Bindung geht tiefer als dieser *Mate*-Bullshit, tiefer als der *Marianengraben*. Das sollte mittlerweile doch allen klar sein. Wir passen so gut zueinander und kennen uns schon so lange, dass man es nicht einmal

mehr groß beschreiben muss. *Es ist einfach so.*
Zweifle nicht daran, Babe.» Seine Lippen finden
meine, und ich erschauere, weil er schon wieder
diesen mega speziellen Kosenamen für mich verwendet. Ich lasse mich von seiner Nähe einfangen und gebe mich dem Kuss hin, den DJ Bobos
Song und das Discolicht von den anderen ab-
schirmen.

«Es sei denn», Can löst sich von mir, «du bist
enttäuscht, dass *ich* bald wieder normal bin.»

Seine plötzliche Besorgnis bringt mich zum
Lächeln. «Du warst nie normal, Can», hauche ich
und lasse meine Hand über seinen Bauch hin-
abwandern. «Du hast *ihn* schon immer besessen.»

Can schluckt hart. Sein Blick zuckt zu meinen Fingern, die plötzlich verboten dicht über
seinem Reißverschluss schweben. «Den, ah …
Zauberstab?»

«Nein, den Schlüssel zu meinem Herzen.» Ich
recke den Hals, um ihn zu küssen.

Und einfach so akzeptiere ich mein Schicksal.

Meine Mom war eine Fae und hat Dad und
mich für den Zirkus verlassen. Ich war ein Halbling, der nie Größeres erreichen sollte. Der Infectum Braccas verbarg sich nie in mir, und in Can
schlummert nicht länger ein gefährliches Monster. Wir beide mögen normal sein, menschlich.
Aber gemeinsam sind wir etwas *ganz Besonde-
res.*

Epilog Nr. 2

WILL

Meine Augen huschen zum Sofa. Die Lichter sind wild und der Raum stark abgedunkelt, daher bezweifle ich, dass Andy und Ly sehen, wie innig umschlungen Can und Allie dasitzen. Ich freue mich für die beiden, ehrlich; gleichzeitig macht sich allerdings eine nagende Leere unter meinen Rippen bemerkbar.

Der Platz auf der Bühne fühlt sich plötzlich falsch an. Abrupt lege ich das Mikrofon weg. «Ich brauche frische Luft», lasse ich die anderen wissen und stürze aus dem Keller.

Ich trete auf den Vorplatz hinaus und lasse mich von der kalten Herbstluft umspielen. Mit einem tiefen Atemzug ziehe ich sie in meine Lunge hinunter. Meine Haare wirbeln durcheinander. Ich versuche erfolglos, sie zu bändigen.

Genauso wenig lässt sich mein rasendes Herz zähmen.

Ich bin frustriert, das gebe ich offen zu. Ich dachte *wirklich*, dass ich diesmal aus den Schatten der anderen treten kann. Ich dachte ... jemand würde meine inneren Werte erkennen und für mich das werden, was Can für Allie ist. Das ist schließlich das einzige anerkannte Ende. Als Single ins Finale? Alter Falter, wie erbärmlich!

Zornig kicke ich nach einem losen Stein und verfolge seinen Weg über den staubigen Untergrund.

Ich hätte wissen müssen, dass ich niemals ein Can werden könnte. Mit Menschen ist es schließlich wie mit Kaffee: Niemand interessiert sich für die Bohne – es geht nur noch um die *Blends*. Davon wiederum gibt es so viele, dass der *richtige*, *wahrhaftige*, *normale* Kaffee häufig übersehen wird.

Menschen sehen keine *Wills* mehr, sondern *Cans*; Typen mit Zusatzstoffen in Form von vielen Muskeln und besonderen Augen. Wie könnte ich da mit meinem Milchschaum-Sixpack jemals konkurrenzfähig sein?

Ich suche nach einem zweiten Stein, aber ich finde keinen.

Dafür höre ich ein Rascheln.

Alarmiert fahre ich herum – und zucke zusammen, als Chase aus dem Nichts hinter mir steht.

Der groß gewachsene Alien verzieht seinen Mund zu einem schwachen Lächeln. «Ich wollte deine Privatsphäre nicht stören, aber ich weiß genau, wie du dich fühlst.» Er drückt mir einen gefalteten, kleinen Zettel in die Hand. «Es ist Zeit für mich zu gehen. Claire vom Stamm der Uhuman hat mich gebeten, die Erde erst wieder zu

betreten, wenn es Hoffnung auf eine mir eben-
bürtige Liebe gibt. Diese Vereinbarung will ich
ehren. Ich habe die Suche nach der Liebe noch
nicht aufgegeben – und das darfst du auch
nicht, William. Solltest du trotzdem einmal genug von der Welt und ihren Lebewesen haben,
ruf mich an. Dann zeige ich dir die Galaxie, und
wir können auf Strobo 9 Haddaway hören.»

Mein Mund öffnet sich ohne mein Zutun. Auf
einmal spiele ich mit dem Gedanken, den
Weltenzerstörer nach dem Verbleib meiner Ex-
freundin zu fragen, schließlich ist sie auf der Suche nach ihm verschwunden. Ob er etwas weiß?
Ob *irgendjemand* etwas weiß? Ist Os unaufge-
löste Geschichte nur eine Handlungslücke oder
ist sie *mehr*?

«Ich ... dachte, kein Mensch könne deine
Nummer wählen», bringe ich schluckend hervor.

Der Infectum Braccas geht davon und grinst
breit über die Schulter zurück. «Dann haben wir
ja echtes Glück, dass du nicht menschlich bist,
nicht wahr? Wir hören uns, William.»

Ein greller Blitz erhellt die Nacht. Die Druckwelle fegt mir die Haare aus der Stirn und raschelt durch die umliegenden Sträucher und
Bäume.

Dann ist Chase fort.

Das Herz klopft mir bis zum Hals. Zitternd
falte ich den Zettel auseinander. Darauf steht:

2xπ

DANKE!

Das Schreiben als Mary-Sue McKnightingale macht unheimlich viel Spaß. Nach CAN IT BE LOVE spielten wir daher schnell einmal mit dem Gedanken, ein weiteres Projekt zu realisieren. Aber wer will sich wiederholen, wenn es noch so viel *anderes* zu entdecken gibt?

Für uns war klar, dass eine Fortsetzung nicht im New-Adult-Genre spielen wird. Dieser Wechsel wäre für einen echten Verlag vermutlich der Horror, denn wir verzichten dadurch auf die Sicherheit des Bewährten und riskieren etwas Neues, das gut und gern in die Hose gehen kann. Aber mal ehrlich: Wir haben 2020 eine nicht-lektorierte Parodie auf das beliebteste Genre Bookstagrams herausgegeben und beim Lovelybooks Leserpreis desselben Jahres den neunten Platz in der Kategorie «Humor» belegt. CAN IT BE LOVE wurde als «berüchtigt» betitelt und hat – so munkelt man – einige Menschen angepisst, die sich für zu wichtig nahmen und glaubten, dass wir uns über sie und ihre Leser*innen lustig machen (was nie der Fall war; man sollte lesen, ehe man urteilt).

Denkst du wirklich, uns könnte noch irgendetwas abschrecken?

Wir schreiben, weil es uns Spaß macht – und wir hoffen, dass ebendieser Spaß zwischen den Zeilen spürbar ist. Wenn nicht, war es wohl nicht dein Buch oder nicht deine Art von Humor. Das ist okay. Uns bescherten Allie, Will, Can, Ly, Andy und Chase sehr viele schöne Stunden. :)

Ach ja: Mit diesem Roman greifen wir niemanden an. Wer sich trotzdem angegriffen fühlt, sollte den vorherigen Satz noch einmal lesen.

Wir bedanken uns bei allen, die in irgendeiner Weise zu WILL IT BE FOREVER beigetragen haben, insbesondere unseren Familien, Juli van Winter für das Traumcover, Sarah H. fürs Accounting, Leoni fürs Definieren der Körperstelle, auf der sich Wills *Hantah*-Tattoo befinden soll, Mike Stee fürs Popcorn, Sissi fürs Testlesen unserer Frühgeburt und die superwertvollen Ergänzungen (Handspiegel) – und der 2020er CAN IT BE LOVE-Leserunde. Can und Wills wandelbare Augen sind euer Verdienst.

Wir hören uns.

2xπ♥

Eure Mary-Sue McKnightingale
aka Geri und Rahel

GLOSSAR

Murmotts [*Mhör-motts*]

Uhuman [*Uhu-män*]

Allie Andrews [*Äh-lih Än-druh-ws*]

Will Green [*Wh-il Ghr-iin*]

Finn «Can» Harlow [*F-inh Kh-ään H-ahr-lou*]

...

Okay, nein. Lassen wir das. Dieses Buch ist bereits dick genug, um in deinem Regal gut auszusehen. Sprich alle Namen und Begriffe aus, wie du willst! ;)

FANDOM

Ein Buch ist nur so gut wie sein Fame. Darum wähle deine Hashtags weise!

- Can und Allie sind nach wie dein favorite ship: **#canallie**

- Du hättest dir mehr Szenen zwischen Allie und Will gewünscht? Wir supporten dich: **#whereswallie**

- Du hoffst, dass es zwischen Will und Ly doch noch funkt? Here you go: **#freewilly**

- Du selbst bist die perfekte Wahl für Will? Bewirb dich jetzt für ein Cappuccino-Date: **#yesiwill**

- Du möchtest mehr von Chase hören, kannst dir seine Nummer aber nicht merken? Vielleicht erhört er dich online: **#chacefromspace** / **#ignaciodelespacio**

- … oder du setzt dich für seine Bromance mit Will ein: **#chill**

(okay, jetzt hören wir auf)

DIE AUTORINNEN

Geraldine Dettwiler wuchs in Frick im Kanton Aargau (CH) auf. 2014 entschied sie sich dazu, ihrem Traumberuf als Buchhändlerin nachzugehen. Seit 2017 betreut sie die Kinder- und Jugendbuchabteilung einer Filiale der größten Schweizer Buchhandelskette.

Als «geri.und.das.leben» führt sie einen Buchblog, der zugunsten ihrer neuen Leidenschaft BTS etwas kurz kommt. #sorrynotsorry

mylibraryofdreams.jimdo.com

Instagram: @geri.und.das.leben

Rahel Hefti wuchs in der Nähe von Zürich (CH) auf. Sie liebt und schreibt Geschichten aus allen möglichen Genres, von humorvollen Liebesromanen und Young Adult bis hin zu Thriller und Science-Fiction. In ihrer Freizeit trifft man sie auf dem Zürichsee, in den Schweizer Bergen, beim Sport, im Kino, auf einem Rockkonzert oder beim Binge Watching ihrer aktuellen TV-Seriensucht an.

rahelhefti.ch

Instagram: @rahelheftiauthor